LE
MOLOSSE
SURGI DU
SOLEIL

Stephen King

Le Molosse surgi du soleil

Traduit de l'anglais (États-Unis)
par William Olivier Desmond

Wiz Albin Michel

Du même auteur

Brume

Le Corps

Titre original :
THE SUNDOG
(Première publication :
Scribner, un département de Simon & Schuster, Inc., 1990)

La nouvelle *Le Molosse surgi du soleil* est parue sous le titre original *The Sundog* dans le recueil *Four Past Midnight.*

À la mémoire de John D. McDonald.
Tu me manques, vieille branche
et quant aux tigres, tu avais raison.

Note de l'auteur

Il y a toujours quelqu'un pour me demander : « Mais enfin, Steve, tu n'en as pas assez de ces histoires d'horreur ? Quand est-ce que tu vas écrire quelque chose de sérieux ? »

Je me suis longtemps offert l'illusion de croire que l'insulte sous-entendue par cette question était purement accidentelle ; mais avec les années, je suis de plus en plus convaincu qu'elle ne l'est pas. Je regarde la tête des gens qui balancent cette vanne et, figurez-vous, la plupart me font penser à des bombardiers qui attendent de voir si leur dernière fournée s'est perdue dans la nature ou est tombée en plein sur leur objectif, usine ou dépôt de munitions.

Le fait est que presque tout ce que j'ai écrit, y compris mes textes les plus drôles, l'a été dans un état d'esprit des plus sérieux. Je n'ai guère de souvenirs de m'être trouvé assis devant ma machine à écrire, pris d'un fou rire incontrôlable à l'idée des impayables et délirantes âneries que je venais de pondre. D'accord, je ne serai jamais ni Reynolds Price ni Larry Woiwode – ce n'est pas mon genre –, mais cela ne signifie pas que je ne me soucie pas aussi sincèrement qu'eux de ce que j'écris. Je dois faire ce que je *peux*, cependant, comme l'a remarqué un jour Nils Lofgren : « Mon sale moi-même, voilà ce qu'il faut que je sois... sans chercher d'entourloupe. »

Si pour vous *réelle*, au sens de QUELQUE CHOSE QUI POURRAIT RÉELLEMENT ARRIVER, est votre définition d'une histoire sérieuse, vous vous êtes trompé de livre et pouvez aller voir ailleurs. Mais pendant que vous rassemblez vos affaires, dites-vous que je ne suis pas le seul à exploiter cette veine particulière. Franz Kafka en a extrait quelques beaux joyaux, ainsi que George Orwell, Shirley Jackson, Jorge Luis Borges, Jonathan Swift ou Lewis Carroll. Un coup d'œil à la liste de ceux qui s'y attellent actuellement : Thomas Berger, Ray Bradbury, Jonathan Carroll, Thomas Pynchon, Thomas Disch, Kurt Vonnegut Jr., Peter Straub, Isaac Bashevis Singer, Joyce Carol Oates, Katherine Dunn et Mark Halpern.

C'est pour les raisons les plus sérieuses que je fais ce que je fais : amour, argent, obsession. Conter l'irrationnel reste la manière la plus saine que je connaisse d'exprimer l'univers dans lequel je vis. Ces contes me servent d'instruments de métaphore et de morale ; ils sont, pour moi, la meilleure introduction à la question de savoir comment nous percevons les choses et à son corollaire, notre comportement sur la base de ces perceptions. J'ai exploré ces questions aussi bien que je l'ai pu dans les limites de mon talent et de mon intelligence. Je ne suis pas un rafleur de prix littéraires, soit ; mais il n'empêche : je suis sérieux. Et même si vous ne devez rien croire d'autre, soyez au moins persuadé de ceci : lorsque je vous prends par la main et commence à parler, mon ami, je crois chacun des mots que je prononce.

Beaucoup de choses que j'ai à dire – ces Choses Réellement Sérieuses – ont à voir avec le monde des petites villes dans lequel j'ai été élevé et où je vis encore. Histoires et romans sont des modèles réduits de ce que nous appelons par dérision la « vie réelle ». Et je crois que la vie, telle qu'elle est vécue dans les petites villes, est un modèle réduit de ce que nous appelons par dérision la « société ». Cette idée prête certainement à discussion, et je n'ai rien contre la discussion (sans elle, bien des profs de littérature et bien des critiques seraient au chômage). Je prétends simplement qu'un écrivain a besoin d'une sorte de site de lancement et, tout en croyant fermement qu'une histoire peut honorablement exister en soi, l'idée de la petite ville comme microcosme social et psychologique est de moi. J'ai commencé mes expériences en ce domaine avec *Carrie*, et j'ai continué à un niveau plus ambitieux avec *Salem*. Je n'ai jamais vraiment trouvé mon rythme, cependant, avant *Dead Zone*.

C'était, je crois, la première de mes histoires ayant Castle Rock comme cadre. Depuis, Castle Rock est de plus en plus devenue « ma ville », au sens où la cité mythique d'Isola est celle d'Ed McBain et où le village de Glory est celle de Davis Grubb. Je m'y suis trouvé rappelé sans cesse, pour y examiner la vie de ses résidents et la géographie qui semble gouverner leur existence, entre lac et colline, et dans le lacis de routes, à l'ouest de la ville.

Avec les années, je me suis de plus en plus intéressé, au point d'en être complètement fasciné, à la vie secrète de cette ville et à certaines relations cachées qui me semblaient de plus en plus claires. Une bonne partie de ces histoires n'a pas été publiée, voire n'a même pas été écrite : comment le shérif George Bannerman a perdu son pucelage sur le siège arrière de la voiture de feu son père, comment le mari d'Ophelia Todd a été tué par un moulin à vent ambulant, comment l'adjoint Andy Clutterbuck a perdu l'index de sa main gauche (coupé par une pale de ventilateur. C'est le chien de la maison qui l'a dévoré).

À la suite de *Dead Zone : l'accident*, qui est en partie l'histoire d'un psychotique, Frank Dodd, j'ai écrit une nouvelle, *Le corps* ; puis *Cujo*, le roman dans lequel le bon vieux shérif Bannerman mord la poussière ; ainsi qu'un certain nombre de nouvelles plus ou moins longues sur la ville (les meilleures d'entre elles étant, du moins à mon avis, « Mrs Todd's Shortcut » et « Uncle Otto's Truck »). Tout cela est très bien, mais qu'un auteur soit en transe devant le lieu qui sert de cadre à ses fictions n'est peut-être pas ce qu'il y a de mieux pour lui. Ce le fut pour Faulkner et Tolkien, mais deux exceptions ne font parfois que prouver la règle ; de plus, je ne joue pas dans le même club.

Si bien que j'ai décidé (à un niveau inconscient tout d'abord, le niveau où a lieu le Travail Vraiment Sérieux) qu'il était temps de refermer le livre sur Castle Rock, où tant de mes personnages préférés ont vécu et sont morts. Assez est assez, en effet. Le moment était venu de déménager (peut-être pour ne pas aller plus loin que Harlow, la porte à côté, ha ! ha !). Mais je refusai de simplement m'esquiver ; je tenais à *mettre un point final* aux choses, à les achever en fanfare.

Peu à peu, j'ai commencé à saisir comment je pourrais y parvenir, et au cours des quatre dernières années, je me suis embarqué dans rien de moins que la rédaction d'une Trilogie de Castle Rock (excusez du peu) : les *dernières* histoires de Castle Rock. Elles n'ont pas été écrites dans l'ordre (je me dis que parfois « dans le désordre » résume l'histoire de ma vie), mais maintenant elles sont couchées sur le papier et elles sont tout ce qu'il y a de plus sérieux... J'espère néanmoins que cela ne signifie pas qu'elles sont du genre minimaliste ou ennuyeux.

La première de ces histoires, *La Part des ténèbres*, a été publiée en 1989. Bien que ce soit avant tout l'histoire de Thad Beaumont et qu'elle se passe en grande partie à Ludlow (la ville où habitent les Creed dans *Simetierre*), la ville de Castle Rock est présente dans l'histoire, et le livre sert à introduire le remplaçant du shérif Bannerman, un type du nom d'Alan Pangborn. Le shérif Pangborn est au centre de la dernière histoire de la série, un long roman intitulé *Bazaar*, dont la publication est prévue pour l'année prochaine et qui doit conclure mes démêlés avec l'endroit que ses habitants appellent familièrement The Rock.

Le lien entre ces deux longs récits est l'histoire qui va suivre. Vous ne rencontrerez guère de personnages importants de Castle Rock dans *Le molosse surgi du soleil*, mais vous y découvrirez Pop Merril, dont le neveu est le voyou du patelin (ainsi que la *bête noire* de Gordie LaChance dans *Le corps*). « Le molosse... » plante également le décor pour l'ultime feu d'artifice… et existe, je l'espère, en tant qu'histoire à part entière, susceptible d'être lue avec plaisir, même si vous vous fichez de *La Part des ténèbres* et de *Bazaar* comme de votre première chemise.

Reste encore une chose à dire : chaque histoire possède sa propre vie secrète, indépendamment de son cadre, et « Le molosse surgi du soleil » est une histoire d'appareil photo et de photographies. Il y a environ cinq ans mon épouse, Tabitha, a commencé à s'intéresser à la photographie ; elle s'est aperçue qu'elle s'en sortait bien et s'y est mise sérieusement, étudiant et expérimentant (photos, photos, photos). J'ai moi-même pris de mauvais clichés (je fais partie de ces gens qui coupent invariablement la tête de leur modèle, ou bien les prennent la bouche grande ouverte), et j'ai beaucoup de respect pour ceux qui en font de bons… c'est quelque chose, en outre, qui me fascine.

Au cours de ses expériences, ma femme s'est procuré un appareil Polaroïd, tellement simple que même un cornichon comme moi arrive à s'en servir. Ce procédé m'a captivé. J'avais déjà vu et utilisé des Polaroïd, évidemment, mais je n'avais jamais réellement réfléchi à leur spécificité, ni regardé de près les images qu'ils produisent. Plus j'y réfléchissais, plus elles me paraissaient étranges. Après tout, ce ne sont pas simplement des images, mais des instants figés du temps… et elles ont quelque chose de particulier.

Cette histoire m'est venue presque d'un seul coup, un soir de l'été 1987, mais l'élaboration qui a abouti à son écriture a duré pas tout à fait un an. Assez sur moi et mes manies. C'était agréable d'être une fois de plus avec vous, mais ça ne veut pas dire que je vais vous laisser rentrer tout de suite chez vous.

Je crois qu'on vous attend pour fêter un anniversaire, dans la petite ville de Castle Rock.

1

Le 15 septembre était l'anniversaire de Kevin, et il eut exactement le cadeau qu'il souhaitait : un Soleil.

Kevin Delevan fêtait son quinzième anniversaire, et ce « Soleil » était un appareil photo Polaroïd, un Soleil 660, modèle qui fait tout pour le photographe novice, mis à part les sandwichs au saucisson.

Il eut bien entendu d'autres cadeaux ; sa sœur Meg lui offrit une paire de moufles qu'elle avait tricotées elle-même, sa grand-mère de Des Moines lui avait fait parvenir un billet de dix dollars et sa tante Hilda – comme elle le faisait chaque fois – une cravate-cordon avec un horrible fermoir. Elle avait envoyé la première alors que Kevin avait trois ans, ce qui signifiait qu'il possédait déjà douze de ces horribles cordons de rideaux avec leurs horribles fermoirs dans un tiroir de sa commode, et que celui-ci serait le treizième. Il n'en avait jamais porté un seul mais n'était pas autorisé à les jeter. Tante Hilda habitait Portland. Elle n'était jamais venue pour un anniversaire de Kevin ou de Meg, mais pouvait décider un jour de le faire. Dieu sait qu'elle l'aurait pu : Portland n'est qu'à quatre-vingts kilomètres à peine au sud de Castle Rock. Et si jamais elle venait ? Si jamais elle demandait à voir Kevin avec l'une des précédentes cravates ? (Ou Meg avec l'un des précédents foulards ?) Avec certains parents, un mot d'excuse peut suffire. Avec tante Hilda, c'était différent. Car deux faits essentiels la caractérisaient, et ouvraient des perspectives dorées pour les Delevan : tante Hilda était Riche, et elle était Agée.

Un jour – la maman de Kevin en était convaincue – elle pourrait faire QUELQUE CHOSE pour Kevin et Meg. Il était sous-entendu que ce quelque chose interviendrait probablement après que tante Hilda aurait finalement rendu l'âme, et qu'il se présenterait sous la forme d'une clause dans son testament. En attendant, on trouvait judicieux de conserver les horribles cravates-cordons et les tout aussi horribles foulards. Si bien que cette treizième cravate-cordon (avec son fermoir censé représenter, jugea Kevin, un pivert) alla rejoindre les autres. Kevin écrivit à sa tante un mot de remerciement, non sous la pression de sa mère ou parce que sa tante Hilda pourrait peut-être faire QUELQUE CHOSE pour lui et sa sœur plus tard (c'était le dernier de ses soucis), mais parce que c'était un garçon attentionné, d'une manière générale, plutôt poli et sans vices réels.

Il remercia tout le monde (son père et sa mère avaient offert d'autres cadeaux de moindre valeur – l'appareil photo étant de loin le plus important – et ils étaient ravis de le voir aussi heureux), sans oublier de faire une bise à Meg (elle pouffa et fit semblant de s'essuyer, mais sa joie était également évidente), ni de lui dire que les moufles seraient parfaites pour aller skier cet hiver. Lui n'avait d'yeux que pour le Polaroïd et les papiers films qui l'accompagnaient.

Il fit généreusement honneur au gâteau d'anniversaire et à la crème glacée, même si l'envie de prendre l'appareil photo et de s'en servir le démangeait manifestement. Dès qu'il put décemment le faire, il s'y mit.

C'est à ce moment-là que les ennuis commencèrent.

Il lut les recommandations du manuel aussi attentivement que son désir de commencer le lui permettait, puis il chargea l'appareil pendant que toute la famille l'observait, impatiente mais aussi pleine d'une crainte inavouée : pour quelque obscure raison, ce sont souvent les cadeaux dont on attend le plus qui ne fonctionnent pas. Il y eut un petit soupir général – oh, à peine un souffle – lorsque l'appareil recracha docilement, comme le prévoyaient les instructions, le carré de carton qui surmontait le paquet du film.

On voyait, sur le boîtier de l'appareil, deux petits points, un rouge et un vert, séparés par un éclair en zigzag. La lumière rouge s'alluma au moment du chargement, et brilla pendant environ deux secondes. Tous regardaient, fascinés et silencieux, tandis que le Soleil 660 reniflait la lumière. Puis elle s'éteignit, et la lumière verte se mit à clignoter rapidement.

« C'est prêt », dit Kevin de la même voix faussement détachée que Neil Armstrong lorsqu'il avait commenté son petit-pas-grand-pour-l'humanité sur la Lune ; « Tenez, mettez-vous tous ensemble.

– J'ai horreur qu'on me prenne en photo ! » s'écria Meg en se cachant la figure des mains, avec ce mélange théâtral d'anxiété et de plaisir qui caractérise les fillettes de moins de treize ans et les très mauvaises comédiennes.

« Allons, voyons, Meg, dit M. Delevan.

– Ne fais pas l'idiote, Meg », ajouta Mme Delevan.

La fillette laissa tomber les mains (et ses objections), et le trio se planta au bout de la table, avec en premier plan ce qui restait du gâteau d'anniversaire.

Kevin mit l'œil au viseur. « Serre-toi un peu plus contre Meg, Maman, dit-il avec un geste de la main. Toi aussi, Papa (mouvement de la main dans l'autre sens, cette fois).

– Vous m'écrabouillez ! » protesta Meg.

Kevin posa le doigt sur le bouton de prise de vue, puis se souvint brièvement de la note, dans le manuel, qui disait combien il était facile de couper la tête d'un sujet. *Qu'est-ce qu'une tête de plus ou de moins* ? pensa-t-il. Mais au lieu de trouver ça drôle, il ressentit un petit picotement à la base de son épine dorsale, évanoui avant même d'être remarqué ou presque. Il releva un peu l'appareil. Voilà. Ils étaient tous dans le cadre. Bon.

« Très bien ! claironna-t-il. Souriez et dites "chérie".

– Kevin ! » s'écria sa mère, outrée.

Son père éclata de rire et Meg le gratifia de ce hululement suraigu et dément auquel même les mauvaises comédiennes ne s'essaient pas : ce rire est le privilège des seules fillettes ayant entre dix et douze ans.

Kevin appuya sur le bouton.

Alimentée par la pile du Polaroïd, la lampe du flash baigna la pièce, un instant, d'une impitoyable lumière blanche.

C'est mon appareil, pensa Kevin. Ce moment aurait dû être le temps fort de son quinzième anniversaire. Au lieu de cela, cette idée provoqua de nouveau le bizarre petit picotement. Plus net, cette fois.

L'appareil fit un drôle de bruit, quelque chose entre le couinement et le ronronnement, bruit qui échappe à une complète description mais que la plupart des gens identifient sans problème : celui d'un appareil Polaroïd crachouillant ce qui n'est peut-être pas une œuvre d'art mais une photo souvent acceptable, et qui procure presque toujours une immédiate satisfaction.

« Laisse-moi voir ! s'écria Meg.

– Calme-toi, poussin, lui dit son père. Il leur faut un peu de temps pour se développer. »

Meg contemplait la surface raide et grise de ce qui n'était pas encore une photographie avec l'expression absorbée d'une diseuse de bonne aventure regardant sa boule de cristal.

Le reste de la famille l'entoura, prise de la même anxiété que lors de la cérémonie du chargement de l'appareil : *Famille américaine attendant de pouvoir respirer*, aurait pu être le titre du tableau qu'ils composaient.

Kevin sentit une terrible tension envahir ses muscles, et cette fois-ci il n'était pas question de l'ignorer. Il n'arrivait pas à se l'expliquer... mais elle était là. On aurait dit qu'il ne pouvait détourner les yeux de ce bloc gris massif, pris dans son cadre blanc.

« Je crois que je me vois ! » s'exclama Meg, toute

contente. Puis, un instant plus tard : « Non, je ne crois pas. Il me semble que c'est... »

Ils regardèrent dans un silence absolu le gris s'éclaircir, comme sont supposées le faire les brumes dans la boule de cristal d'une voyante, lorsque les vibrations, ou les sensations (ou n'importe quoi) sont bonnes ; et l'image devint visible.

M. Delevan fut le premier à rompre le silence.

« Qu'est-ce que c'est que ça ? demanda-t-il, à personne en particulier. Une blague ? »

Kevin avait reposé l'appareil sans y prêter attention – trop près du bord de la table – afin de regarder la photo se développer. Meg vit ce qu'elle représentait et recula d'un seul pas ; on ne lisait ni peur ni stupéfaction sur son visage, rien que de la surprise ordinaire. Dans le mouvement qu'elle fit pour se tourner vers son père, sa main faucha malencontreusement le Soleil 660, qui tomba sur le sol. Mme Delevan regardait l'image en train de se révéler dans une sorte de transe, son expression étant celle d'une femme profondément intriguée ou bien qui ressent les prémices d'une bonne migraine. Le bruit que fit l'appareil en heurtant le sol la fit sursauter. Elle poussa un petit cri, recula d'un pas, trébucha contre le pied de Meg et perdit l'équilibre. M. Delevan la rattrapa mais son geste eut pour effet de propulser Meg, qui se trouvait toujours entre eux, assez violemment vers l'avant. Non seulement M. Delevan rattrapa sa femme, mais il le fit avec une certaine grâce. Pendant un bref instant, ils auraient fait un charmant tableau. Papa et Maman, montrant qu'ils étaient encore capables de briller sur scène, immortalisés à la fin d'un tango inspiré : elle avec un bras projeté en l'air, le dos arqué en arrière, lui penché sur elle dans cette position masculine ambiguë qui, selon les circonstances, peut passer pour de la sollicitude ou du désir.

Meg avait onze ans et était moins gracieuse. Elle alla cogner brutalement contre la table. Le coup, reçu au niveau de l'estomac, aurait pu la blesser, mais elle prenait depuis un an et demi des cours de danse à l'Association des Jeunes Filles Chrétiennes, trois fois par semaine. Elle dansait sans grand talent, mais elle y prenait beaucoup de plaisir. L'exercice lui avait suffisamment renforcé la ceinture abdominale pour lui permettre d'absorber le choc avec autant d'efficacité que de bons amortisseurs absorbent les nids-de-poule d'un chemin. N'empêche, elle arbora une bande noir et bleu au-dessus des hanches les jours suivants ; il fallut presque deux semaines pour qu'elle virât au violet, puis au jaune, avant de s'effacer... comme une photo Polaroïd à l'envers.

Au moment où se produisit cet accident digne du

cinéma muet, elle ne le sentit même pas, elle heurta simplement la table en poussant un cri. La table se souleva. Le gâteau d'anniversaire, que l'on aurait dû voir au premier plan de la première photo prise par Kevin avec son appareil tout neuf, glissa du plateau. M. Delevan n'eut même pas le temps de prononcer sa phrase, *Tu t'es fait mal, Meg ?* que les restes de pâtisserie tombaient sur le Soleil 660 avec un *splatch !* juteux, bombardant leurs chaussures, le sol et les plinthes de fragments de glaçage.

Tout barbouillé de chocolat, le viseur pointait hors du magma. C'était tout.

Joyeux anniversaire, Kevin.

Kevin et son père étaient installés sur le canapé du salon ce soir-là, lorsque Mme Delevan entra, agitant deux bouts de papier cornés et agrafés ensemble. Le père et le fils avaient chacun un livre sur les genoux, mais ils étaient surtout occupés à contempler l'appareil photo, honteusement posé parmi les clichés Polaroïd qui jonchaient la table à café. Tous paraissaient montrer la même chose.

Meg était assise à même le sol, non loin d'eux, et regardait un film de location. Kevin ne se rappelait plus très bien de quoi il s'agissait, mais on y voyait des tas de gens courir dans tous les sens en poussant des hurlements.

Il en déduisit que c'était l'un de ces films d'horreur pour lesquels Meg nourrissait une véritable passion. Ses parents les trouvaient d'un goût abominable (M. Delevan, en particulier, se scandalisait régulièrement devant ce qu'il appelait « ces inepties sans nom ») ; mais ce soir, ni l'un ni l'autre n'avaient dit mot. Kevin supposait qu'ils étaient tout simplement soulagés de ne plus entendre Meg se plaindre du coup à l'estomac ou se demander quels étaient les symptômes exacts d'une rate éclatée.

« Les voilà, dit Mme Delevan. Je les ai trouvés au fond de mon sac, en fouillant une deuxième fois. » Elle les tendit à son mari : une facture de J. C. Penney's et un reçu de MasterCard. « Je n'arrive jamais à trouver quelque chose du premier coup. Je crois que personne n'y arrive. Il doit s'agir d'une loi de la nature. »

Debout, les mains sur les hanches, elle regarda tour à tour son mari et son fils.

« Vous faites une tête, tous les deux, comme si vous veniez de tuer le chat de la maison.

– Nous n'avons pas de chat, lui fit remarquer Kevin.

– Tu sais bien ce que je veux dire. C'est scandaleux, évidemment, mais c'est une affaire qui sera réglée en moins de deux. Penney's se fera un plaisir de nous le changer...

– Je n'en suis pas si sûr », la coupa John. Il prit

l'appareil, lui jeta un regard de dégoût (presque l'air d'être sur le point de lui cracher dessus) et le reposa. « Un éclat a sauté quand il a heurté le sol. Tu vois ? »

Mme Delevan y jeta un coup d'œil juste pour la forme. « Eh bien, si Penney's ne veut pas, je suis sûre que la société Polaroïd le fera. On se rend bien compte que la chute n'a pas le moindre rapport avec ce qui cloche. La première photo est exactement comme les autres, et Kevin l'a prise avant que Meg ne fasse tomber l'appareil de la table.

– Je l'ai pas fait exprès ! » protesta Meg sans se retourner. Sur l'écran, un personnage haut comme trois pommes – une malveillante poupée du nom de Chucky, semblait-il à Kevin – poursuivait un petit garçon. Chucky, habillée d'une salopette, brandissait un couteau.

« Je le sais bien, ma chérie. Comment va ton estomac ?

– Ça me fait mal, geignit Meg. Je crois qu'un peu de crème glacée me ferait du bien. Est-ce qu'il en reste ?

– Oui, je crois. »

Meg gratifia sa mère de son sourire le plus enjôleur. « Tu veux bien m'en apporter ?

– Certainement pas, répondit Mme Delevan d'un ton affable. Va te la chercher toi-même. Et c'est quoi, cette horreur que tu regardes ?

– *Jeu d'enfant,* répondit Meg. Il y a une poupée qui devient vivante, Chucky. C'est chouette. »

Mme Delevan prit un air pincé.

« Les poupées ne deviennent pas vivantes comme ça, Meg », intervint son père. Il parlait sans conviction, comme s'il savait la cause perdue d'avance.

« Chucky, si, insista Meg. Dans les films, n'importe quoi peut arriver. » Elle fit un arrêt sur image avec la télécommande et se leva pour aller chercher sa crème glacée.

« Mais quel plaisir peut-elle donc trouver à regarder ces inepties ? demanda M. Delevan à sa femme, d'un ton presque plaintif.

– Aucune idée, chéri. »

Kevin avait pris l'appareil photo d'une main et tenait une poignée de clichés de l'autre – ils en avaient tiré près d'une douzaine en tout. « Je ne sais pas si j'ai envie d'être remboursé », dit-il.

Son père le regarda, médusé. « Quoi ? Seigneur Jésus !

– Eh bien, fit Kevin, un peu sur la défensive, je dis simplement que nous devrions peut-être y réfléchir. Ce que je veux dire... ce n'est pas un défaut ordinaire, hein ? Pas comme si les photos sortaient surexposées... ou comme si elles restaient blanches... ce serait autre chose. Mais un truc comme ça, comment est-ce possible ? La même photo, encore et encore ! Mais regardez ! On est à l'extérieur, alors qu'on les a toutes prises à l'intérieur !

– C'est un canular, conclut son père. Ça ne peut être qu'un canular. Il n'y a qu'une chose à faire, échanger le foutu appareil et oublier cette histoire.

– À mon avis, ce n'est pas un canular. (Kevin revenait à la charge.) Tout d'abord, c'est trop *compliqué* pour ça. Comment bricoler un appareil pour qu'il fasse tout le temps la même photo ? En plus, d'un point de vue psychologique, ça ne tient pas.

– Et maintenant, la psychologie, fit M. Delevan en roulant des yeux vers sa femme.

– Oui, la psychologie, répliqua Kevin avec fermeté. Quand un type te donne une cigarette avec un pétard ou du chewing-gum au poivre, il reste dans le coin pour assister au spectacle, non ? Mais à moins d'imaginer que c'est toi et Maman qui vous êtes payé ma tête...

– Ton père n'est pas quelqu'un qui fait ce genre de blague, mon chéri », intervint Mme Delevan, présentant cette évidence d'un ton doux.

John Delevan regardait son fils, lèvres serrées. L'expression qu'il arborait toujours lorsqu'il le voyait dériver vers l'aire de jeu – pour prendre une comparaison avec le base-ball – où il paraissait le plus à l'aise : *left field*. À gauche, *très* loin à gauche. Il y avait, chez Kevin, un trait de caractère subtil et intuitif qui l'avait toujours intrigué, dérouté. Il ignorait d'où il provenait, mais il était sûr que ce n'était pas du côté de sa propre famille.

Il soupira et regarda de nouveau l'appareil photo. Un éclat de plastique noir s'était détaché du côté gauche du boîtier, et on voyait une fêlure, aussi fine qu'un cheveu humain, courir sur une partie de l'optique du viseur. Elle devenait invisible lorsqu'on y portait un œil pour cadrer le sujet, que l'on n'obtenait pas : ce que l'on obtenait se trouvait éparpillé sur la table à café et dans la salle à manger.

Ce que l'on obtenait ressemblait à quelque animal vagabond recueilli par la SPA du coin.

« Bon, d'accord, mais que diable vas-tu en faire ? demanda-t-il. Voyons, essaie d'envisager les choses de manière raisonnable, Kevin. Quels sont les avantages pratiques d'un appareil photo qui reproduit à chaque fois la même chose ? »

Mais ce n'était pas à des avantages pratiques que pensait Kevin. En fait, il ne pensait rien du tout. Il éprouvait quelque chose, ou plutôt se souvenait de l'avoir éprouvé. À l'instant où il avait appuyé sur le déclencheur, une idée bien claire (*Il est à moi.*) lui avait envahi l'esprit aussi complètement que la lumière blanche l'avait aveuglé. Cette idée, aboutie mais néanmoins inexplicable, avait été accompagnée par un puissant mélange d'émotions qu'il n'arrivait toujours pas à identifier entièrement... même s'il avait l'impression que la peur et l'excitation y prédominaient.

De plus, son père ne connaissait qu'une manière d'envisager les choses : *raisonnablement*. Jamais il ne serait capable de comprendre les intuitions de Kevin, pas plus que le goût de Meg pour les poupées assassines.

Meg revint avec une énorme portion de crème glacée et remit le film en marche. Quelqu'un essayait maintenant d'incinérer Chucky avec une lampe à souder, ce qui ne l'empêchait pas de brandir son couteau. « Vous vous disputez encore ?

– Nous avons simplement une discussion », répliqua John Delevan, les lèvres plus serrées que jamais.

– Bon, d'accord, admit Meg, s'asseyant de nouveau en tailleur sur le sol. C'est toujours ce que tu dis.

– Meg ? demanda Kevin aimablement.

– Quoi ?

– Si tu balances autant de crème glacée dans une rate éclatée, tu mourras dans des souffrances horribles cette nuit. Bien entendu, ta rate n'a peut-être pas vraiment éclaté, mais... »

La fillette lui tira la langue et retourna à son film.

M. Delevan regardait son fils avec une expression où se mêlaient affection et exaspération. « Écoute, Kev, c'est ton appareil, là-dessus, nous sommes tout à fait d'accord. Tu peux en faire ce que tu veux. Cependant...

– Enfin, Papa, est-ce que ça ne t'intéresse pas au moins un peu, de chercher à savoir pourquoi il fait ce qu'il fait ?

– Pas le moins du monde. »

Ce fut au tour de Kevin de rouler des yeux. Pendant ce temps, sa mère les regardait tour à tour, avec le même plaisir que si elle suivait un bon match de tennis. La comparaison n'était pas exagérée. Cela faisait des années qu'elle observait le père et le fils dans leurs joutes, et le spectacle ne l'ennuyait toujours pas. Elle se demandait parfois s'ils découvriraient jamais à quel point ils se ressemblaient.

« Eh bien, je veux réfléchir à la question.

– Parfait. Je voulais simplement que tu saches que je peux passer chez Penney's demain et faire l'échange – si tu es d'accord, et si eux aussi le sont, étant donné l'état dans lequel est l'appareil. Si en revanche tu veux le garder, c'est également parfait. Je m'en lave les mains. » Il joignit le geste (vif) à la parole.

« Je suppose que mon opinion ne vous intéresse pas, intervint Meg.

– En effet, pas du tout, dit Kevin.

– Mais si, Meg. (C'était Mme Delevan.)

– Je crois que c'est un appareil photo surnaturel,

reprit la fillette, tout en léchant la crème glacée sur sa cuillère. Je crois que c'est une Manifestation.

– Parfaitement ridicule, observa aussitôt John.

– Non, pas du tout. Il se trouve que c'est la seule explication qui tienne. Tu ne veux pas le reconnaître parce que tu ne crois pas à ces trucs-là. Si un fantôme flottait devant ton nez, Papa, tu ne le verrais même pas. Qu'est-ce que tu en penses, Kev ? »

Kevin resta quelques instants sans répondre – sans être capable de répondre. Impression d'un nouveau flash, cette fois derrière ses yeux, et non devant.

« Kev ? Redescends sur terre, Kev !

– Je crois que tu tiens peut-être quelque chose, bouchon, dit-il lentement.

– Oh, bon Dieu, fit John Delevan, se mettant debout. C'est la revanche de Freddy et Jason[1]. Voilà mon fils qui s'imagine que son cadeau d'anniversaire est hanté. Je vais me coucher. Mais auparavant, je voudrais dire encore une chose. Un appareil photo qui prend et reprend sans cesse la même chose – en particulier quelque chose d'aussi ordinaire que ce qu'on voit sur ces clichés – est la plus *barbante* des manifestations surnaturelles.

1. Freddy et Jason sont deux personnages de films d'horreur, le premier de « Les Griffes de la nuit », et le second de « Vendredi 13 ».

– Et pourtant... », commença Kevin. Il tenait les photos comme des cartes douteuses pendant une partie de poker.

« Je crois qu'il est temps d'aller se coucher, fit vivement Mme Delevan. Meg, si tu tiens absolument à voir ce chef-d'œuvre cinématographique en entier, tu pourras regarder la suite demain matin.

– Mais c'est presque fini ! protesta la fillette.

– Je monterai avec elle, Maman », intervint Kevin.

Un quart d'heure plus tard, une fois l'horrible Chucky mis hors d'état de nuire (du moins jusqu'à l'épisode suivant), les enfants regagnèrent leurs chambres respectives. Mais Kevin eut du mal à s'endormir. Allongé dans son lit, il écoutait un vent soutenu de fin d'été poursuivre une conversation faite de murmures agités dans le feuillage des arbres, tout en se demandant pour quelle raison mystérieuse un appareil photo reproduisait toujours le même cliché, et ce que ça signifiait. Il ne se laissa glisser dans le sommeil que lorsqu'il se rendit compte que sa décision était prise : il garderait le Soleil 660 au moins pendant encore quelque temps.

Il est à moi, songea-t-il soudain. Il se tourna de côté et ferma les yeux ; quarante secondes après, il dormait à poings fermés.

2

Au milieu du caquetage et des tic-tac des horloges (il semblait y en avoir au moins cinquante mille), mais totalement indifférent au bruit, Reginald « Pop » Merrill, à l'aide d'un gadget encore plus fin qu'un ophtalmoscope, éclairait d'un mince pinceau de lumière l'intérieur du Polaroïd de Kevin, sous les yeux de l'adolescent. Pop, qui n'avait pas besoin de ses lunettes pour voir de près, les avait relevées sur le sommet chauve de son crâne.

« Hem-hem, fit-il en éteignant la lumière.

– Est-ce que vous avez trouvé ce qui ne va pas ? demanda Kevin.

– Eh non, répondit Pop Merrill en faisant claquer le compartiment à film, désormais vide. Pas la moindre idée. » Et avant que Kevin eût le temps de répliquer quelque chose, les horloges se mirent les unes après les autres à sonner quatre heures. Pendant un moment, toute conversation parut absurde, même s'il demeurait possible de parler.

Je veux y réfléchir, avait-il répondu à son père le soir de ses quinze ans, trois jours auparavant. La déclaration les avait surpris tous les deux. Enfant, Kevin avait toujours mis un point d'honneur à ne pas penser aux choses et tout au fond de son cœur, John Delevan avait fini par se persuader que ce serait toujours ainsi. Ils avaient été séduits, comme le sont souvent un père et son fils, par l'idée que leur comportement et leur mode très différent de penser ne changeraient jamais, que leurs relations s'en trouvaient de la sorte établies pour l'éternité... et qu'ainsi, l'enfance continuerait jusqu'à la fin des temps. *Je veux y réfléchir* : cette réplique contenait, implicitement, tout un monde de changement potentiel.

Qui plus est, ayant jusqu'ici vécu en prenant la plupart de ses décisions par instinct plus que par réflexion (et il faisait partie de ces gens qui ont le bonheur d'avoir des instincts presque toujours bons, de ceux, en d'autres termes, qui ont le don de faire enrager les personnes raisonnables), Kevin était surpris de se trouver pris entre les deux termes d'un dilemme.

Terme 1 : il avait souhaité avoir un appareil photo Polaroïd pour son anniversaire, mais, bon Dieu de bon Dieu, un appareil en état de fonctionnement.

Terme 2 : il était profondément intrigué par le mot employé par Meg : *surnaturel.*

Dans le genre écervelée, sa petite sœur battait des records, certes, mais elle n'était pas sotte, et Kevin restait convaincu qu'elle n'avait pas employé ce mot à la légère ou sans y avoir réfléchi. Son père, qui appartenait plus à la tribu des Rationnels que des Instinctifs, avait réagi par des sarcasmes, mais Kevin ne se sentait pas prêt à le suivre sur ce terrain... du moins pas encore. Ce mot, ce mot exotique, fascinant. Son esprit ne pouvait s'empêcher d'y tourner autour.

Je crois que c'est une Manifestation.

Kevin était amusé (et un peu vexé) que seule Meg eût été assez brillante – ou courageuse – pour dire à voix haute ce qui aurait dû leur venir à l'esprit à tous, étant donné l'étrangeté des images que produisait le Soleil 660. Mais à la vérité, ce n'était pas si étonnant que cela. Ils n'étaient pas une famille très croyante. À l'exception des mariages et des enterrements, ils n'allaient à l'église que tous les trois ans, pour Noël, lorsque tante Hilda venait passer les vacances avec eux au lieu d'aller chez d'autres parents. Si l'un d'entre eux croyait au monde invisible, c'était bien Megan, jamais rassasiée de cadavres qui marchent, de poupées vivantes, et d'autos intelligentes écrasant les personnes qu'elles n'aiment pas.

Aucun des deux parents de Kevin n'avait beaucoup de goût pour le bizarre. Ils ne lisaient pas leur horoscope dans le journal ; ils ne prenaient jamais les comètes et les étoiles filantes pour des présages du Tout-Puissant ; et là où certains auraient aperçu le visage de Jésus-Christ au fond d'une casserole d'enchilada, John et Mary Delevan ne voyaient que des haricots ayant attaché. Kevin, lui, n'avait jamais vu le visage dans la lune parce que ni son père ni sa mère n'avaient pris la peine de le lui montrer. De même il était incapable d'envisager une *Manifestation surnaturelle* dans un appareil photo qui prenait constamment le même cliché (à l'intérieur ou à l'extérieur, dans la lumière ou dans l'obscurité d'un placard), jusqu'au moment où sa sœur avait lancé cette suggestion. Laquelle sœur avait une fois envoyé une lettre d'admiratrice à Jason et reçu, par retour de courrier, la photo (sur papier glacé et signée) d'un type dissimulé par un masque de hockey taché de sang.

Une fois considérée, cette possibilité devenait difficile à oublier. Comme l'a dit un jour Dostoïevski, ce vieux malin de Russe, à son petit frère (lorsque l'un et l'autre étaient deux jeunes malins de Russes), essaie donc de ne pas penser, pendant les trente prochaines secondes, à un ours blanc aux yeux bleus.

Difficile.

Il avait donc passé deux jours à peser l'idée dans son

esprit, à essayer de déchiffrer des hiéroglyphes désespérément évanescents et à tenter de déterminer ce qu'il souhaitait le plus : un appareil photo ou la possibilité d'une Manifestation. Ou, pour le dire autrement, le Soleil… ou le visage dans la lune.

À la fin du deuxième jour (même chez les adolescents de quinze ans manifestement destinés à rejoindre la tribu des Rationnels, les dilemmes durent rarement plus d'une semaine), il avait opté pour le visage dans la lune, au moins à l'essai.

Il avait pris cette décision pendant l'heure d'étude et lorsque la sonnerie avait retenti, signalant à la fois la fin de l'étude et de la journée d'école, il avait été voir le professeur qu'il respectait le plus, M. Baker, et lui avait demandé s'il connaissait quelqu'un qui réparait les appareils photo.

« Pas quelqu'un d'un magasin de photographie, vous comprenez, avait-il expliqué. Plutôt un type… un type astucieux.

– Un philosophe de l'ouverture 1,9 à 16, en somme ? » avait répondu M. Baker. C'était ce genre de reparties qui, entre autres, lui valait le respect de Kevin. Une réflexion imagée et maligne. « Un sage de l'objectif ? Un alchimiste de la focale ? Un…

– Un type qui en a vu d'autres, le coupa Kevin avec circonspection.

– Pop Merrill.

– Qui ?

– Le propriétaire de l'Emporium Galorium.

– Ah, cette boutique.

– Ouais, fit M. Baker avec un sourire, cette boutique. Si ce que tu cherches est bien le bricolo universel local.

– Oui, je crois que c'est ça.

– On trouve pratiquement tout et n'importe quoi chez lui. »

Kevin ne pouvait qu'être d'accord. Même s'il n'y était jamais entré, il passait devant l'Emporium Galorium cinq, dix, peut-être quinze fois par semaine et il en connaissait bien les vitrines. (Dans une ville comme Castle Rock, on est obligé de passer souvent devant *tout*, ce qui, de l'avis de Kevin Delevan, finissait par devenir d'un fabuleux ennui.) La boutique paraissait encombrée jusqu'au plafond, littéralement, par toutes sortes d'objets, pour la plupart mécaniques. Sa mère en parlait avec mépris (« une brocante de poubelles ») et son père affirmait que M. Merrill gagnait sa vie en arnaquant les touristes, l'été. Si bien que Kevin n'y avait jamais mis les pieds. S'il s'était agi d'une simple « brocante », il en aurait peut-être franchi le seuil ; très probablement, même. Mais faire ce que les touristes faisaient, et acheter quelque chose là où on les arnaquait, voilà qui était impensable. Autant aller au lycée en blouse et en jupe. Les touristes pouvaient bien faire tout ce qu'ils voulaient (et le faisaient). Ils étaient tous cinglés, et se comportaient comme tels. Être leur contemporain, soit ; mais être confondu avec eux ? Jamais. Au grand jamais !

« ... Pratiquement tout ce qu'on peut imaginer, répétait M. Baker, et il a réparé lui-même la plupart des choses qu'il possède. Il est persuadé que son numéro de philosophe de comptoir – verres en équilibre sur la tête, déclarations byzantines – ça épate les gens. Ceux qui le connaissent se gardent bien de le désabuser. Je ne suis pas sûr, même, que quelqu'un *oserait* le désabuser.

– Pourquoi ? Que voulez-vous dire ? »

M. Baker haussa les épaules. Un curieux petit sourire rentré lui effleura les lèvres. « Pop – je veux dire M. Merrill – trempe dans pas mal d'affaires juteuses, par ici. Tu serais surpris, Kevin. »

Kevin se moquait bien de savoir dans combien d'affaires juteuses Pop Merrill pouvait bien tremper, ou du genre de jus qui en coulait. Les touristes étaient partis, il pourrait probablement se faufiler dans l'Emporium Galorium sans être vu, demain après-midi, s'il profitait de l'autorisation faite aux étudiants de sauter la dernière heure d'étude, deux fois par mois. Il ne lui restait qu'une seule question importante à poser :

« Dois-je l'appeler Pop ou monsieur Merrill ? »

D'un ton solennel, le professeur répondit : « Je crois qu'il est capable de tuer toute personne de moins de soixante ans qui se permettrait de l'appeler Pop. »

Et curieusement, Kevin resta avec l'impression que M. Baker ne plaisantait pas tout à fait.

« Vous ne le savez vraiment pas, hein ? » dit Kevin lorsque pendules et horloges eurent égrené leurs coups.

Ça ne s'était pas passé comme dans un film, où toutes commencent et finissent de sonner ensemble. Elles étaient réelles, et Kevin avait le sentiment que la plupart d'entre elles (comme tous les autres mécanismes ayant échoué à l'Emporium Galorium), loin de fonctionner normalement, ne faisaient que se traîner avec peine. Elles avaient commencé à sonner à 3:58 d'après sa Seiko à quartz, puis elles avaient peu à peu pris de la vitesse et du volume sonore (comme un vieux camion qui passe laborieusement, avec des protestations et des à-coups, la deuxième). Il y eut environ quatre secondes pendant lesquelles elles eurent l'air de sonner toutes en même temps – sonner, tinter, carillonner, du *bong* le plus grave au *ding* argentin – mais leur synchronisme n'alla pas plus loin. On ne peut pas dire non plus qu'elles se déclenchèrent, mais plutôt qu'elles renoncèrent à se retenir davantage, comme de l'eau qui finit par s'écouler avec des gargouillis dans une évacuation qui n'est pas complètement bouchée.

Il ne comprenait absolument pas pour quelle raison il se sentait aussi déçu. S'était-il vraiment attendu à quelque chose d'autre ? À ce que Pop Merrill, décrit par M. Baker comme un philosophe de l'ouverture 1,9 à 16 et un bricolo universel, dégage un ressort et lui dise : « Tiens, regarde. C'est à cause de cette cochonnerie de ressort qu'on voit un chien à chaque fois que tu appuies sur le déclencheur. C'est un ressort à chien, comme ceux des jouets de gosses en forme de chien, tu les remontes, ils marchent et ils aboient en bougeant la queue ; un petit rigolo, sur la chaîne d'assemblage des Soleil 660, s'amuse à en mettre dans les appareils. »

S'était-il attendu à cela ?

Non. Mais au moins... à *quelque chose.*

« Mais alors là, pas la moindre idée », répéta Pop joyeusement. Il prit derrière lui une pipe épi de maïs comme celle du Général MacArthur, posée sur un râtelier en forme de siège-baquet. Il entreprit de la bourrer en prenant le tabac dans une blague en similicuir avec HERBE DU DIABLE écrit dessus. « On peut même pas démonter ces engins, tu comprends.

– Vous pouvez pas ?

– Et non », répondit Pop, d'un ton enjoué. Il s'interrompit, juste le temps de donner un petit coup de pouce à la monture de ses lunettes. Elles tombèrent exactement en place avec un petit bruit mou et vinrent cacher les deux points rouges de part et d'autre de son nez. « On pouvait les démonter, autrefois », reprit-il, faisant surgir une allumette Diamond Blue Tip d'une poche de son gilet (car il portait bien entendu un gilet), et appuyant l'ongle jauni et épais de son pouce sur la partie soufrée. Oui, c'était un individu à rouler les touristes une main attachée derrière le dos (dans la mesure où ce n'était pas celle avec laquelle il pêchait ses allumettes et les enflammait). Même à quinze ans, Kevin s'en rendait bien compte. Pop Merrill avait du style. « Je veux parler des appareils Polaroïd Land. Tu n'as jamais vu un de ces chefs-d'œuvre ?

– Non. »

Pop enflamma l'allumette du premier coup d'ongle, comme il le faisait toujours, et la présenta à la bouffarde, d'où émanèrent de petits signaux de fumée ravissants à voir mais d'une odeur infecte.

« Vraiment des chefs-d'œuvre. On aurait dit ces anciennes chambres noires comme celles qu'on utilisait au début du siècle, ou en tout cas avant que Kodak n'invente le boîtier Brownie. Ce que je veux dire (Kevin n'allait pas tarder à comprendre que c'était la phrase fétiche de Pop Merrill ; il s'en servait comme on dit « tu sais » ou "j'allais dire", pour accentuer, modifier, qualifier ou tout simplement pour prendre le temps de réfléchir), c'est qu'ils l'ont un peu bricolé, avec du chrome et des panneaux en cuir véritable, mais il avait toujours cet air démodé, comme les appareils à faire des daguerréotypes. Quand tu l'ouvrais, il étirait un soufflet en accordéon, parce que les lentilles avaient besoin d'au moins quinze centimètres pour obtenir une image nette. Pour avoir l'air démodé, il avait l'air démodé, à côté des Kodak des années quarante et cinquante. Et il avait une autre particularité : il ne prenait que des photos en noir et blanc.

– Ah bon ? fit Kevin, intéressé malgré lui.

– Exactement ! » répliqua Pop, gai comme un pinson. Son regard bleu pétillait à travers ses lunettes rondes et la fumée qui montait de son brûle-gueule. Le genre de pétillement qui trahissait soit la bonne humeur, soit l'avarice. « Ce que je veux dire, c'est que ces appareils ont fait rire les gens, comme ça a été le cas avec les premières Coccinelle Volkswagen... ce qui ne les a pas empêchés d'acheter les Polaroïd comme ils achetaient les Coccinelle, parce que les Polaroïd faisaient une chose que ne faisaient ni les Nikon ni les Minolta.

– Ils prenaient des photos qui se développaient tout de suite. »

Pop sourit. « Eh bien... pas exactement. Ce que je veux dire, c'est qu'une fois la photo prise, il fallait tirer sur une sorte de volet pour la faire sortir. Il n'y avait pas de moteur, et il ne faisait pas cette espèce de petit grésillement huileux, comme les Polaroïd modernes. »

Il y avait une manière parfaite de décrire ce bruit, en fin de compte ; il suffisait de trouver un Pop Merrill pour cela. Le bruit que font les appareils Polaroïd en recrachant leur photo est un *petit grésillement huileux*.

« Et il fallait les chronométrer.

– Les chrono... ?

– Tiens, pardi ! fit Pop avec satisfaction, aussi gai qu'un pinson quand il a trouvé un ver. Ce que je veux dire, c'est qu'il n'y avait pas ces charmants bidules automatiques, à l'époque. Tu tirais ta photo d'un bon coup sec, tu la posais sur la table, et tu chronométrais soixante secondes sur ta montre. Il fallait que ça soit soixante, à un poil près : au-dessous, ta photo était sous-exposée et au-dessus, surexposée.

– Houla », fit Kevin avec respect. Un respect pas simplement formel, histoire de caresser le vieux dans le sens du poil avec l'espoir qu'il revînt au sujet – lequel n'était pas les avatars de tout un tas de vieux appareils photographiques, merveilles en leur temps, mais *son* appareil, son foutu Soleil 660 posé sur la table de travail de Pop, entre les entrailles d'une vieille horloge sept jours et quelque chose d'aspect phallique. Non, ce n'était pas un respect bidon et Pop le savait. Ce dernier pensa soudain (ça ne serait pas venu à l'esprit de Kevin) ce grand dieu blanc, le progrès, était fugace, ; encore dix ans, et l'expression elle-même (« à la pointe du progrès ») serait démodée. À la mine fascinée du garçon, on aurait pu croire qu'il entendait parler de quelque chose d'aussi antique que le dentier de bois de George Washington, et non d'un appareil photo que tout le monde avait considéré comme un sommet absolu de la technologie seulement trente-cinq ans auparavant. Mais, à cette époque, l'adolescent dérivait encore dans les limbes du néant, élément d'une femme qui n'avait même pas encore rencontré l'homme qui lui procurerait l'autre indispensable moitié.

« Ce que je veux dire, c'est qu'il y avait une chambre noire classique entre la photo et le dos », reprit Pop, d'abord lentement, puis prenant de la vitesse à mesure que son authentique intérêt pour la question refaisait surface (sans qu'il oubliât pour autant de qui ce garçon était le fils, ce qu'il pourrait en tirer, et l'étrange phénomène que présentait l'appareil photo). « À la fin de la minute, on tirait la photo comme on pèle un fruit ; il fallait faire attention, là aussi, parce qu'il y avait cette matière comme de la gelée qui pouvait te brûler la peau si tu l'avais trop sensible.

– Fabuleux », dit Kevin. Il ouvrait de grands yeux, et avait l'air d'un gosse qui entend l'histoire des chiottes à deux trous que Pop et ses collègues d'enfance avaient connues (ils étaient presque tous des collègues pour lui ; il avait bien peu d'amis d'enfance à Castle Rock, peut-être parce qu'il se préparait déjà, à l'époque, à l'affaire de sa vie, l'arnaque des touristes, ce que les autres enfants percevaient sans doute comme une odeur lointaine de putois). L'été, il fallait y faire ses commissions le plus vite possible, à cause des guêpes qui tourbillonnaient au-dessous, entre la manne et les deux trous (lesquels étaient pour elles le ciel d'où tombait la manne), et qui pouvaient décider de planter leur dard dans l'une de vos tendres petites joues inférieures. Mais il fallait également se presser l'hiver, parce que sinon, les mêmes tendres petites joues inférieures risquaient de congeler. *Ouais*, pensa Pop, *question appareil photo de l'avenir, c'était plutôt raté. Trente-cinq ans, et pour ce môme c'est aussi intéressant qu'une cabane à chiottes au fond d'une cour.*

« Le négatif était au dos. Et ton positif – d'accord, c'était en noir et blanc, mais fallait voir quel noir et blanc : aussi net et clair que ce qu'on peut souhaiter, même maintenant. Il y avait aussi ce petit truc rose, à peu près de la taille d'une gomme, si je me rappelle bien ; il en sortait une sorte de produit chimique avec une odeur d'éther, et il fallait en frotter la photo aussi vite que possible, pour l'empêcher de s'enrouler sur elle-même comme un ressort de montre. »

Kevin éclata de rire, à l'idée de ces délicieuses antiquités.

Pop se tut, le temps de rallumer sa pipe. Cela fait, il enchaîna : « Cet appareil, seuls les gens de Polaroïd savaient vraiment comment il fonctionnait, et c'était un groupe plutôt fermé – mais il était mécanique, leur engin. On pouvait le *démonter.* »

Il jeta un coup d'œil légèrement dégoûté au Soleil 660.

« Et bien souvent, quand un de ces Polaroïd tombait en panne, ça suffisait. Les types arrivaient et gémissaient, ça ne marche pas, il va falloir le renvoyer chez Polaroïd, ça va prendre un temps fou et est-ce que je ne voulais pas y jeter un coup d'œil. Moi, je me doutais bien que ce n'était qu'une vis qui s'était un peu desserrée à l'intérieur, ou alors un ressort cassé ou je sais pas moi, le fiston qui avait balancé du beurre de cacahuète dans le compartiment à film. »

Il lui adressa un clin d'œil si rapide et si merveilleusement rusé que, pensa Kevin, si l'on n'avait pas su qu'il parlait des touristes, on aurait pu l'imputer aux tendances d'une imagination paranoïde ou, plus vraisemblablement, ne pas le percevoir du tout.

« Ce que je veux dire, c'est que tu avais là une situation parfaite, reprit Pop. Si tu pouvais le réparer, tu devenais un faiseur de miracles. Figure-toi, fiston, que je me suis mis huit dollars et cinquante cents dans la poche pour avoir enlevé des débris de chips coincés entre le déclencheur et le rideau d'obturation. Et, en plus, la femme qui m'avait apporté l'appareil m'a embrassé sur la bouche. Oui... sur la bouche ! »

Kevin devina l'œil de Pop qui cligna une fois de plus derrière un nuage de fumée bleue.

« Et bien entendu, si c'était quelque chose que je ne pouvais pas réparer, on ne m'en tenait pas rigueur. Ce que je veux dire, c'est qu'ils ne s'attendaient pas vraiment à ce que je sois capable de régler la question d'emblée. J'étais leur ultime recours avant qu'ils mettent l'appareil dans un emballage bien bourré de journaux pour le protéger, et l'envoient par la poste à Schenectady. Mais cet appareil-ci... »

Il s'exprimait avec le ton de dégoût que tous les philosophes de comptoir, ceux de l'Athènes de l'âge d'or comme ceux des arrière-boutiques de brocanteur des patelins modernes, adoptent pour manifester leur sentiment sur l'entropie sans avoir à en dire plus. « Tu comprends, il n'a pas été assemblé, fiston. Ce que je veux dire, c'est qu'il a été *coulé*. Je pourrais faire sauter les lentilles, peut-être ; je le ferai si tu me le demandes. Et j'ai déjà regardé dans le compartiment à film, sachant d'avance que je n'y trouverais rien qui clochait – rien dont je puisse me rendre compte, en tout cas. Je ne peux pas aller plus loin. Je pourrais prendre un marteau pour l'ouvrir, le casser, je veux dire, mais le réparer ? (Il ouvrit les mains dans la fumée de sa pipe.) Non m'sieur !

– Alors je crois que je n'ai plus qu'à... » *le renvoyer, finalement*, avait l'intention de continuer Kevin, mais Pop l'interrompit.

« De toute façon, fiston, quelque chose me dit que tu t'en doutais. Ce que je veux dire, c'est que tu es un petit gars brillant, et que tu vois très bien si une chose est faite d'un seul tenant. Tu ne m'as pas apporté cet appareil pour que je le répare, à mon avis. Tu te doutais que même si cet appareil était démontable, personne ne pourrait réparer ce qui se passe là-dedans. En tout cas, pas avec un tournevis. Tu me l'as apporté pour me demander ce qui se passe.

– Et vous le savez ? demanda Kevin, soudain tendu.

– Ça se pourrait », répondit calmement Pop Merrill.

Il se pencha sur la pile de photos – vingt-huit en tout, maintenant, en comptant celle que Kevin avait tirée pour faire sa démonstration, et celle faite par Pop lui-même pour confirmer cette démonstration. « Elles sont dans l'ordre ?

– Pas exactement, mais à peu près. Est-ce que c'est important ?

– Je le crois, dit Pop. Elles sont légèrement différentes, non ? Pas beaucoup, mais un peu.

– Ouais. Je me rends compte de la différence sur certaines, mais...

– Sais-tu laquelle est la première ? Je devrais pouvoir la trouver tout seul, mais le temps, c'est de l'argent, fiston.

– C'est facile, répondit Kevin, qui en prit une dans le désordre de la pile. Vous voyez la trace de chocolat, sur la bordure ?

– Ouais-ouais. » Pop ne jeta qu'un très bref coup d'œil à la tache. Il étudia attentivement le cliché puis, au bout d'un moment, ouvrit le tiroir de son bureau. Toutes sortes d'outils y étaient éparpillés. Sur un côté se trouvait un objet enroulé dans un velours de bijoutier. Pop en sortit une loupe avec un interrupteur dans le manche, l'alluma et se pencha sur la photo, éclairée par un cercle brillant de lumière.

« C'est super ! s'exclama Kevin.

– Ouais-ouais. »

Kevin sentit que pour Pop, il n'existait plus, tant l'étude du document l'absorbait.

Quelqu'un qui aurait ignoré dans quelle circonstance le cliché avait été pris l'aurait jugé indigne de tant d'attention. Comme la plupart des photos faites avec un appareil correct et un bon film, et par un photographe assez intelligent pour ne pas laisser traîner quelques doigts devant l'objectif, elle était claire et compréhensible... ainsi que bizarrement peu spectaculaire, comme beaucoup d'instantanés Polaroïd. On pouvait identifier et nommer tout ce qu'on y voyait, mais son contenu avait la platitude de sa surface à deux dimensions. Elle n'était pas bien composée, mais la composition n'était pas ce qui clochait : on ne pouvait accuser sa platitude ou son absence d'intérêt, pas plus qu'on ne peut dire d'une journée réelle de la vie réelle qu'elle cloche sous prétexte qu'il ne s'y est rien passé de notable. Comme souvent, dans ce genre de photos, les choses étaient simplement *là* ; une chaise vide sous un porche, une balançoire sans enfant dans une arrière-cour, une voiture sans passager garée au bord d'un trottoir quelconque, sans même un pneu à plat pour la rendre un peu intéressante.

Ce qui clochait, avec cette photo, était l'impression

qu'elle donnait de clocher quelque part. Kevin n'avait pas oublié cette étrange sensation de malaise, éprouvée lorsqu'il avait fait poser sa famille, non plus que l'onde de chair de poule qui lui avait remonté le dos quand, pris dans l'éclair aveuglant du flash, il avait pensé : *Il est à moi*. Voilà ce qui clochait. De même que l'on ne peut plus ne pas voir le visage dans la lune une fois qu'on l'a distingué, on ne peut pas se débarrasser de l'effet de certaines sensations... sensations qui, dans le cas de ces photos, étaient désagréables.

Kevin pensa : *C'est comme s'il y avait un vent – très léger et très froid – qui surgissait de cette photo.*

Pour la première fois, l'idée qu'il pût s'agir de quelque chose de surnaturel, que les photos fussent une partie d'une Manifestation, fit plus que l'intriguer. Pour la première fois, il se prit à regretter de ne pas avoir laissé tomber. *Il est à moi* – voilà ce qu'il avait pensé lorsque son doigt avait appuyé sur le déclencheur. Il se demandait maintenant s'il ne fallait pas, peut-être, prendre la chose sous un autre angle.

J'en ai peur. J'ai peur de ce qu'il fait.

Cette idée le rendit furieux, et il se pencha sur l'épaule de Pop Merrill, pourchassant les détails avec autant de férocité qu'un homme qui a perdu un diamant dans un tas de sable. Il était déterminé à regarder, étudier et mémoriser ce qu'il verrait, quoi que ce fût (en supposant, évidemment, qu'il vît quelque chose de nouveau, ce qu'il ne croyait pas ; il avait étudié toutes ces photos et estimait avoir vu tout ce qu'il y avait à y voir). Quant à mémoriser... une voix douloureuse, au fond de lui, lui intima vigoureusement que le temps d'oublier était de toute façon passé, peut-être pour toujours.

Ce qu'on voyait sur la photo ? Un grand chien noir en face d'une barrière de piquets blancs. La barrière n'allait pas rester blanche bien longtemps si quelqu'un, dans le monde plat du Polaroïd, ne lui donnait pas rapidement un bon coup de pinceau. Voilà qui paraissait improbable ; elle donnait l'impression d'être mal entretenue, oubliée. La pointe de certains piquets était cassée. D'autres pendaient, à demi détachés de leur support.

Le chien se tenait sur le trottoir, devant la barrière. Il avait le train arrière tourné vers le spectateur. Longue et touffue, sa queue retombait. Il semblait renifler l'un des piquets ; probablement, d'après Kevin, parce que la barrière était ce que son père appelait une « boîte aux lettres », un endroit où les chiens étaient nombreux à lever la patte afin de laisser quelque message mystique sous forme d'arabesques dorées avant de partir plus loin.

L'animal avait l'air d'un chien errant. De la bardane

était prise dans son pelage long et emmêlé. L'une de ses oreilles avait l'aspect froissé laissé par les cicatrices de quelque ancienne bagarre. Son ombre s'étirait suffisamment pour sortir du cadre, sur la pelouse tour à tour pelée et envahie d'herbes folles, de l'autre côté de la barrière. Kevin en déduisait que la photo avait été prise peu après l'aube, ou peu avant le crépuscule. Il était impossible de trancher sur l'orientation du photographe (mais *quel* photographe ? Ah-ah !) ; ce dernier devait s'être tenu le dos pratiquement à l'est ou à l'ouest.

On devinait quelque chose dans l'herbe, à l'intérieur de la barrière et à gauche de la photo, qui faisait penser à une balle d'enfant en caoutchouc ; mais, l'objet étant à demi caché par une touffe d'herbes ternes, c'était difficile à dire.

Et c'était tout.

« Reconnais-tu quelque chose ? » demanda Pop, faisant lentement aller et venir sa loupe sur la photo. L'arrière-train du chien se transforma en monticule couvert de fourrés emmêlés, noirs, étranges ; trois ou quatre des piquets pelés prirent la taille d'anciens poteaux téléphoniques ; puis soudain, l'objet rond à demi dissimulé devint, en effet, une balle d'enfant, même s'il avait la taille d'un ballon de football ; Kevin voyait jusqu'aux étoiles décoratives en relief qui le ceinturaient. La loupe de Pop leur révélait donc quelque chose, et dans quelques instants, Kevin allait lui-même découvrir autre chose, sans celle-ci. Mais un peu plus tard.

« Bon Dieu, monsieur Merrill. Où voulez-vous que… ?

– Parce qu'il y a un certain nombre de choses, ici », fit patiemment Pop, sans cesser de parcourir la photo. Kevin pensa à un film dans lequel les flics cherchent des prisonniers évadés depuis un hélicoptère équipé d'un projecteur. « Un chien, un trottoir, une barrière de piquets qui aurait besoin d'être retapée ou carrément démolie, une pelouse à laquelle un coup de tondeuse ne ferait pas de mal. Le trottoir ne nous dit pas grand-chose : on ne le voit qu'en partie. Quant à la maison, on n'en aperçoit même pas les fondations, mais ce que je veux dire, c'est qu'il y a le chien. Tu ne le reconnais pas ?

– Non.

– Ni la barrière ?

– Non.

– Et la balle en caoutchouc ?

– Non… à votre air, on dirait que vous croyez que je devrais la reconnaître.

– J'ai l'air de quelqu'un qui pense que tu *aurais pu* la reconnaître, le corrigea Pop. Tu n'as jamais eu de balle semblable quand tu étais petit ?

– Pas que je me souvienne, non.

– Tu as une petite sœur, paraît-il.

– Megan.

– Elle n'a jamais eu de balle comme celle-ci ?

– Je ne crois pas. Je ne me suis jamais spécialement intéressé aux jouets de Megan. Elle a eu un rebondisseur, un Bolo, et le ballon au bout était rouge, mais plus sombre.

– Ouais, je sais ce que tu veux dire. Ce n'est pas le même genre de balle, en effet. Et ce n'est pas votre pelouse ?

– Nom de D... – euh, bon sang, non ! » Kevin se sentait un peu offensé. Lui et son père entretenaient avec soin le gazon autour de leur maison. Il était d'un beau vert profond et resterait ainsi, même avec les feuilles mortes, au moins jusqu'à la mi-octobre. « Et de toute façon, nous n'avons pas ce genre de barrière avec des piquets. » *Et si nous en avions une, elle ne serait pas dans cet état*, ajouta-t-il dans son for intérieur.

Pop relâcha l'interrupteur de sa loupe, replaça l'instrument dans son carré de velours, et l'enveloppa avec un soin qui frisait la vénération avant de le remettre à la même place, dans le tiroir. Puis il regarda attentivement Kevin. Il avait posé sa pipe, et aucune fumée ne lui brouillait les yeux ; mais, si son regard était toujours aussi aigu, il ne pétillait plus comme avant.

« Ce que je veux dire, c'est qu'il pourrait s'agir de votre maison avant que vous ne l'ayez achetée, qu'est-ce que tu en penses ? Il y a dix ans...

– On l'avait déjà, il y a dix ans, le coupa Kevin, confondu.

– Je ne sais pas, moi. Il y a vingt ans, trente ans ? Ce que je veux dire, reconnais-tu le coin ? On dirait que ça monte un peu.

– Notre pelouse de devant... » commença-t-il. Il réfléchit, secoua la tête et reprit : « Non, la nôtre est plate. La pente irait plutôt dans l'autre sens, s'il y en a une. C'est peut-être pour ça qu'on a des infiltrations dans la cave, quand le printemps est très humide.

– Ouais-ouais, peut-être. Et la pelouse de derrière ?

– Il n'y a pas de trottoir, derrière. Et sur les côtés... (il s'interrompit). Vous essayez de savoir si mon appareil prend des photos du passé ! » s'exclama-t-il. Pour la première fois, il eut réellement, viscéralement peur. Sa langue, contre son palais, avait un goût métallique.

« Je posais juste une question. » Pop frotta machinalement la table du doigt, à côté des photos, et parut parler davantage pour lui-même que s'adresser à Kevin. « Tu sais, on dirait qu'il se passe des choses fichtrement bizarres, de temps en temps, avec deux gadgets qui n'ont pourtant rien d'extraordinaire. Je ne dis pas qu'elles se passent vraiment ; sauf que dans ce cas, ça voudrait dire qu'il y aurait un sacré paquet de menteurs et de mystificateurs de par le monde.

– Quels gadgets ?

– Les magnétophones et les appareils Polaroïd. » Pop avait toujours l'air de parler aux photos ou à lui-même, comme s'il n'y avait pas eu Kevin dans cet antre poussiéreux habité de mille tic-tac, l'arrière-boutique de l'Emporium Galorium. « Les magnétophones, par exemple, sais-tu combien de gens prétendent avoir enregistré la voix de personnes mortes ?

– Non. » Kevin n'avait pas cherché à parler à voix basse, mais avait néanmoins répondu dans un souffle. Pour quelque étrange raison, on aurait dit qu'il n'avait pas assez d'air dans les poumons pour parler normalement.

« Moi non plus », avoua Pop, remuant les photos du bout du doigt. Un doigt tordu au bout carré, un doigt qui paraissait conçu pour exécuter des mouvements maladroits et des opérations grossières, un doigt à renverser les vases au bout des tables et à provoquer un saignement de nez chez son propriétaire, s'il avait le malheur de vouloir se débarrasser d'une crotte de nez. Cependant, en voyant les mains de l'homme, Kevin pensa qu'il y avait probablement plus de grâce dans cet unique doigt que dans tout le corps de Meg (et peut-être dans le sien ; le clan des Delevan n'était connu ni pour sa légèreté de pied ni pour sa dextérité, raison pour laquelle l'avait frappé l'image de son père retenant sa mère, image qu'il conserverait sans doute toute sa vie). Le doigt de Pop Merrill semblait sur le point d'expédier toutes les photos par terre par simple maladresse ; le genre de doigt qui cogne, dérape et pince par erreur. Mais non, les photos bougeaient à peine sous ses effleurements impatients.

Surnaturel, pensa de nouveau Kevin avec un petit frisson. Un authentique frisson qui le surprit, l'effara et le gêna un peu, même si Pop Merrill ne s'en aperçut pas.

« Et il y a même une manière de le faire », reprit Pop, qui ajouta, comme si Kevin lui avait posé la question : « Qui le fait ? Du diable si je le sais. Je suppose que ce sont ces "détectives des forces psychiques", ou ceux qui s'appellent eux-mêmes comme ça. Mais, à mon avis, il s'agit juste de rigolos qui font les idiots avec ça, comme les gens avec les planches de Ouija, dans les soirées. »

Il leva des yeux sévères vers Kevin, comme s'il redécouvrait sa présence.

« As-tu un Ouija, fiston ?

– Non.

– As-tu joué une fois avec une de ces planches ?

– Non.

– Eh bien, ne le fais jamais, fit Pop, l'air encore plus sinistre. Ces saloperies sont dangereuses. »

Kevin n'osa pas dire au vieil homme qu'il n'avait pas la moindre idée de ce qu'était une planche Oui-da.

« Bref, ils installent un magnétophone dans une pièce vide. En principe, c'est une maison ancienne, tu vois ce que je veux dire, une maison avec une histoire, s'ils peuvent en trouver une. Tu vois ce que je veux dire, par une maison qui a une histoire, fiston ?

– Je crois... une maison hantée, non ? » hasarda Kevin. Il s'aperçut qu'il transpirait légèrement, comme la dernière fois que Mme Whittaker leur avait annoncé une interrogation écrite surprise en algèbre.

« Oui, ça fera l'affaire. Ces... ces gens préfèrent les maisons ayant eu une histoire *violente*, mais ils prennent ce qu'ils trouvent. Bon, ils installent leur machine dans une pièce vide. Puis, le lendemain – ce que je veux dire, c'est qu'ils font toujours ça la nuit, ils ne sont contents que comme ça, et minuit est l'heure idéale pour eux –, le lendemain, ils écoutent ce qui a été enregistré.

– Dans une pièce vide ?

– Parfois, continua Pop d'une voix songeuse qui pourrait (ou non) dissimuler quelque sentiment plus profond, il y a des voix. »

Kevin frissonna de nouveau. Il y avait bien des

hiéroglyphes inscrits quelque part. Rien qu'on aurait aimé lire, mais... ouais. Ils étaient là.

« De vraies voix ?

– En général, pure imagination, mais une ou deux fois, j'ai entendu des gens en qui j'avais confiance dire qu'ils avaient entendu des voix réelles.

– Et vous ? est-ce que... ?

– Une fois », répondit sèchement Pop, qui resta si longtemps sans rien ajouter que Kevin commença à croire qu'il n'en dirait pas davantage. « C'était un seul mot. Aussi clair qu'un son de cloche. Enregistré dans le salon d'une maison vide de Bath. Le type y avait tué sa femme en 1946.

– Et quel était ce mot ? » demanda Kevin, tout en sachant qu'on ne le lui dirait pas, avec autant de certitude qu'il savait qu'aucun pouvoir sur terre, en tout cas pas sa volonté, n'aurait pu l'empêcher de poser la question.

Mais Pop le lui dit.

« Bassine. »

Kevin cilla. « Bassine ?

– Ouaip.

– Ça ne veut rien dire.

– Pas forcément. Il suffit de savoir qu'il lui avait

coupé la gorge et maintenu la tête au-dessus d'une bassine pour récupérer le sang.

– Oh, mon Dieu !

– Eh oui.

– Oh, mon Dieu, vraiment ? »

Pop ne fit pas l'effort de répondre.

« C'était peut-être un faux, un canular, non ? »

Du tuyau de sa pipe, le vieil homme montra les photos. « Et ça, ce sont des faux ?

– Oh, mon Dieu...

– Et maintenant, les Polaroïd », poursuivit Pop, comme un lecteur de conte qui entamerait un nouveau chapitre dans la foulée : *Alors, en un autre lieu de la forêt...* « J'ai vu des photos avec des gens, et les gens juraient qu'on y voyait d'autres personnes qui n'étaient pas avec eux au moment de la prise de vue. Et il y a cette photo célèbre faite par une femme, en Angleterre. Elle voulait prendre le retour d'une chasse au renard, à la fin d'une journée. Il faut les imaginer, une vingtaine de cavaliers qui s'engagent sur un petit pont de bois. Avant et après le pont, c'est une route bordée d'arbres des deux côtés. Les premiers l'ont déjà franchi. Et sur la droite de la photo, debout sur le bas-côté, on voit une dame en robe longue, avec un chapeau à voilette qui empêche de distinguer son visage, un petit livre sous le bras. On voit même qu'elle porte un médaillon au cou, ou bien une montre.

Eh bien, lorsque la femme qui avait pris la photo vit la dame, elle piqua quasiment une crise de nerfs, et personne n'aurait pu la blâmer, fiston, parce que, ce que je veux dire, c'est qu'elle voulait immortaliser les chasseurs, un point c'est tout, et qu'il n'y avait personne d'autre que les cavaliers. Sauf sur la photo. Et lorsqu'on la regarde vraiment de près, on a l'impression de voir les arbres à travers la dame. »

Il est en train de me faire marcher et de me raconter des bobars, et il va hurler de rire dès que j'aurai tourné les talons, se dit Kevin, tout en sachant que Pop Merrill ne faisait rien de tel.

« La photographe demeurait dans l'une de ces grandes maisons anglaises comme on en voit dans les cours éducatifs à la télé, et j'ai entendu dire que lorsqu'elle a montré le cliché au propriétaire, le type s'est évanoui. Ça, on peut toujours le simuler. C'était probablement simulé. Ça sent le coup monté, non ? Mais j'ai vu la photo dans un article à côté d'un portrait de l'arrière-grand-mère du type en question, et elle lui ressemblait bigrement. Sans qu'on puisse rien affirmer, à cause de la voilette.

– Ça pourrait être un canular, aussi, objecta Kevin d'une voix incertaine.

– Possible, répondit Pop, le ton indifférent. Les gens sont prêts à faire les trucs les plus bizarres. Tiens, prends mon neveu, par exemple. Ace. (Le nez de Pop se plissa.) Il a été tirer quatre années à Shawshank, et pour quoi ? Pour un coup minable et foireux. Il a fait le crétin, et le shérif Pangborn l'a fichu au trou pour ça. Cet idiot a eu exactement ce qu'il méritait. »

Kevin, faisant preuve d'une sagesse digne de quelqu'un du double de son âge, ne répondit rien.

« Mais lorsque les fantômes apparaissent sur les photos, fistons – ou bien, comme tu dis, lorsque les gens prétendent que ce sont des fantômes – c'est presque toujours des photos prises avec un Polaroïd. Et presque toujours accidentellement, semble-t-il. Tandis que tes fichues photos de soucoupes volantes ou du monstre du Loch Ness, elles sont presque toujours de l'autre sorte. Celle qu'un petit malin est capable de traficoter dans une chambre noire. »

Il adressa à Kevin un troisième clin d'œil qui englobait tous les traficotages (quels qu'ils fussent) qu'un photographe sans scrupule pouvait imaginer dans une chambre noire bien équipée.

Kevin envisagea un instant de demander à Pop s'il était possible de truquer un Oui-da, puis décida de continuer à garder le silence. Ça lui semblait l'attitude la plus judicieuse.

« Voilà pourquoi je t'ai demandé s'il n'y avait pas quelque chose que tu connaissais dans ces photos de Polaroïd.

– Non, absolument rien », répondit Kevin d'un ton si convaincu qu'il se dit que Pop allait croire à un mensonge, comme le faisait toujours sa mère lorsqu'il commettait l'erreur tactique d'explications à la véhémence trop bien contrôlée.

« Ouais-ouais, fit Pop, le croyant avec tellement de facilité que Kevin en fut presque irrité.

– Eh bien, demanda Kevin au bout d'un instant de silence (si l'on ne tient pas compte du tic-tac des cinquante mille horloges et pendules), je crois que c'est ça, non ?

– Peut-être pas. Ce que je veux dire, c'est que j'ai ma petite idée sur la question. Tu serais d'accord pour prendre d'autres photos avec cet appareil ?

– À quoi ça servirait ? Elles sont toutes pareilles.

– Justement non. »

Kevin ouvrit la bouche, et la referma.

« Je suis même prêt à participer à l'achat du film », insista Pop qui, lorsqu'il vit la stupéfaction se peindre sur le visage de Kevin, ajouta précipitamment : « Au moins un peu.

– Combien voulez-vous qu'on en prenne ?

– Eh bien, on en a déjà... combien ? Vingt-huit, c'est ça ?

– Oui, je crois.

– Trente de plus, dit Pop après un instant de réflexion.

– Pourquoi ?

– Je ne te le dirai pas. Pas pour le moment. » Il exhiba une bourse rebondie accrochée à une chaînette d'acier, elle-même reliée à sa ceinture. Il l'ouvrit, en sortit un billet de dix dollars, hésita, et en ajouta deux de un dollar avec une évidente répugnance. « Ça doit faire à peu près la moitié, je crois. »

Ouais, tout juste, pensa Kevin.

« Si le coup que fait cet appareil t'intéresse vraiment, je me dis que tu peux bien banquer pour le reste, non ? » Le regard de Pop brillait comme celui d'un vieux chat curieux.

Kevin comprit que le vieil homme s'attendait non seulement à ce qu'il répondît oui, mais qu'il était inconcevable pour lui qu'il refusât. *Si jamais je dis non, il ne m'entendra même pas. Il dira : « Alors comme ça, c'est d'accord », et je me retrouverai sur le trottoir avec son argent dans la poche, que je le veuille ou non.*

Et il lui restait aussi l'argent de son anniversaire.

Tout de même, il y avait ce vent glacial auquel il aurait aimé réfléchir. Ce vent qui ne semblait pas souffler sur les photos mais en provenir directement, en dépit de leur trompeuse platitude, de leur surface trompeusement brillante. Il sentait le vent qui en provenait malgré leur muette protestation : *Nous sommes des Polaroid, et pour une raison que nous sommes incapables d'expliquer, ni même de comprendre, nous montrons seulement la surface banale des choses*. Ce vent était là. Qu'en penser ?

Kevin hésita encore un instant, tandis que les yeux brillants le jaugeaient, derrière leurs petites lunettes. *Je vais pas te demander si tu es un homme ou une souris*, disaient les yeux de Pop Merrill. *Tu as quinze ans, et ce que je veux dire, c'est que tu n'es peut-être pas encore un homme, à cet âge, pas tout à fait, mais que tu es fichtrement trop vieux pour être une souris, que nous le savons tous les deux et qu'en plus, tu n'es pas de N'importe où, mais d'ici, de Castle Rock, tout comme moi.*

« Bien sûr, répondit Kevin d'un ton faussement détaché qui ne les trompa ni l'un ni l'autre. Je crois que j'aurai le temps d'acheter le film ce soir. Je vous apporterai les photos demain, après l'école.

– Eh non.

– Vous êtes fermé, demain ?

– Eh non », répéta Pop. Et comme il *était* de là, Kevin attendit patiemment. « Tu te dis que tu vas prendre tes trente photos d'un coup, n'est-ce pas ?

– Ben oui. » Mais Kevin n'y avait même pas pensé ; cela lui avait paru aller de soi.

« Ce n'est pas comme ça que je te demande de procéder. Peu importe l'endroit où tu les prends ; ce qui compte, c'est *quand* tu les prends. Laisse-moi t'expliquer. »

Pop s'expliqua, et coucha même sur le papier un certain nombre d'heures. Kevin mit la liste dans sa poche.

« Voilà ! » fit Pop en se frictionnant les mains vivement. Elles produisirent un bruit sec, comme deux feuilles de papier de verre usagé que l'on frotte l'une contre l'autre. « On se revoit dans... disons trois jours ?

– Oui... je crois que ça ira.

– Je parie que tu aimerais autant attendre lundi après l'école (il adressa un quatrième clin d'œil à Kevin, lent, narquois, et tout ce qu'il y avait de plus humiliant). Comme ça, tes copains ne te verront pas entrer ici et ne se ficheront pas de toi, voilà ce que je veux dire. »

Kevin rougit, baissa les yeux vers la table et se mit à rassembler les Polaroïd, histoire de s'occuper les mains. D'ordinaire, quand il était gêné et ne savait qu'en faire, il se faisait craquer les articulations.

« Je... » Il voulait avancer quelque absurde protestation, mais ça ne les convaincrait ni l'un ni l'autre, si bien qu'il s'arrêta, contemplant une photo.

« Oui ? » demanda Pop. Pour la première fois depuis

que Kevin était là, le vieil homme eut quelque chose qui paraissait réellement humain dans son ton de voix. « On dirait que tu viens de voir un fantôme, mon garçon.

– Non, pas un fantôme. Je viens de voir qui a pris la photo. Qui a *vraiment* pris la photo.

– Nom d'un petit bonhomme, de quoi parles-tu ? »

Kevin indiqua une ombre. Lui-même, son père, sa mère, Meg et apparemment aussi M. Merrill l'avaient prise pour celle d'un arbre qui aurait été hors cadre. Mais ce n'était pas l'ombre d'un arbre. C'est ce que Kevin venait de comprendre, et on ne peut décomprendre ce que l'on a compris.

Encore d'autres hiéroglyphes.

« Je ne vois pas où tu veux en venir », dit Pop. Mais Kevin savait que le vieux n'ignorait pas qu'il en venait à *quelque chose*, et que c'était pourquoi il avait l'air si abasourdi.

« Regardez tout d'abord l'ombre du chien, reprit Kevin. Puis regardez celle-ci (il tapota le côté gauche de la photo). Dans la photo, le soleil se lève ou se couche. C'est ce qui allonge les ombres, et il est difficile de dire par quoi elles sont projetées. Mais en la regardant, ça s'est mis en place pour moi, tout d'un coup.

– Qu'est-ce qui s'est mis en place, fiston ? » Pop eut un geste vers le tiroir, sans doute avec l'intention d'y reprendre la loupe... puis il interrompit son mouvement.

Brusquement, il n'en avait plus besoin. Brusquement, ça s'était mis en place pour lui aussi.

« C'est l'ombre d'un homme, n'est-ce pas ? demanda Pop. Je veux bien rôtir en enfer si ce n'est pas l'ombre d'un homme.

– Ou d'une femme. On ne peut pas dire. Ce sont des jambes, j'en suis sûr, mais ce sont peut-être celles d'une femme en pantalon. Ou même d'un gosse. Avec des ombres qui s'allongent autant...

– Ouais, on ne peut pas dire.

– De toute façon, c'est bien celle de la personne qui a pris la photo, non ?

– Ouaip.

– Mais ce n'est pas la mienne. C'est sorti de mon appareil, comme toutes les autres, mais je ne l'ai pas prise. Mais alors, qui, monsieur Merrill ? Qui ?

– Appelle-moi Pop », répondit le vieil homme d'un air absent, tout en contemplant l'ombre sur la photo.

Kevin sentit sa poitrine se gonfler de plaisir tandis que les quelques pendules encore capables d'avancer à vitesse normale commençaient à signaler aux autres que, aussi fatiguées qu'elles fussent, il était temps pour elles de sonner la demie.

3

Lorsque Kevin revint à l'Emporium Galorium avec les photos, le lundi après l'école, les feuilles avaient commencé à changer de couleur sur les arbres. Cela faisait deux semaines qu'il avait eu quinze ans, et cet événement avait perdu de sa nouveauté.

Ce qui n'en avait pas perdu, en revanche, était le phénomène *surnaturel*, même si, à son avis, celui-ci ne figurait pas dans la liste des bienfaits reçus. Il avait fini de tirer les photos selon le calendrier établi par Pop, le vendredi après-midi, et il comprenait maintenant – aussi clairement qu'il était possible – pour quelle raison le vieil homme avait imposé un intervalle de temps entre chaque prise : les dix premières toutes les deux heures, un temps de repos pour l'appareil, les dix suivantes toutes les deux heures, les dix dernières toutes les trois heures. Il avait pris les dernières à l'école, le vendredi, et vu alors quelque chose que personne n'aurait pu voir avant, puisque ça ne devenait visible que sur les trois derniers clichés. Il en avait été tellement terrifié qu'il avait décidé, avant même d'aller les montrer à Pop Merrill, de se débarrasser du Soleil 660. Pas de l'échanger, surtout pas : cela aurait signifié en perdre le contrôle. Il ne pouvait le permettre.

Il est à moi, avait-il pensé, et cette idée ne cessait de lui revenir à l'esprit, mais ce n'était pas une idée vraie. Si elle l'avait été (autrement dit, si le Soleil 660 ne prenait des photos du bâtard noir près de la barrière blanche que lorsque lui, Kevin, appuyait sur le déclencheur), il en aurait été différemment. Mais ce n'était pas le cas. Quelle que fût la magie sournoise contenue dans les entrailles de l'appareil, il n'était pas le seul à la provoquer. Son père avait pris la même photo (presque la même), ainsi que Pop Merrill et Meg, quand Kevin lui avait laissé tirer deux épreuves dans le cadre du programme de Pop.

« Les as-tu numérotées ? demanda Pop lorsque Kevin les lui apporta.

– Oui. De un à cinquante-huit. » Il fit défiler sous son pouce les coins inférieurs gauche ; les numéros y figuraient dans un petit cercle. « Je ne sais pas si c'est important mais j'ai décidé de me débarrasser de l'appareil.

– De t'en débarrasser ? Ce n'est pas ce que tu veux dire.

– Non, je ne crois pas. Je vais le démolir à coups de masse. »

Pop le regarda de ses petits yeux rusés. « Ah bon ?

– Oui, répondit Kevin, sans détourner les siens du regard rusé. La semaine dernière, rien que l'idée m'aurait fait rire, mais je ne ris plus aujourd'hui. Je crois que ce truc est dangereux.

– Je me dis que tu as peut-être raison. Au fond, tu peux très bien le ficeler à un bâton de dynamite et le réduire en poussière si ça te chante. C'est ton appareil, voilà ce que je veux dire. Mais pourquoi ne pas attendre un petit peu ? Il y a quelque chose que j'aimerais faire avec ces photos. Ça pourrait t'intéresser.

– Quoi ?

– Je préfère pas le dire, des fois que ça marcherait pas. J'aurai peut-être quelque chose à la fin de la semaine. Un truc qui t'aidera à mieux te décider, dans un sens ou un autre.

– J'ai décidé, l'interrompit Kevin en tapotant la chose apparue sur les deux derniers clichés.

– Qu'est-ce que c'est ? demanda Pop. Je les ai regardés à la loupe, j'ai l'impression que je devrais savoir ce que c'est – comme un mot qu'on a sur le bout de la langue, c'est ce que je veux dire – mais je n'y arrive pas.

– Je suppose que je pourrais attendre jusqu'à vendredi, dit Kevin, faisant exprès de ne pas répondre à la question. Mais pas plus longtemps.

– La frousse ?

– Oui, j'ai la frousse, répondit-il simplement.

– Tu en as parlé à tes parents ?

– Non. Pas du tout.

– Tu pourrais en avoir envie. Tu pourrais avoir envie d'en parler à ton père, c'est ce que je veux dire. Tu auras le temps d'y penser pendant que je m'occuperai de mon côté avec ma petite idée.

– Vous pouvez faire ce que vous voulez, je l'écrase sous la masse de mon père vendredi prochain. Je ne veux même pas un nouvel appareil photo. Pas plus un Polaroïd qu'un autre.

– Où est-il, en ce moment ?

– Dans un tiroir de ma commode. Et il y restera.

– Passe au magasin vendredi, dit Pop. Apporte l'appareil photo. On discutera de ma petite idée et alors, si tu veux démolir ce foutu machin, je te prêterai ma propre masse. Pour rien. J'ai même un billot dans l'arrière-cour dont tu pourras te servir.

– Affaire conclue, répondit Kevin avec un sourire.

– Qu'as-tu dit au juste à tes parents ?

– Que je ne suis pas encore décidé. Je n'ai pas voulu les inquiéter. Surtout Maman. (Kevin lui adressa un regard curieux.) Pourquoi pourrais-je vouloir en parler à mon père ?

– Si tu démolis cet appareil, il risque d'être furieux contre toi. Ça n'est pas si grave, mais il va peut-être croire aussi que tu es un peu cinglé. Du genre vieille fille qui crie au voleur et appelle la police pour un plancher qui craque, c'est ce que je veux dire. »

Kevin rougit un peu, se rappelant la colère de son père lorsque l'idée d'un phénomène surnaturel avait été lancée, puis soupira. Il n'avait pas songé à cette conséquence, mais il se disait maintenant que Pop avait probablement raison. Il n'aimait pas que son père soit en colère contre lui ; c'était cependant quelque chose qu'il pouvait supporter. Mais qu'il le prît pour un poltron, un fou, ou les deux... c'était tout de même une autre paire de manches.

Pop le regardait de son air roublard, déchiffrant les pensées de Kevin à mesure qu'elles traversaient son visage, avec autant de facilité que les gros titres d'un journal à scandales.

« Pourrait-il venir nous retrouver ici vers quatre heures, vendredi prochain ?

– Impossible, répondit Kevin. Il travaille à Portland. Il arrive rarement à la maison avant six heures.

– Je vais lui passer un coup de fil, si tu veux. Il viendra, si je l'appelle. »

Kevin ouvrit de grands yeux.

Un léger sourire effleura les lèvres de Pop. « Oh, je le connais. De longue date. Il n'aime pas plus parler de moi que toi, et je comprends ça, mais ce que je veux dire, c'est que je le connais. Je connais un tas de gens dans cette ville. Tu serais surpris, fiston.

– Comment l'avez-vous connu ?

– Oh, je lui ai rendu service, autrefois. » Pop enflamma une allumette de l'ongle, et dissimula ses yeux avec assez de fumée pour qu'il fût impossible de dire s'il y avait de l'amusement, de la nostalgie ou du mépris dans son regard.

« Quel genre de service ?

– Ça, c'est entre lui et moi. Tout comme cette affaire (geste vers le tas de photos) est entre toi et moi. C'est ce que je voulais dire.

– Bon... très bien... je crois. Est-ce que je dois lui dire quelque chose ?

– Sûrement pas ! fit Pop de son ton guilleret. Tu me laisses m'occuper de tout. » Et pendant un instant, en dépit des volutes de fumée, il y eut quelque chose dans le regard de Pop Merrill que Kevin Delevan aurait préféré ne pas voir. Il sortit, dans un état de grande confusion d'esprit, pétri d'une seule certitude : il lui tardait que tout cela fût terminé.

Pop resta assis, silencieux et immobile, pendant au moins cinq minutes après le départ de Kevin. Il laissa s'éteindre sa pipe, qu'il avait toujours à la bouche, et se mit à pianoter avec presque autant de dextérité qu'un concertiste, d'une main qui ressemblait à une paluche de terrassier, à côté de la pile de photos.

Il reposa soudain la pipe sur son râtelier et appela une boutique de matériel photo à Lewiston. Il posa deux questions. Les deux réponses furent oui. Pop raccrocha, et se remit à tambouriner sur la table. Ce qu'il envisageait n'était pas très correct vis-à-vis du garçon, mais celui-ci avait soulevé un pan de voile sur quelque chose que non seulement il ne comprenait pas, mais ne voulait pas comprendre.

Correct ou pas, Pop n'avait pas l'intention de laisser le garçon mettre sa décision à exécution. Il n'avait pas encore choisi la marche à suivre, en tout cas pas entièrement, mais il était judicieux d'être prêt.

C'était *toujours* judicieux.

Assis, tapant toujours des doigts, il se demanda ce

qu'avait bien pu voir le garçon. Ce dernier avait de toute évidence cru que Pop le saurait, mais Pop n'en avait pas la moindre idée. Peut-être le lui dirait-il vendredi. Ou pas. Mais si le garçon ne voulait rien dire, son père (à qui Pop avait une fois prêté quatre cents dollars à un taux exorbitant pour qu'il pût honorer un pari sur un match de basket, pari qu'il avait perdu et dont sa femme n'avait jamais entendu parler), son père, lui, parlerait. Si, bien sûr, il le pouvait. Même les meilleurs des pères ne savent pas tout sur leurs fils quand ils atteignent les quinze ans. Mais Pop jugeait que Kevin était un très jeune quinzenaire, et que son père devait être au courant d'à peu près tout... ou capable de le découvrir.

Il sourit, pianota, et toutes les horloges se mirent laborieusement à sonner cinq heures.

4

Le vendredi, à deux heures de l'après-midi, Pop Merrill tourna le panonceau de la porte, révélant l'inscription FERMÉ. Il se glissa au volant de sa Chevrolet 1959, laquelle était entretenue à la perfection depuis des années à la station-service Texaco de Sonny (et absolument pour rien, retombée d'un autre prêt : Sonny Jackett était encore un des citoyens de Castle Rock qui aurait préféré se faire brûler la plante des pieds plutôt que de reconnaître que non seulement il connaissait Pop Merrill, mais qu'il était endetté jusqu'au cou auprès de lui, le brocanteur l'ayant tiré d'une affaire désastreuse en 69). Il conduisit jusqu'à Lewiston, ville qu'il haïssait parce qu'elle lui donnait l'impression de n'avoir que des rues à sens unique – sauf deux, ou peut-être trois. Il arriva à Lewiston comme il n'y a qu'à Lewiston qu'on peut le faire : non pas en roulant directement jusqu'à sa destination, mais en décrivant des cercles concentriques de plus en plus serrés dans ces rues merdiques à sens unique, jusqu'à ce qu'il dût admettre se trouver aussi près qu'il était possible de son but et qu'il fît le reste du chemin à pied, un homme de haute taille, maigre, chauve, à lunettes sans monture, portant un pantalon kaki au pli impeccable, et une chemise bleue d'ouvrier boutonnée jusqu'au col.

Il y avait, dans la vitrine de la boutique, un panneau sur lequel un personnage de BD se débattait en vain dans un fouillis de pellicules de films. Le type avait l'air sur le point de tout balancer par la fenêtre. La légende disait : MARRE DU BAZAR ? NOUS TRANSFÉRONS VOS FILMS EN 8 MM (ET VOS DIAPOS !) SUR CASSETTES VIDÉO !

Encore un foutu gadget, pensa Pop en ouvrant la porte pour entrer. *Le monde crève sous les gadgets.*

Mais il était de ces gens (le monde crève sous ces gens-là) qui n'ont rien contre l'utilisation de ce qu'ils méprisent, lorsque ça leur rend service. Il dit deux mots à l'employé. Celui-ci appela le propriétaire. Pop et lui se connaissaient depuis la nuit des temps (probablement depuis qu'Ulysse naviguait sur la mer couleur de vin, auraient dit les beaux esprits). Le propriétaire l'invita à passer dans l'arrière-boutique, où ils prirent un petit verre.

« Un paquet de photos bougrement bizarres, remarqua le propriétaire.

– Ouaip.

– La bande vidéo est encore plus bizarre.

– Je m'en doute.

– C'est tout ce que ça t'inspire ?

– Ouaip.

– Va te faire foutre ! » dit le propriétaire, et tous deux éclatèrent d'un rire strident et caquetant de vieillard. Derrière son comptoir, l'employé fit la grimace.

Pop repartit vingt minutes plus tard avec deux choses : une cassette vidéo et un Polaroïd Soleil 660 flambant neuf.

De retour à la boutique, il appela chez les Delevan. Il ne fut pas surpris quand John décrocha.

« Si vous avez fait le con avec mon fils, je vous tuerai, espèce de vieux serpent », dit John sans autre préambule. Pop entendit au loin le cri indigné de l'adolescent : « *Papa !* »

Les lèvres de Pop s'étirèrent et découvrirent ses dents – des dents de travers, usées, jaunies par la pipe, mais ses vraies dents, nom de Dieu. Si Kevin avait pu le voir à cet instant, il aurait fait plus que *se demander* si Pop Merrill n'était pas autre chose que la version « Castle Rock » d'un Bon Vieux Philosophe de Comptoir : il aurait tout de suite compris.

« Écoutez, John, j'ai essayé *d'aider* votre fils avec son appareil photo. C'est absolument tout ce que j'ai fait. (Il marqua un temps d'arrêt.) Exactement comme la fois où je vous ai donné un coup de main, quand vous étiez un petit peu trop sûr des Seventy-Sixers, c'est ce que je veux dire. »

Il y eut un assourdissant silence à l'autre bout de la ligne, signifiant que John Delevan aurait eu énormément de choses à dire sur cette question – mais le gosse se trouvait dans la pièce, et là était le gag.

« Votre fils ne sait rien de tout ça, je vous rassure », reprit Pop tandis que s'élargissait son abominable sourire parmi les ombres caquetantes de tic-tac de l'Emporium Galorium, où planaient des odeurs de vieux journaux et de crottes de souris. « Je lui ai dit que ça ne le regardait pas, tout comme je lui ai dit que cette affaire de Polaroïd le regardait, lui. Je n'aurais même pas évoqué cette histoire de pari si j'avais pu imaginer un autre moyen de vous faire venir ici, John, voilà ce que je voulais dire. Et vous seriez bien inspiré de venir voir ce que j'ai à vous montrer, parce que sinon, vous n'allez pas comprendre pourquoi votre gamin veut démolir son appareil à coups de masse.

– Le démolir à coups de masse !

– Ni pourquoi je pense que c'est une fichue bonne idée. Allez-vous venir avec lui, oui ou non ?

– Je ne suis pas à Portland, il me semble.

– Ne vous occupez pas du panneau FERMÉ sur la porte », reprit Pop du ton serein d'un homme qui a l'habitude d'imposer sa manière de faire depuis des années, et qui entend bien que ça continue encore longtemps. « Frappez, c'est tout.

– Mais qui diable a pu donner votre nom à mon fils, Merrill ?

– Je ne le lui ai pas demandé », répondit le brocanteur de ce même ton serein horripilant, avant de raccrocher. Puis, à l'adresse de la boutique déserte : « Tout ce que je sais, c'est qu'il est venu. Comme ils le font toujours. »

Pendant qu'il attendait, il sortit de sa boîte le Soleil 660 acheté à Lewiston et enfouit tout l'emballage au plus profond de sa corbeille à papier, à côté de sa table de travail. Il contempla l'appareil, l'air songeur, puis chargea le paquet de quatre épreuves qui allait avec. Cela fait, il déploya l'objectif. La lumière rouge s'alluma brièvement, à la gauche du petit éclair, puis la verte se mit à clignoter. Pop se rendit compte, sans s'en étonner, qu'il était en émoi. *Dieu déteste les froussards*, se dit-il – et il appuya sur le déclencheur. Le fouillis qui régnait dans l'espèce de grange qu'était l'Emporium Galorium fut un instant baigné d'une lumière blanche aussi improbable qu'impitoyable. Le Polaroïd émit son petit grésillement huileux et recracha ce qui allait être une photo instantanée, parfaitement correcte, mais manquant tout de même d'un je-ne-sais-quoi ; une photo en deux dimensions dépeignant un univers où les navires franchiraient sans aucun doute les limites (fumantes et grouillantes de monstres) de la terre s'ils allaient assez loin à l'Ouest.

Pop la regardait avec la même expression hypnotisée qu'avait eue le clan Delevan lorsqu'il avait entendu le développement de la première photo de Kevin. Il se disait que son appareil ne ferait pas la même chose, évidemment que non. Mais il n'en était pas moins tendu comme une corde de piano et, usé jusqu'à la corde qu'il était, il aurait presque à coup sûr lâché un cri si une planche avait craqué à ce moment-là.

Mais aucune planche ne craqua, et lorsque l'image se révéla, elle ne montra que ce qu'elle devait montrer : des horloges entières, des horloges en pièces détachées, des grille-pain, des paquets de journaux attachés par des ficelles, des lampes avec des abat-jour tellement affreux que seules les femmes des classes supérieures britanniques pouvaient vraiment les aimer, des étagères de livres de poche (quatre pour un dollar, et des titres comme *La Mort viendra, petite*, *L'Allumette facile* et *La Foire d'empoigne*), et, à l'arrière-plan, la vitrine poussiéreuse. On distinguait, à l'envers, les lettres EMPOR, le reste étant caché par la masse volumineuse d'une commode.

Pas de créature balourde d'outre-tombe, pas de poupée en salopette bleue brandissant un couteau. Rien qu'un appareil photo. Il se dit que ce qui l'avait poussé à prendre ce cliché, juste pour voir, montrait à quel point le phénomène l'avait affecté en profondeur.

Pop poussa un soupir et enfouit à son tour la photo dans la corbeille à papier. Il ouvrit le grand tiroir de sa table de travail et y prit un petit marteau. Tenant fermement le Polaroïd de la main gauche, il fit décrire un arc raccourci à l'outil, sans y mettre beaucoup de force. Ce n'était pas nécessaire. Tout le monde se contrefiche de la belle ouvrage, de nos jours. On vous rebat les oreilles des merveilles de la science moderne, produits synthétiques, alliages nouveaux, polymères et tout le reste. Ça n'y fait rien. De la crotte : voilà de quoi sont réellement faites les choses, de nos jours. Il n'était donc pas bien dur de casser un appareil photo fabriqué ainsi.

L'objectif se fissura. Des éclats de plastique volèrent, ce qui rappela quelque chose à Pop. À gauche ou à droite ? Il fronça les sourcils. À gauche. Il lui semblait. Ils n'y feraient pas attention, de toute façon, ou ils ne s'en souviendraient pas. Vous auriez pu parier vos économies là-dessus, mais Pop n'était pas du genre à concevoir un stratagème avec des à-peu-près. Il était judicieux d'être prêt.

Toujours judicieux.

Il rangea le marteau, balaya les débris de plastique et de verre avec une petite brosse, par terre et sur la table, rangea la brosse et prit un crayon gras à pointe fine et un cutter de maquettiste. Il traça ce qu'il pensait être la forme approximative de l'éclat de plastique qui avait sauté du Soleil 660 de Kevin, lorsque Meg l'avait fait tomber, puis entailla la forme avec le cutter. Quand il pensa avoir suffisamment creusé le plastique, il rangea le cutter et provoqua la chute de l'appareil sur le sol. Ce qui s'était produit une fois devait normalement se reproduire, en particulier après le prédécoupage qu'il venait d'effectuer.

Ça fonctionna presque parfaitement. Il examina le boîtier, qui présentait maintenant une écaille dans sa masse en plus d'un objectif fêlé. Il hocha la tête et le remisa sous la table, dans l'obscurité. Il prit soin de retrouver l'éclat de plastique qui avait sauté et de l'enfouir aussi au fond de la corbeille à papier, avec le reste.

Il ne lui restait plus rien à faire, sinon attendre

l'arrivée des Delevan. Pop monta avec la cassette vidéo dans le petit appartement encombré qu'il occupait au-dessus du magasin. Il posa la cassette sur le magnétoscope qu'il avait acheté pour regarder les films de cul qu'on pouvait se procurer, de nos jours, puis s'assit pour lire le journal. Accident d'avion au Pakistan. Cent trente morts. Tous ces crétins qui se faisaient tout le temps tuer, tout de même, pensa Pop. Mais c'était bien fait pour eux. Quelques indiens de moins sur la planète, ça ne faisait pas de mal. Puis il alla à la page des sports, voir ce qu'avaient fait les Red Sox. Ils avaient encore une bonne chance de remporter le Tournoi de l'Est.

5

« De quoi s'agissait-il ? » demanda Kevin, comme ils se préparaient à partir. Ils avaient la maison à eux : Meg était à son cours de danse, et Mme Delevan avait sa partie de bridge avec des amies. Elle reviendrait à la maison à cinq heures avec une pizza géante et les derniers potins sur qui allait divorcer, ou du moins l'envisageait.

« Ça ne te regarde pas », répondit John d'une voix rude où se mêlaient colère et embarras.

Il faisait frais dehors, John Delevan cherchait son blouson de demi-saison. Il s'était arrêté et tourné pour regarder son fils, qui se tenait derrière lui, déjà habillé pour sortir, le Soleil 660 à la main.

« Très bien, reprit-il. Je ne t'ai jamais embêté avec cette foutue histoire jusqu'ici, et je n'ai pas envie de commencer. Tu sais ce que je veux dire.

– Oui », répondit Kevin, pensant à part lui, *je sais exactement de quoi tu parles, voilà ce que je veux dire.*

« Ta mère ignore tout de l'affaire.

– Je ne lui dirai rien.

– Ne dis pas ça, rétorqua vivement son père. Ne t'embarque pas sur ce chemin, sans quoi tu ne pourras jamais t'arrêter.

– Mais tu as dit que tu ne lui avais jamais...

– Non. (Il trouva enfin son blouson et l'enfila.) Elle ne m'a jamais posé de questions, et je ne lui ai jamais rien dit. Si elle ne te pose pas la question, tu n'auras pas à lui répondre. Tu dois trouver ça tordu, non ?

– Ouais. Honnêtement, je trouve ça tordu.

– D'accord, d'accord... mais c'est comme ça que ça se passe. Si la question est soulevée, il faudra le lui dire. *Nous devrons* le lui dire. Sinon, rien. C'est la façon de faire, dans le monde des adultes. Ça paraît un peu foireux, et parfois c'est complètement foireux, mais c'est comme ça. Es-tu capable de vivre avec ?

– Oui, je crois.

– Bon, allons-y. »

Ils s'engagèrent côte à côte dans l'allée, remontant la fermeture de leur blouson. Le vent jouait avec les cheveux de John qui retombaient sur ses tempes, et Kevin remarqua pour la première fois – surpris et mal à l'aise – qu'ils commençaient à y grisonner.

« Ce n'était pas une bien grande affaire, de toute façon », reprit John. On aurait presque dit qu'il se parlait à lui-même. « Ce n'est jamais le cas avec Pop Merrill. Ce n'est pas un type à grandes affaires, si tu vois ce que je veux dire. »

Kevin acquiesça.

« C'est quelqu'un de relativement riche, figure-toi, mais pas à cause de sa brocante. Il est la version "Castle Rock" de Shylock.

– De qui ?

– Peu importe. Tu liras un jour *Le Marchand de Venise*, si l'éducation qu'on vous donne n'est pas encore complètement foutue. Pop Merrill prête de l'argent à des taux d'intérêt supérieurs à ce qu'autorise la loi.

– Mais alors, pourquoi les gens lui en empruntent ? » demanda Kevin tandis qu'ils prenaient un chemin en direction du centre-ville, sous des arbres dont les feuilles, dorées, rouges ou mauves, tombaient petit à petit au sol.

« Parce qu'ils ne pourraient emprunter nulle part ailleurs, répondit avec amertume John Delevan.

– Tu veux dire qu'ils n'auraient pas droit à un crédit ?

– Quelque chose comme ça.

– Mais nous... tu...

– Ouais. On s'en sort bien, aujourd'hui. Mais on ne s'en est pas toujours bien sortis. Quand ta mère et moi nous nous sommes mariés, on était aussi loin de s'en sortir que d'ici à l'autre bout de la ville. »

Il resta une fois de plus silencieux pendant un moment, et Kevin se garda d'intervenir.

« Voilà. Il y avait un type qui nous cassait les pieds avec les Celtics, une année. » John regardait ses pieds, devant lui, comme s'il avait peur de marcher sur une fissure du trottoir et de rompre le cou à sa mère. « L'équipe des Celtics s'était retrouvée en finale contre les Seventy-Sixers de Philadelphie. Les Celtics partaient favoris, mais beaucoup moins que les années précédentes. Je m'étais fourré dans la tête que les Seventy-Sixers allaient les battre, que c'était leur année. »

Il jeta un bref coup d'œil à son fils, un peu à la manière d'un voleur à la tire qui subtiliserait un article de petite taille mais de grande valeur, et le glisserait sous sa veste. Puis il recommença à surveiller les fissures du trottoir. Kevin et son père descendaient le long de Castle Hill, vers l'unique feu de carrefour de la ville, à l'angle de Lower Main Street et de Watermill Lane. Au-delà, le pont que les habitants du cru appelaient Tin Bridge traversait le Castle Stream. Sa superstructure dessinait des formes géométriques bien nettes dans le ciel bleu d'automne.

« Je me dis que c'est ce sentiment de *certitude* qui infecte les malheureux qu'on voit vider leur compte bancaire, perdre leur maison, leur voiture et même leurs vêtements, quand ils sont devant un tapis vert de casino ou dans les salles clandestines de poker. Cette impression d'avoir reçu un télégramme du Très-Haut, je ne l'ai connue qu'une fois, et je remercie Dieu pour ça. À cette époque, je faisais souvent des paris amicaux sur les parties de football des Séries mondiales : cinq dollars tout au plus, et souvent bien moins que ça, juste un pari symbolique, vingt-cinq cents ou un paquet de cigarettes. »

Cette fois, ce fut Kevin qui jeta un coup d'œil à la dérobée, sauf que son père s'en aperçut, fissures ou pas dans le trottoir.

« Oui, je fumais aussi. À l'heure actuelle, je ne parie plus et je ne fume plus. Cette fois-là m'en a définitivement passé l'envie.

Ta mère et moi, nous n'étions mariés que depuis deux ans. Tu n'étais pas encore né. Je travaillais comme assistant-géomètre, et je rapportais quelque chose comme cent seize dollars par semaine à la maison. Ou plutôt, c'était ce qui me restait dans la poche, une fois que le gouvernement avait fait sa razzia.

Ce type qui était si fier des Celtics était l'un des ingénieurs. Il portait même un haut de survêtement des

Celtics pour travailler, vert avec le trèfle dans le dos. La semaine avant la finale, il n'arrêtait pas de dire partout qu'il aimerait trouver quelqu'un d'assez téméraire et stupide pour parier sur les Seventy-Sixers, parce qu'il avait quatre cents dollars qui n'attendaient qu'à être multipliés par deux.

Cette voix, à l'intérieur de moi, parlait de plus en plus fort. La veille du jour où devaient commencer les Séries, j'ai été le voir pendant la pause du déjeuner. J'avais la sensation que mon cœur allait éclater, tellement j'avais peur.

– Parce que les quatre cents dollars, tu ne les avais pas, hein ? lança Kevin. L'autre type les avait, mais pas toi. » Désormais il regardait ouvertement son père, ayant complètement oublié le Polaroïd, ce qui n'était jamais arrivé depuis sa visite initiale chez Pop Merrill. Les merveilles qu'accomplissait le Soleil 660 disparaissaient (temporairement, certes) devant cette nouvelle et plus éclatante merveille : son père, jeune, avait fait quelque chose de spectaculairement stupide, comme Kevin savait que d'autres hommes le faisaient, comme il lui arriverait peut-être de le faire, le jour où il serait lâché dans la nature, et qu'il n'y aurait pas de membre de la Tribu des Raisonnables pour l'empêcher de céder à quelque terrible impulsion, quelque instinct imbécile.

Son père, semblait-il, avait brièvement été membre de la Tribu des Instinctifs. Dur à avaler, mais la preuve n'était-elle pas là ?

« Tout juste.

– Mais tu as tout de même parié.

– Pas exactement. Je lui ai dit que je croyais que les Seventy-Sixers gagneraient le championnat, mais que quatre cents dollars, c'était une grosse somme pour un simple géomètre-assistant.

– Sauf que tu ne lui as pas dit carrément que tu n'avais pas l'argent.

– J'ai bien peur d'avoir fait encore pire, Kevin. J'ai laissé entendre que je les avais. J'ai simplement dit que je n'avais pas les moyens de les perdre, ce qui était hypocrite, pour ne pas dire plus. Je lui ai dit que je ne pouvais pas risquer quatre cents dollars à un contre un – je ne mentais toujours pas, vois-tu, mais je flirtais avec les limites.

– Oui.

– Je ne sais pas ce qui se serait passé – rien, peut-être – si le contremaître n'avait pas sonné la fin de la pause à cet instant-là. Mais voilà, la cloche a retenti, et l'ingénieur m'a tendu la main en disant : "Je te prends à deux contre un, fiston, si c'est ce que tu veux. Moi, ça m'est égal, ce sera toujours quatre cents dollars de plus dans ma poche." Et avant d'avoir compris ce qui se passait, nous nous étions serré la main devant une demi-douzaine de types. Le pari était pris, pour le meilleur ou le pire. Ce soir-là, en rentrant à la maison avec la vieille Ford que j'avais à l'époque, j'ai pensé à ta mère, à ce qu'elle dirait si elle était au courant, et je me suis garé sur le bas-côté pour dégobiller. »

Une voiture de police progressait lentement sur Harrington Street. Noris Ridgeway était au volant et Andy Clutterbuck installé à l'arrière. Clut leva la main lorsque le véhicule s'engagea à gauche, dans Main Street. John et Kevin répondirent ensemble à son salut. L'automne continuait son bonhomme de chemin autour d'eux, comme si John Delevan n'avait jamais ouvert la portière de sa vieille Ford pour vomir dans la poussière...

Ils traversèrent Main Street.

« J'en ai eu pour mon argent, à vrai dire. Les Sixers ont mené jusqu'à la dernière minute de la septième partie. C'est alors qu'un de ces bâtards d'Irlandais – je ne me rappelle plus lequel – a piqué le ballon à Hal Greer et a filé jusqu'au panier : les quatre cents dollars que je n'avais pas sont passés avec le ballon dans le trou. Lorsque j'ai payé ce foutu ingénieur, le lendemain, il m'a dit qu'il s'était senti un peu nerveux vers la fin, c'est tout. Je n'avais qu'une envie : lui faire sauter les yeux avec les pouces.

– Tu l'as payé le *lendemain* ? Comment as-tu fait ?

– Je te l'ai dit, c'était comme une fièvre. À peine nous nous étions serré la main qu'elle était passée. J'espérais de toutes mes forces gagner ce pari, mais je savais qu'il fallait *penser* comme si j'allais le perdre. Il y avait bien plus en jeu que quatre cents dollars. Mon travail, pour commencer, et ce qui se passerait si je n'étais pas capable de régler le type. C'était un ingénieur, après tout, et techniquement, un supérieur. Il était assez salaud pour me faire virer si je ne payais pas. Il aurait donné un autre prétexte, quelque chose qui serait resté en lettres rouges dans mon livret de travail. Mais ce n'était pas le pire. Non, pas le pire.

– C'était quoi, alors ?

– Ta mère. Notre couple. Quand on est jeune et qu'on n'a même pas un pot pour pisser dedans, ni une fenêtre par où le vider, tu ne peux pas imaginer dans quelle tension on vit. Peu importe que l'on s'aime à la folie, un tel mariage est comme un cheval de bât trop chargé, et toi tu sais qu'il peut trébucher à tout instant, voire même tomber par terre, raide mort, si tout se met à dérailler au mauvais moment. Je ne crois pas qu'elle aurait demandé le divorce pour un pari de quatre cents dollars, mais je suis bien content de ne pas avoir eu à vérifier. Une fois la fièvre retombée, je me suis aperçu que j'avais peut-être parié plus que quatre cents dollars. Que si ça se trouvait, c'était tout mon foutu avenir que j'avais mis dans la balance. »

Ils approchaient de l'Emporium Galorium. En passant dans le jardin public, John Delevan indiqua un banc à son fils.

« Ça ne sera pas long », ajouta-t-il, pris d'un rire grinçant – on aurait dit un conducteur inexpérimenté faisant crisser un levier de vitesses. « Ça fait trop mal de tout déballer d'un coup, même après toutes ces années. »

Ils s'installèrent sur le banc et John acheva de raconter comment il avait connu Pop Merrill, tandis qu'ils contemplaient le jardin public, avec son kiosque à musique planté au milieu.

« Je suis allé le voir le soir même où j'ai fait le pari, reprit-il. J'ai dit à ta mère que j'allais chercher des cigarettes. J'ai attendu la tombée de la nuit, pour ne pas être reconnu. Par quelqu'un de la ville, je veux dire. On aurait su que j'avais des ennuis, et je n'y tenais pas. Je suis entré et Pop m'a dit : "Qu'est-ce qu'un professionnel comme vous vient faire dans un endroit comme ça, monsieur John Delevan ?" Je lui ai expliqué ce que j'avais fait, et il a dit : "Vous venez juste de parier, et déjà vous

vous imaginez avoir perdu." Je lui ai répondu : "Si jamais je perds, je veux être sûr de ne pas perdre autre chose."

Ça l'a fait rire. Il m'a dit : "Je respecte les sages. Je crois que je peux vous faire confiance. Si les Celtics gagnent, venez me voir. Je m'occuperai de vous. Vous avez une tête d'honnête homme."

– Et ç'a été tout ? » demanda Kevin. En quatrième, ils avaient eu un cours sur les systèmes de prêt, et il s'en rappelait encore l'essentiel. « Il ne t'a pas demandé, heu, des garanties ?

– Les gens qui vont voir Pop n'ont pas de garanties à offrir. Ce n'est pas le genre prêteur-requin que l'on voit dans les films. Il ne te fera pas casser les jambes si tu ne paies pas. Mais il a sa manière à lui de coincer les gens.

– Laquelle ?

– T'occupe. Après la fin de la partie, j'ai été voir ta mère au premier pour lui dire, une fois de plus, que j'allais acheter des cigarettes. Elle était endormie, si bien que je n'ai pas eu à mentir. Il était tard, pour Castle Rock en tout cas, pas loin de onze heures, mais il y avait encore de la lumière chez lui. Je savais qu'il y en aurait. Il m'a donné mon argent en billets de dix. Il les a pris dans une vieille boîte de margarine. Rien que des dix. Je m'en souviens. Ils étaient tout chiffonnés, mais il les avait défroissés. Quarante billets de dix, et lui qui les comptait comme un employé de banque, avec sa pipe qui fumait et ses lunettes remontées sur le crâne... Pendant une seconde, j'ai eu envie de lui casser les dents ; au lieu de cela, je l'ai remercié. Tu ne peux pas t'imaginer combien il peut être difficile de dire merci, parfois. J'espère que tu ne le sauras jamais. Il m'a dit : "Vous avez bien compris les termes ?" et j'ai répondu que oui. Ensuite il m'a dit : "Bon. Je ne m'inquiète pas. Ce que je veux dire, c'est que vous avez la tête de quelqu'un d'honnête. Commencez par vous occuper de régler cette affaire avec votre collègue de travail, et après on verra ensemble. Et ne prenez plus de pari. Il n'y a qu'à vous regarder pour voir que vous n'avez rien d'un joueur." J'ai donc pris l'argent, je suis rentré à la maison, et je l'ai caché sous le tapis de sol de la vieille Ford. Je me suis allongé à côté de ta mère et je n'ai pas fermé l'œil de la nuit tant je me sentais honteux. Le lendemain, j'ai donné les billets de dix dollars à l'ingénieur. Il les a tous comptés, il les a pliés, et il les a fourrés dans la poche de poitrine de sa chemise, en fermant le bouton, comme si tout ce fric n'était rien de plus qu'une note d'essence à remettre au comptable à la fin de la journée. Puis il m'a donné une claque sur l'épaule et m'a dit : "Vous savez, vous êtes un type bien, Johnny. Meilleur que ce que je croyais. J'ai gagné quatre cents dollars, mais j'en ai perdu vingt avec Bill

Untermeyer. Il a parié que vous viendriez avec le pognon ce matin, sans faute, et moi que je ne le verrais pas avant la fin de la semaine. Si je le voyais jamais." "Moi, je paie mes dettes", je lui ai répondu. "Ne vous fâchez pas", qu'il a fait. Alors là, j'ai vraiment été sur le point de lui arracher les yeux.

– Pop te prenait combien d'intérêt, Papa ? »

Son père le scruta du regard. « Est-ce qu'il te permet de l'appeler comme ça ?

– Ouais, pourquoi ?

– Alors, méfie-toi de lui. C'est un serpent à sonnette, ce type. »

Puis il soupira, comme s'il admettait qu'il attendait cette question. « Dix pour cent.

– Ce n'est pas tellement...

– Par semaine », ajouta John.

Kevin resta médusé pendant un instant. Puis : « Mais c'est *illégal* !

– Tu parles », fit sèchement John Delevan. Il regarda son fils, sur le visage duquel se peignait une expression d'incrédulité tendue, et sa propre tension se dissipa. Il rit et donna une claque sur l'épaule de son fils. « Ainsi va le monde, Kev. De toute façon, on crève tous à la fin.

– Mais...

– Mais rien. C'étaient les conditions, et il savait que

je m'y plierais. Je savais qu'ils cherchaient du personnel pour le quart de trois à onze, à l'usine à papier d'Oxford. Je t'ai dit que j'avais pris mes précautions, au cas où je perdrais ; je ne m'étais pas contenté d'aller voir Pop. J'avais parlé à ta mère, et je lui avais dit que j'envisageais de prendre un quart là-bas, pendant un certain temps. Après tout, elle aurait bien aimé avoir une nouvelle voiture, déménager dans un appartement plus grand, et mettre un peu d'argent de côté au cas où on aurait un problème financier. »

Cette idée le fit rire.

« Eh bien, le problème financier, on l'avait, mais elle ne le savait pas. Et j'étais bien décidé à tout faire pour qu'elle ne le sache jamais. Mais pour elle, il n'en était pas question. Elle disait que j'allais me tuer, à travailler seize heures par jour. Que cette usine était dangereuse, qu'on entendait tout le temps parler d'un type qui avait perdu un bras ou une jambe, ou même qui s'était fait écraser entre les rouleaux. Je lui ai dit de ne pas s'en faire, que j'avais trouvé un boulot dans l'atelier de triage (un petit salaire, mais on travaillait assis), et que si vraiment c'était trop, je laisserais tomber. Elle était toujours contre. Elle a dit qu'elle allait travailler elle-même, mais j'ai réussi à la convaincre d'y renoncer. C'était bien la dernière chose que je voulais lui voir faire, tu comprends. »

Kevin acquiesça.

« Je lui ai dit que j'arrêterais au bout de six mois, huit tout au plus. J'ai été me présenter, et on m'a engagé. Mais pas dans l'atelier de triage. On m'a mis dans celui des presses, où j'étais chargé d'alimenter en matière première une espèce de tambour géant de machine à laver. C'était un boulot dangereux, c'est vrai. Tu glisses en pensant à autre chose (et c'était difficile de ne pas penser à autre chose, tant le boulot était monotone) et hop ! tu perds un membre ou tu y passes. J'ai vu un homme laisser une main sous un rouleau, une fois, et c'est un spectacle que je ne tiens pas à revoir. On aurait dit qu'un bâton de dynamite avait explosé dans un gant plein de chair à saucisse.

– Nom de Dieu », souffla Kevin. Il se permettait rarement de jurer en présence de son père, mais celui-ci ne parut pas y faire attention.

« Bref, je touchais deux dollars quatre-vingts cents de l'heure, et au bout de deux mois, trois dollars dix avec l'augmentation. C'était l'enfer. Je travaillais déjà toute la journée à la construction de la route – et encore, on était au début du printemps et il ne faisait pas trop chaud – puis je poussais la vieille Ford tant que je pouvais pour ne pas arriver en retard à l'usine. Le temps d'enfiler un vieux jean et un T-shirt, et je me retrouvais aux presses de trois heures à onze heures. J'arrivais à la maison vers minuit. Le pire, c'était quand ta mère m'attendait, ce qu'elle faisait deux ou trois soirs par semaine. Il fallait que je prenne l'air en forme et joyeux alors que j'arrivais à peine à tenir debout, tellement j'étais crevé. Mais si elle s'en était rendu compte...

– Elle t'aurait empêché de continuer.

– Oui, certainement. Alors je faisais mon numéro et je lui racontais des histoires de l'atelier de triage. Parfois je me demandais ce qui se passerait, si un soir elle décidait de venir m'apporter un repas chaud, ou quelque chose comme ça. Je ne m'en sortais pas si mal, mais ça devait tout de même se voir un peu que j'étais fatigué, parce qu'elle n'arrêtait pas de me dire que j'étais idiot de me crever autant pour si peu. Et c'est vrai, il ne me restait que des clopinettes, une fois que le gouvernement et Pop s'étaient servis. Je touchais à peu près ce qu'un gars de l'atelier de tri pouvait se faire. On était payé les mercredis après-midi, et je m'arrangeais pour encaisser mon chèque au bureau avant que les filles ne ferment.

Ta mère n'a jamais vu un seul de ces chèques.

La première semaine, j'ai donné cinquante dollars à Pop – quarante pour les intérêts, dix pour le remboursement du capital, ce qui fait que je lui devais encore trois cent quatre-vingt-dix dollars. Je fonctionnais comme un zombie. Sur le chantier, je mangeais mon sandwich assis dans la voiture et je dormais jusqu'au coup de cloche du contremaître. Je haïssais cette foutue cloche.

Je lui ai donné cinquante dollars la deuxième semaine – trente-neuf pour les intérêts, onze pour le capital. Plus que trois cent soixante-dix-neuf dollars. J'avais l'impression de vouloir déplacer une montagne à la petite cuillère.

La troisième semaine, j'ai bien failli passer moi-même dans la presse. J'ai eu tellement peur que je me suis réveillé pendant quelques minutes – assez pour avoir une idée, si bien que ç'a été salutaire, au fond. Il fallait arrêter de fumer. Je n'arrivais pas à comprendre comment je n'y avais pas pensé auparavant. À cette époque, un paquet de cigarettes coûtait quarante cents et j'en fumais deux par jour. Cinq dollars soixante par semaine !

On avait cinq minutes de repos toutes les deux heures pour en griller une. J'ai regardé mon paquet de Tareyton, et j'ai vu qu'il m'en restait une douzaine. Je n'en ai jamais racheté depuis.

J'ai passé un mois sans savoir si j'y arriverais ou non. Il y avait des jours, quand le réveil sonnait à six heures, où je pensais que c'était impossible, qu'il fallait que je dise la vérité à Mary et que je fasse ce qu'elle voudrait pour rembourser. Mais au début du deuxième mois, j'ai commencé à me dire que je pourrais réussir. Aujourd'hui encore, je crois que ce sont les cinq dollars soixante supplémentaires par semaine – ça, et les bouteilles consignées que je récupérais partout sur le chantier de la route – qui ont fait la différence. Le capital n'était plus que de trois cents dollars, ce qui signifiait que je pouvais le faire descendre de vingt-cinq à vingt-six dollars par semaine, et plus au fur et à mesure que le temps passait.

Puis, à la fin avril, le chantier s'est trouvé terminé, et on nous a donné une semaine de congés payés. J'ai dit à Mary que je n'allais pas tarder à arrêter le boulot à l'usine, et elle a dit Dieu soit loué. J'ai passé toute cette semaine à travailler à l'usine, faisant toutes les heures supplémentaires que je pouvais, car elles étaient payées moitié plus. Je n'ai jamais eu d'accident. J'en ai vu. J'ai vu des hommes plus frais et plus réveillés que moi en avoir, mais moi, non. Je ne sais pas pourquoi. À la fin de cette semaine, j'ai donné cent dollars à Pop Merrill et ma démission à l'usine de pâte à papier. Ensuite, j'ai pu régler le solde par petits bouts, grâce à mon salaire d'assistant, sans que ta mère ne s'en aperçoive. »

Il poussa un profond soupir.

« Tu sais maintenant comment je connais Pop Merrill, et pourquoi je ne lui fais pas confiance. J'ai passé dix semaines en enfer et il s'est gobergé de la sueur de mon front, en billets de dix dollars qu'il a sans doute sortis encore une fois de sa boîte de margarine pour les prêter à une autre pauvre cloche qui s'était mise dans le même genre de pétrin que moi.

– Bon sang, tu dois le haïr.

– Non, répondit John en se levant. Je ne le hais pas, et je ne me hais pas moi-même. J'ai été pris d'une poussée de fièvre, c'est tout. Ça aurait pu être pire. Notre mariage aurait pu y passer, et toi et Meg ne seriez pas nés. Ou j'aurais pu en mourir. C'est Pop Merrill qui m'a guéri. Un remède de cheval, d'accord, mais qui a été efficace. Il me prenait jusqu'au dernier foutu centime et il écrivait tout dans le registre, au-dessous de sa caisse enregistreuse. Il regardait les cernes sous mes yeux et comment mon pantalon me pendait sur les hanches, mais il ne disait rien. »

Ils se dirigèrent vers l'Emporium Galorium, avec son fronton de théâtre et son enseigne en lettres jaunes fanées et poussiéreuses, peinte depuis longtemps, comme pour beaucoup de magasins campagnards. À côté, Polly Chalmers balayait le trottoir en discutant avec Alan Pangborn, le shérif. Elle avait l'air juvénile et frais, avec sa queue de cheval ; il paraissait jeune et héroïque dans son uniforme impeccablement repassé. Mais les choses ne sont pas toujours ce qu'elles ont l'air. Même Kevin, à quinze ans, savait cela. Le shérif Pangborn avait perdu sa femme et son fils dans un accident de voiture, le printemps dernier, et Kevin avait entendu dire que Mme Chalmers, jeune ou pas, souffrait d'arthrite précoce et qu'elle risquait de se retrouver infirme dans quelques années. Non, les choses n'étaient pas toujours comme elles en avaient l'air. Cette idée lui fit jeter un nouveau coup d'œil à l'Emporium Galorium... puis au Soleil 660, son cadeau d'anniversaire, qu'il tenait à la main.

« Il m'a même fait une fleur, reprit John Delevan, rêvant à voix haute. En m'obligeant à m'arrêter de fumer. Mais je ne lui fais pas confiance. Manœuvre prudemment avec lui, Kevin. Et quoi qu'il se passe, laisse-moi parler. Je saurai mieux m'en tirer, cette fois. »

Ils pénétrèrent dans le faux silence des souris mécaniques grignotant le temps, au milieu desquelles les attendait Pop Merrill, les lunettes remontées sur son crâne chauve en forme de dôme, une ou deux cartes biseautées dans sa manche.

6

« Ah, vous voilà, le père et le fils », dit Pop avec un sourire admiratif de grand-père. Ses yeux pétillèrent derrière un voile de fumée et pendant un instant, bien qu'il fût rasé de près, Kevin lui trouva un air de ressemblance avec le Père Noël. « Vous avez un fils remarquable, monsieur Delevan, remarquable.

– Je sais, répondit John. J'étais dans tous mes états quand j'ai su qu'il était en affaire avec vous, justement parce que j'ai envie qu'il reste comme ça.

– C'est dur, fit Pop avec une légère pointe de reproche dans la voix. Dur de la part d'un homme qui, lorsqu'il n'avait personne vers qui se tourner...

– Cela, c'est réglé.

– Oui-oui, bien sûr, c'est ce que je voulais dire.

– Mais pas ceci.

– Ça le sera. » Le vieil homme tendit la main vers

Kevin, et celui-ci lui donna l'appareil photo. « Aujourd'hui même. (Il souleva le Polaroïd, le tournant en tous sens.) Voilà du sacré beau travail. Quel *genre* de sacré beau travail, je l'ignore, mais votre fils veut le démolir parce qu'il estime que c'est dangereux. Je crois pour ma part qu'il a raison. Mais je lui ai demandé s'il ne craignait pas que son père ne le prenne pour une poule mouillée. C'est la seule raison pour laquelle je vous ai demandé de venir ici, John...

– Je préfère monsieur Delevan.

– Très bien, fit Pop avec un soupir. Je vois bien que vous n'allez pas vous radoucir ni enterrer le passé.

– En effet. »

Kevin regardait tour à tour son père et le brocanteur, une expression déconfite sur le visage.

« Bon, ça ne fait rien. » Sa voix et son visage devinrent froids avec une remarquable rapidité, et toute ressemblance avec le Père Noël disparut. « Quand je dis que le passé est mort et enterré, et que ce qui est fait est fait, je suis sincère... sauf quand ça intervient dans ce que font les gens ici et maintenant. Mais je vais vous dire ceci, monsieur Delevan : je n'étrangle pas les gens, et vous le savez. »

Pop proféra ce superbe mensonge avec tant d'aplomb et de froideur que les Delevan père et fils le crurent.

John se sentit même un peu honteux, aussi incroyable que cela parût.

« Notre affaire était une affaire comme une autre. Vous m'avez dit ce que vous vouliez, je vous ai dit ce que je voulais en échange, et vous me l'avez donné, point final. Mais ça, c'est autre chose. » Pop lâcha alors un deuxième mensonge, encore plus superbe que le précédent, un mensonge simplement trop énorme pour ne pas être cru. « Je n'ai rien à gagner dans celle-ci, monsieur Delevan. Je ne cherche qu'à aider votre fils. Il me plaît, ce gosse. »

Il sourit, et le Père Noël revint si vite que Kevin en oublia qu'il s'était absenté. Plus invraisemblable encore : John Delevan, l'homme qui avait travaillé pendant des mois aux limites de ses forces, frôlant peut-être plusieurs fois la mort entre les rouleaux d'une machine afin de payer à cet individu les sommes exorbitantes qu'il réclamait en expiation d'un bref accès de folie – John Delevan oublia aussi cette autre expression.

Pop les entraîna le long d'allées tortueuses, dans l'odeur des quotidiens défraîchis, au milieu du cliquetis mélancolique des horloges. Il posa distraitement le Soleil 660 un peu trop près du bord de sa table de travail (comme Kevin après avoir pris son premier cliché), et poursuivit son chemin jusqu'à l'escalier du fond qui conduisait au petit appartement. Grâce à un vieux miroir poussiéreux appuyé contre le mur, Pop s'assura que le garçon ou son père n'allait pas prendre l'appareil et le replacer un peu plus loin du bord. Ça lui paraissait peu probable, mais on ne savait jamais.

C'est à peine s'ils le regardèrent. Et tandis que Pop les précédait dans l'escalier étroit aux planches usées, il eut un sourire qui aurait fait frémir quiconque l'aurait vu, et pensa : *Nom de Dieu, je suis bon !*

Il ouvrit la porte et les introduisit dans l'appartement.

Ni John ni son fils n'avaient jamais pénétré dans le domaine privé de Pop. John ne connaissait d'ailleurs personne qui l'eût fait. En un sens, ce n'était pas surprenant ; jamais personne n'aurait songé à désigner Pop comme le citoyen numéro un de la ville. John se disait qu'il n'était pas impossible que le vieux salopard eût un ami ou deux (au nom du principe que la réalité dépasse souvent la fiction), mais dans ce cas, il ne les connaissait pas.

Quant à Kevin, il eut une pensée pour M. Baker, son professeur préféré. Il se demanda s'il avait déjà eu recours aux services d'un type comme Pop, pour se sortir d'un pétrin quelconque. Cela lui semblait aussi peu vraisemblable qu'à son père l'idée que le brocanteur pût avoir des amis... Toutefois, une heure auparavant, l'idée que son propre père...

Bon. Valait peut-être mieux laisser tomber.

Pop avait bien un ami (ou au moins une relation) ou deux, mais il ne les amenait jamais là. C'était son antre, et celui-ci trahissait trop sa nature profonde pour qu'il eût envie de prendre ce genre de risque. L'endroit faisait ce qu'il pouvait pour avoir l'air bien tenu, sans y parvenir. Des cercles d'humidité tachaient le papier peint : ils n'étaient pas voyants, mais au contraire insidieux, brunâtres, comme les pensées fantômes qui viennent troubler les esprits inquiets. Des assiettes sales, encroûtées, s'empilaient dans l'évier, profond et d'un modèle démodé. La table avait beau être propre et le couvercle mis sur la poubelle de plastique, il régnait une odeur de sardines et de quelque chose d'autre – de pieds non lavés, peut-être – un remugle dissimulé, aussi insaisissable que les cercles d'humidité sur le papier peint.

Le séjour était minuscule. Ici dominait un relent de pipe éteinte. Deux fenêtres donnaient sur une vue peu spectaculaire (l'allée qui rejoignait Mulberry Street), et si les vitres semblaient avoir été lavées, ou au moins essuyées de temps en temps, la condensation chargée de fumée avait graissé et jauni les angles, avec les années. Toute la pièce donnait une impression de choses répugnantes glissées sous les tapis délavés aux coins cornés ou sous le fauteuil et le canapé, mobilier d'un autre temps au rembourrage démesuré. L'un et l'autre étaient vert clair, mais on avait beau avoir envie de dire qu'ils étaient de couleurs coordonnées, votre œil vous affirmait le contraire, car ils ne l'étaient pas. Pas du tout.

Les seuls objets de fabrication récente étaient un poste de télé Mitsubishi avec un écran de 62 centimètres, et un magnétoscope posé à côté, en bout de table. À la gauche de la table, le râtelier de vidéocassettes retint l'attention de Kevin : il était vide. Pop avait trouvé plus prudent de mettre au placard les soixante-dix et quelques films de cul qu'il possédait.

La seule vidéocassette visible se trouvait posée, sans marque distinctive, sur le haut de la télé.

« Asseyez-vous », fit Pop avec un geste vers le canapé bosselé. Il s'approcha de la télé et sortit la cassette de son coffret.

John regarda le canapé, le visage un instant traversé d'une expression de doute, comme s'il craignait d'y attraper des morpions, puis il s'assit avec précaution. Kevin s'installa à côté de lui. La peur était de retour, plus forte que jamais.

Pop brancha le magnétoscope, et y glissa la cassette. « Je connais un type en ville, commença-t-il (pour les résidents de Castle Rock et des patelins environnants, « en ville » désignait toujours Lewiston), qui tient une boutique de matériel photo depuis une vingtaine d'années. Il s'est lancé dans les magnétoscopes dès que la mode a commencé ; il disait que c'était l'avenir. Il voulait que je m'associe avec lui, mais j'ai pensé qu'il était cinglé. Eh bien, je m'étais fichu le doigt dans l'œil ce coup-ci, mais...

– Au fait, venez-en au fait, l'interrompit John.

– J'essaie, dit Pop, l'air blessé, ouvrant de grands yeux. Si vous voulez bien me laisser continuer. »

Kevin donna un coup de coude discret à son père, qui ne dit plus rien.

« Toujours est-il qu'il y a deux ans, environ, il a compris qu'on pouvait faire autre chose que louer des cassettes aux gens avec ce gadget. Il suffisait d'allonger huit cents dollars et on avait le matériel pour transposer les films et les diapos des clients pour eux. Bien plus faciles à regarder comme ça. »

Kevin fit un petit bruit involontaire et Pop sourit avec un hochement de tête.

« Eh oui. Tu as pris cinquante-huit photos avec ton engin, et nous avons tous constaté que chacune était légèrement différente de la précédente. Nous nous doutions tous un peu de ce que cela signifiait, mais je voulais le vérifier. Pas besoin d'être du Missouri pour dire montrez-moi ça, voilà ce que je veux dire.

– Vous avez essayé de faire un film avec les photos ? demanda John.

– Je n'ai pas essayé. Je l'ai fait. Ou plutôt, le type dont je vous ai parlé l'a fait. Mais c'était mon idée.

– C'est un film, alors ? » fit à son tour Kevin. Il comprenait où Pop avait voulu en venir et il regrettait presque de ne pas avoir eu lui-même cette idée – idée qui le remplissait d'émerveillement et de ravissement.

« Voyez vous-mêmes, dit Pop en branchant la télé. Cinquante-huit images. Quand ce type enregistre les photos pour les gens, il les filme en général pendant cinq secondes chacune – assez longtemps pour qu'on ait le temps de voir, mais pas trop pour ne pas s'ennuyer. Je lui ai demandé de ne filmer chacune des nôtres que pendant une seconde, et de ne laisser aucun intervalle entre. »

Kevin se souvint d'un jeu auquel il jouait à l'école primaire quand il avait fini ses devoirs et qu'il avait un peu de temps devant lui. Il utilisait un petit bloc de papier, de la marque Arc-en-ciel, fait de trente pages jaunes, trente pages roses, trente pages vertes, et ainsi de suite. Le jeu consistait à dessiner sur la dernière page un bonhomme-allumette en short trop grand et tendant les bras. Sur la page suivante, on dessinait le même bonhomme au même emplacement, avec le même short trop grand, les bras un peu plus haut... à peine un peu plus haut. On faisait ça sur chaque page jusqu'à ce que le bonhomme eût les bras tendus au-dessus de sa tête. Puis, si on avait le temps, on continuait en lui faisant redescendre les bras. Il suffisait ensuite de faire défiler les pages le plus vite possible, et on obtenait une sorte de dessin animé grossier, montrant un boxeur célébrant un KO : il levait les bras au-dessus de la tête, les agitait, les redescendait.

Il frissonna. Son père le regarda. Kevin secoua la tête et murmura : « Non, rien.

– Ce que je veux dire, c'est que le film ne dure qu'une petite minute, reprit Pop. Il faut bien regarder. Prêts ? »

Non, pensa Kevin.

« Je crois que oui », dit John. Il s'efforçait de conserver un air renfrogné, mais Kevin voyait bien qu'en dépit de lui, la démonstration l'intéressait.

« D'accord », dit Pop Merrill en mettant la bande en route.

Kevin ne cessait de se répéter qu'il était ridicule d'avoir peur. Il se le rabâchait, même, sans que cela lui fît le moindre bien.

Il savait ce qu'il allait voir car, avec Meg, il avait remarqué que le Soleil 660 ne se contentait pas de reproduire la même image, comme un photocopieur. Il ne leur avait pas fallu longtemps pour se rendre compte que les photos exprimaient un mouvement, de l'une à l'autre.

« Regarde ! s'était exclamée Meg, le chien bouge. »

Au lieu de répondre par l'une des boutades amicales mais irritantes qu'il réservait d'habitude à sa petite sœur, Kevin avait acquiescé : « Oui, on dirait... mais on ne peut pas en être certain, Meg.

– Si, on peut », avait-elle rétorqué. Ils étaient dans la chambre de Kevin qui regardait, morose, l'appareil photo posé au milieu de son bureau. Il avait repoussé sur le côté les livres de classe neufs qu'il avait eu l'intention de recouvrir. Meg avait baissé l'abat-jour de sa lampe de travail, qui jetait ainsi un rond de lumière vive sur le sous-main. Elle déplaça l'appareil et mit la première photo – celle avec la tache de chocolat – au milieu du rond de lumière. « Compte les poteaux entre le derrière du chien et le bord droit de la photo, dit-elle.

– Pas des poteaux, des piquets-t'es-piquée, ricana-t-il.

– Ah ! ah ! Compte-les tout de même. »

Il en dénombra quatre, et une partie d'un cinquième, caché presque entièrement par l'arrière-train broussailleux du chien.

« Maintenant, regarde celle-là. »

Elle posa le quatrième cliché devant lui : on voyait

désormais tout le cinquième piquet, et une partie du sixième.

C'est pourquoi il savait – ou soupçonnait – que ce qu'il allait voir tiendrait à la fois du vieux dessin animé d'avant-guerre et du carnet au boxeur qu'il dessinait, lorsque le temps lui pesait trop, à l'école.

Les dernières vingt-cinq secondes de la bande étaient bien ainsi, mais son petit carnet au boxeur était vraiment mieux réussi, pensa Kevin... Le mouvement de ses bras était moins saccadé. La deuxième partie de l'enregistrement, en revanche, était faite d'à-coups brutaux en comparaison desquels les vieux films muets, comme ceux avec les Keystone Kops, paraissaient des merveilles de la technologie cinématographique.

Il n'empêche que le mot clef demeurait *mouvement*, et tous les trois en restèrent pétrifiés. Ils repassèrent trois fois de suite le film d'une minute, sans échanger un mot. On n'entendait que leur respiration : celle rapide et régulière de Kevin, le souffle plus profond de son père, et le râle chargé de glaires qui montait de la poitrine étroite de Pop.

Quant aux trente premières secondes...

Il s'était attendu à voir un mouvement, mais il ne se doutait pas de ce qu'il découvrit. Ça n'avait rien de commun avec les dessins animés, les vieux films ou une version élaborée du carnet au boxeur : pendant trente secondes (vingt-huit pour être précis), l'enchaînement des Polaroïd donna l'impression magique d'être un film véritable. Pas une superproduction de Hollywood, bien entendu, pas même l'un de ces films d'horreur à petit budget comme ceux que Meg aimait (elle lui cassait souvent les pieds pour qu'il en louât les soirs où leurs parents sortaient). On aurait plutôt dit le plan pris par un amateur qui vient d'acheter sa première caméra Super 8 et ne sait pas encore très bien s'en servir.

Au cours de ces premières vingt-huit secondes, le chien se déplaçait le long de la barrière par saccades presque imperceptibles, découvrant les uns après les autres les cinquième, sixième et septième piquets. On le voyait même s'arrêter à hauteur de l'un d'eux pour le renifler, sans doute afin de déchiffrer un de ces télégrammes canins. Puis il reprenait sa marche, tête basse, l'arrière-train toujours tourné vers l'objectif. À mi-chemin de cette première partie, Kevin observa quelque chose qu'il n'avait pas remarqué jusqu'ici ; le (ou la) photographe inconnu(e) avait apparemment déplacé son appareil pour conserver le chien dans le champ. S'il (ou elle) ne l'avait pas fait, l'animal serait sorti du cadre, et il n'y aurait plus rien eu à voir, sinon la barrière. Les piquets de l'extrême droite des deux ou trois premiers clichés disparaissaient en même temps qu'en apparaissaient de nouveaux à gauche. On s'en apercevait d'autant plus facilement que le haut des deux premiers piquets de droite était cassé. Ils avaient disparu du champ.

Le chien reniflait une dernière fois… et relevait la tête. Sa bonne oreille se raidit ; celle qu'un combat avait autrefois réduite en charpie essaya d'en faire autant. On n'entendait évidemment aucun son, mais Kevin éprouva la certitude absolue que l'animal avait commencé à grogner. Le chien avait senti quelque chose ou quelqu'un. Quoi ? Ou qui ?

Kevin étudia l'ombre qu'ils avaient tout d'abord prise pour celle d'une branche ou peut-être d'un poteau, et comprit.

Il en eut le tournis… et c'est à cet instant-là que commençaient les trente secondes suivantes de cet étrange « film », trente secondes de mouvements saccadés qui faisaient mal à la tête et aux yeux. Pop avait eu une intuition, se dit Kevin, ou bien avait-il peut-être entendu parler d'un phénomène dans ce genre, autrefois. D'une manière ou d'une autre, la réalité du mouvement était prouvée, et avec une telle évidence qu'il était inutile de discourir dessus. Tant que les photos avaient été prises à des intervalles rapprochés (même s'ils avaient été variables), le déplacement, dans ce film de bric et de broc, s'était fait en douceur ; pas aussi parfaitement que dans un vrai film, mais presque. En revanche, lorsqu'on en arrivait au moment où avaient été augmentés les intervalles de temps entre les prises, l'effet produit devenait pénible : l'œil avait envie de voir soit un mouvement, soit une série de photos différentes, et au lieu de cela, il ne voyait ni l'un ni l'autre.

Le temps passait dans ce monde plat du Polaroïd. Pas à la même vitesse que dans le monde *(réel ?)* sans quoi le soleil se serait levé (ou couché) trois fois déjà, et le chien aurait achevé depuis longtemps de faire ce qu'il faisait (s'il avait quelque chose à faire), ou bien il serait parti, et il ne serait plus resté que le paysage immobile à la barrière délabrée, apparemment éternel, avec sa lugubre pelouse. Mais le temps y passait.

La tête du chien se tournait vers le photographe, vers le possesseur de l'ombre, comme sous l'effet d'une émotion soudaine. Sur un cliché, le museau et même la forme du crâne se trouvaient brouillés par l'oreille pendante. Sur le suivant, on voyait un œil brun foncé entouré d'une couronne mucus qui faisait penser à du blanc d'œuf gâté. Sur le troisième apparaissait le museau aux babines légèrement retroussées, comme si le chien s'apprêtait à aboyer ou gronder. Et finalement, on découvrait, de trois quarts, un mufle comme aucun chien ordinaire ne devrait avoir droit d'en avoir, même le plus immonde des corniauds. Les poils blancs de son museau suggéraient qu'il n'était plus tout jeune. À la fin du film, on voyait qu'il retroussait incontestablement les babines ; on devinait également un reflet blanc, sans doute une dent. Kevin n'y fit attention que lors du troisième visionnage. L'œil l'avait accaparé. Une lueur homicide y brillait. Tout, chez ce bâtard, trahissait le tueur. Un tueur sans nom, comme ne l'ignorait pas l'adolescent. Il savait sans l'ombre d'un doute que ni homme, ni femme, ni enfant Polaroïd n'avaient jamais donné de nom à ce chien Polaroïd. C'était un chien errant, né errant, ayant grandi errant et étant devenu un vieux clébard ensauvagé, sort de tous les chiens sans feu ni lieu, ni nom du monde, voués à égorger les poulets, à dévorer les détritus des poubelles qu'ils ont depuis longtemps appris à renverser, à dormir dans les égouts ou sous les porches des maisons abandonnées. L'intelligence amoindrie, mais des instincts infaillibles et meurtriers. Il...

Lorsque Pop prit la parole, Kevin fut si brutalement tiré des pensées dans lesquelles il était plongé qu'il faillit crier.

« L'homme qui a pris ces photos – s'il y avait quelqu'un, je veux dire... D'après vous, qu'est-ce qu'il lui est arrivé ? »

Pop avait fait un arrêt sur image sur le dernier cliché.

Une ligne d'interférence traversait l'image. Kevin aurait bien aimé la voir dissimuler l'œil, mais elle passait au-dessous. Cet œil les regardait, maléfique, stupidement meurtrier – non, pas stupidement, pas tout à fait, il avait quelque chose non pas de simplement inquiétant, mais de terrifiant. Personne n'eut besoin de répondre à la question. Inutile d'avoir d'autres photos pour savoir ce qui s'était produit ensuite. Le chien avait peut-être entendu quelque chose : bien sûr, et Kevin savait ce que c'était. Le petit grésillement huileux.

D'autres photos le montreraient achevant de se tourner, puis remplissant de plus en plus le champ jusqu'à ce qu'on ne voie que lui – plus de pelouse miteuse lugubre, plus de barrière, plus de trottoir, plus d'ombre. Rien que le chien.

Bien décidé à attaquer.

Bien décidé à tuer, si possible.

Le timbre avec lequel Kevin parla paraissait appartenir à quelqu'un d'autre. « Ce n'est pas comme si on le prenait en photo », dit-il.

Le rire sec de Pop fit le bruit du petit bois que l'on casse sur le genou pour en faire de l'allume-feu.

« Rembobinez-le, demanda John.

– Vous voulez le revoir en entier ?

– Non, juste les dix dernières secondes, à peu près. »

Pop utilisa la télécommande. Le chien tourna une fois de plus la tête, avec les mouvements heurtés d'un robot en train de se déglinguer mais qui n'en reste pas moins dangereux. Kevin aurait aimé leur dire : *Arrêtez, maintenant. Arrêtez, c'est tout. Ça suffit, on arrête et on démolit l'appareil.* Parce qu'il y avait autre chose, n'est-ce pas ? Quelque chose à quoi il n'avait pas envie de penser mais qu'il faudrait bien finir par envisager, qu'il le voulût ou non. Il sentait que ça venait crever à la surface de son esprit comme le geyser puissant d'une baleine.

« Une fois de plus, mais cliché après cliché. Est-ce possible ? demanda John Delevan.

– Ouaip, répondit Pop. Ces foutues machines font tout sauf la vaisselle. »

J'avais remarqué, pensa Kevin.

Cliché par cliché, on n'aurait plus vraiment dit un robot, mais plutôt quelque insolite mouvement d'horlogerie, dans le genre des spécimens les plus bizarres possédés par Pop au rez-de-chaussée. Une saccade. Une saccade. Une saccade. La tête qui tourne. L'œil impitoyable et pas si idiot qui ne va pas tarder à le regarder de nouveau.

« Qu'est-ce que c'est que ça ? demanda soudain John.

– Qu'est-ce que c'est que quoi ? » répliqua Pop, comme s'il ignorait que c'était ce dont avait voulu parler Kevin l'autre fois – la chose, il en était convaincu, qui l'avait décidé à démolir l'appareil.

« Sous son cou, fit John avec un geste. Il n'a pas de collier, mais il porte quelque chose sous le cou, au bout d'une ficelle ou d'une cordelette.

– Je sais pas, répondit Pop, imperturbable. Votre fils le sait peut-être. Les jeunes ont de meilleurs yeux que nous autres, les vieux. »

John Delevan se tourna vers son fils. « Distingues-tu ce que c'est ?

– Je... c'est vraiment très petit. »

Son esprit revint à ce que son père lui avait dit en quittant la maison. *Si elle ne te pose pas la question, tu n'auras pas à lui répondre... C'est la façon de faire, dans le monde des adultes.* Son père venait de lui demander s'il pouvait distinguer ce qu'il y avait sous le cou du chien. Il n'avait pas réellement répondu à la question ; il avait répondu quelque chose qui n'avait rien à voir. *C'est vraiment très petit.* C'était vrai. Qu'il pût savoir de quoi il s'agissait en dépit de cela... eh bien...

Comment son père avait-il dit, déjà ? Flirter aux limites du mensonge...

À la vérité, il ne le *voyait* pas vraiment. Non. N'empêche, il savait. L'œil ne faisait que suggérer ; le cœur comprenait. De même qu'il comprenait que s'il avait raison, il fallait détruire l'appareil. Absolument.

À ce moment-là, Pop Merrill fut soudain pris d'une judicieuse inspiration. Il se leva et éteignit la télé. « J'ai les photos en bas, dit-il. Je les ai rapportées avec la cassette. J'avais vu ce détail et je l'ai même regardé à la loupe, sans pouvoir arriver à dire... et pourtant, bon Dieu, il a l'air familier. Attendez, je vais les chercher, avec la loupe.

– On peut aussi bien descendre avec vous », proposa Kevin. C'était bien la dernière chose que désirait le brocanteur, mais John intervint, arguant qu'ils pourraient avoir envie de regarder de nouveau la bande, après.

« Il n'y en a que pour une minute », dit Pop qui se précipita vers l'escalier, aussi vif qu'un moineau sautant de branche en branche, avant qu'aucun des Delevan n'eût le temps de protester (en admettant qu'ils en eussent envie).

Ce n'était d'ailleurs pas le cas de Kevin. L'idée venue des profondeurs avait finalement crevé la surface de son esprit à la façon d'un geyser monstrueux et, que ça lui plût ou non, il était bien obligé de la regarder en face.

Elle était simple, tout comme le geyser d'une baleine – à l'œil, du moins, de qui n'étudie pas les baleines en professionnel – et de même colossale.

Pas une idée, en fait, une simple certitude. Une certitude en rapport avec cette insolite impression de platitude que semblent toujours donner les photos à développement instantané, avec cette façon qu'elles ont de vous montrer les choses en deux dimensions, bien que toutes les autres formes de photographie fassent la même chose ; simplement, les autres paraissent au moins vous *suggérer* l'idée de troisième dimension, même celles prises avec un vulgaire Kodak 110.

Les objets, dans *ses* photos – photos qui montraient des choses qu'il n'avait jamais vues par le viseur du Soleil 660 (ni ailleurs) – étaient ainsi : platement et irrémédiablement à deux dimensions.

Sauf le chien.

Le chien n'était pas *plat*. Le chien n'était pas un objet sans signification affective. Non seulement l'animal semblait suggérer la troisième dimension, mais paraissait la posséder réellement, à la manière d'un hologramme, ou encore de l'un de ces films 3D pour lesquels il faut porter des lunettes spéciales.

Ce n'est pas un chien Polaroid, songea Kevin, *et il n'appartient pas à l'univers dont les Polaroïd prennent des photos. C'est du délire, je le sais bien, mais je sais aussi que c'est vrai. Alors, qu'est-ce que ça signifie ? Pourquoi mon appareil prend-il toujours un cliché de ce même endroit… et pourquoi l'homme ou la femme au Polaroïd prend-il cliché sur cliché de cet endroit ? Est-ce qu'il (ou elle) voit seulement le chien ? Si c'est un chien à trois dimensions dans un monde à deux dimensions, peut-être ne le voit-il (elle) même pas. Peut-être ne peut-il (elle) même pas le voir. Il paraît que pour nous, le temps est la quatrième dimension ; nous savons bien qu'il existe, et pourtant nous ne pouvons pas le voir. On n'arrive même pas à le sentir passer, même si parfois, en particulier lorsqu'on s'ennuie, on dirait qu'on le peut.*

Mais, à y regarder de plus près, tout ça n'avait peut-être pas d'importance, et ses questions étaient bien trop ardues pour qu'il pût les résoudre, de toute façon. Il y en avait d'autres qui lui paraissaient plus essentielles, littéralement vitales, même.

Pourquoi le chien se trouvait-il dans *son* appareil, par exemple ?

Voulait-il quelque chose de lui en particulier, ou bien de n'importe qui ? Kevin avait tout d'abord pensé que la réponse était n'importe qui, puisque n'importe qui pouvait prendre la photo sans interrompre le mouvement. Mais cette chose qu'il avait autour du cou et qui n'était pas un collier... elle avait un rapport avec lui, Kevin Delevan, et avec personne d'autre. La bête voulait-elle lui faire quelque chose ? Si la réponse à cette question était oui, on pouvait laisser tomber les autres, car ce que voulait le chien était bougrement évident. On le lisait dans son œil menaçant, dans le retroussement de babines qu'on voyait s'esquisser. Il voulait deux choses.

Tout d'abord, s'échapper.

Puis tuer.

Il y a un homme ou une femme là-bas avec un appareil photo, qui ne voit même pas le chien, et si le photographe ne peut voir le chien, ce dernier ne voit peut-être pas le photographe... dans ce cas, il est en sécurité. Mais si le chien est réellement à trois dimensions, peut-être voit-il au-delà de la surface plane, peut-être voit-il l'utilisateur de l'appareil, quel qu'il soit. Ce n'est peut-être pas forcément moi, spécifiquement, mais celui qui appuie sur le déclencheur qui constitue sa cible.

Restait la chose qu'il portait autour du cou. Que fallait-il en faire ?

Il pensa à l'œil sombre du clébard, qu'une simple étincelle de malveillance sauvait de la stupidité. Dieu seul savait comment l'animal s'était retrouvé dans le monde Polaroïd, mais lorsqu'on prenait sa photo, il pouvait voir *au-dehors* de ce monde, il voulait en sortir. Kevin était convaincu, au fond de lui, qu'il voulait commencer par le tuer ; la chose qu'il portait autour du cou le disait, le proclamait – commencer par le tuer. Mais ensuite ?

Eh bien ensuite, n'importe qui ferait l'affaire.

Absolument n'importe qui.

D'une certaine manière, c'était comme ce jeu auquel

on jouait, non ? Le Pas de Géant. Le chien marchait le long de la barrière. Le chien avait entendu le Polaroïd, le petit grésillement graisseux. Il s'était tourné et avait vu... quoi ? Son propre monde, son univers ? Un monde ou un univers suffisamment semblable au sien pour au moins sentir qu'il pourrait y vivre et y chasser ? Peu importait. Maintenant, chaque fois que quelqu'un prendrait une photo de lui, le chien serait plus près. De plus en plus près, jusqu'à ce que... jusqu'à ce que quoi, au fait ? Jusqu'à ce qu'il fasse irruption par l'appareil ?

« Stupide. Ça ne tient pas debout, marmonna-t-il.

– Quoi ? fit son père, tiré de ses propres réflexions.

– Rien, dit Kevin. Je parlais tout seul, et... »

C'est alors que leur parvint d'en bas, étouffée mais parfaitement audible, une bordée de jurons lâchée par Pop Merrill : « Bordel de Dieu de nom de Dieu ! *Nom de Dieu !* »

Kevin et son père se regardèrent, surpris.

« Allons voir ce qui s'est passé, dit John en se levant. J'espère qu'il n'est pas tombé et ne s'est pas cassé le bras ou autre chose. Je veux dire... ça ne m'attristerait pas outre mesure, mais enfin... tu comprends. »

Kevin pensa : *Et si jamais il a pris de nouvelles photos ? Si le chien se trouve là en bas ?*

Mais il n'avait pas senti de peur dans la voix du vieux

brocanteur. Et comment imaginer qu'un chien, apparemment de la taille d'un berger allemand, pût franchir l'objectif d'un Soleil 660, ou sortir de l'une des photos qu'il faisait ? Autant essayer de faire passer une machine à laver par un trou de souris.

Cela ne l'empêchait pas d'éprouver de la crainte pour eux deux – pour eux trois – tandis qu'il emboîtait le pas à son père dans l'escalier étroit conduisant dans la pénombre du bazar.

En dévalant l'escalier, Pop Merrill était aussi heureux qu'un renard dans un poulailler.

Il s'était préparé à procéder à l'échange directement sous leurs yeux, s'il avait fallu. Manœuvre qui aurait pu devenir problématique s'il n'y avait eu que le garçon, qui se trouvait encore à deux ou trois ans de penser qu'il savait tout, mais le père... ah, mystifier ce brave homme aurait été aussi facile que de piquer son biberon à un nourrisson. Avait-il raconté à son fils dans quel pétrin il s'était fourré, autrefois ? À la manière dont le garçon le regardait, avec une sorte de prudence étonnée dans les yeux, Pop pensait que oui. Et que lui avait-il encore raconté ? Voyons un peu. *Est-ce qu'il te permet de l'appeler Pop ? Alors ça veut dire qu'il manœuvre pour te rouler dans la farine.* Ça, c'étaient les hors-d'œuvre. *C'est un serpent à sonnette caché dans l'herbe, fiston*. L'entrée. Puis, évidemment, le plat de résistance : *Laisse-moi parler, Kev. Je le connais mieux que toi. Laisse-moi régler cette affaire, ne t'en mêle pas*. Les hommes comme John Delevan étaient pour Pop Merrill comme une bonne portion de poulet frit pour certains : tendre, goûteuse, juteuse, la chair se détachant de l'os juste comme il fallait. Delevan s'était comporté autrefois à peine mieux qu'un gosse, et il ne comprendrait jamais pleinement que ce n'était pas Pop qui lui avait coincé les couilles dans l'étau, mais qu'il les y avait mises lui-même. Il aurait très bien pu aller voir son épouse, qui aurait tapé sa vieille taupe de tante, dont les fesses en deuil étaient bordées de billets de cent dollars. Delevan aurait couché pendant quelque temps dans la niche du chien, mais elle aurait fini par le laisser sortir. Non seulement il n'avait pas envisagé cette solution, mais elle ne lui était même pas venue à l'esprit. Et maintenant, sous le prétexte idiot que du temps était passé (comme si son passage, sur lequel nous sommes impuissants, prouvait quoi que ce soit), il croyait ne rien ignorer de tout ce qu'il fallait savoir sur Reginald Marion Merrill.

Le genre de situation que Pop adorait.

Il aurait tout aussi bien pu changer les appareils sous le nez du type, au lieu de laisser tomber celui du garçon sur le sol, de l'envoyer d'un coup de pied sous la table, et de se relever en tenant le modèle qu'il avait acheté en ville. John Delevan ne se serait aperçu de rien, tellement il était sûr de bien connaître son Pop.

Mais ça, c'était encore mieux.

On ne fixe jamais de rendez-vous à Dame Chance ; elle a l'art de poser des lapins au moment où on a le plus besoin d'elle. Mais si la fantaisie lui prend de se montrer d'elle-même... eh bien, il est judicieux d'abandonner ce qu'on est en train de faire, quoi que ce soit, et de l'amener dîner aux chandelles et au champagne – de la traiter du mieux qu'on peut. Cette salope s'allonge toujours si on la traite convenablement.

Il alla donc rapidement à sa table de travail, se pencha et sortit le Soleil 660 qu'il avait maltraité de la pénombre qui régnait au-dessous. Il le posa sur la table, prit un porte-clefs dans sa poche (non sans donner un rapide coup d'œil par-dessus son épaule pour vérifier qu'aucun des Delevan n'avait finalement décidé de le rejoindre), et sélectionna la petite clef qui ouvrait le profond tiroir côté gauche de la table. Dedans se trouvaient un certain nombre de Krugerrands en or ; un album de timbres dont le moins cher était estimé à six cents dollars ; une collection de pièces d'une valeur approximative de dix-neuf mille dollars ; deux douzaines de photos pornographiques ; et plus de deux mille dollars de liquide.

Les billets qu'il entreposait dans différentes boîtes métalliques servaient, quant à eux, à ses prêts. John Delevan les aurait reconnus : rien que des dix froissés.

Pop rangea le Soleil 660 de Kevin dans le tiroir qu'il referma, et remit la clef dans sa poche. Puis il fit tomber (une fois de plus) l'appareil dont il avait brisé l'objectif et s'écria alors « Bordel de Dieu de nom de Dieu ! *Nom de Dieu !* » suffisamment fort pour être entendu de l'appartement.

Il prit l'expression de circonstance, chagrinée et confuse, et attendit qu'ils vinssent, au triple galop, voir ce qui se passait.

« Pop ? cria Kevin. Monsieur Merrill, vous allez bien ?

– Ouais-ouais. Il n'y a que mon bon Dieu d'orgueil de blessé dans l'affaire. On n'a vraiment pas de chance avec cet appareil, il faut croire. Je me suis penché pour ouvrir le tiroir à outils, voilà ce que je veux dire, et je l'ai fichu par terre. Sauf que j'ai l'impression que ça ne l'a pas amélioré, cette fois. Je sais pas si je dois dire que je suis désolé ou non. Je veux dire, tu étais sur le point de... »

Il eut un geste d'excuse en tendant le Polaroïd à Kevin, qui le prit et examina l'objectif fêlé et le plastique écaillé du boîtier. « Non, ça ne fait rien », répondit Kevin, retournant l'appareil dans ses mains. Mais il ne le tenait plus aussi précautionneusement qu'avant (comme s'il n'avait pas été fait de plastique et de verre, mais d'une sorte d'explosif). « J'avais de toute façon l'intention de le démolir.

– Je crois que je t'ai épargné ce souci.

– Je me sentirais mieux, si...

– Oui-oui, bien sûr. C'est comme pour moi avec les souris. Ça va peut-être te faire rire, mais si j'en piège une, je lui donne un coup de balai, même si elle est morte. Pour être bien sûr, c'est ce que je veux dire. »

Kevin esquissa un sourire, puis regarda son père. « Il a dit qu'il avait un billot dans la cour, Papa...

– Et aussi une bonne masse dans l'appentis, si personne ne me l'a volée.

– Ça ne t'ennuie pas, Papa ?

– C'est ton appareil, Kev », répondit John. Il jeta un coup d'œil méfiant à Pop, mais c'était un coup d'œil méfiant par principe, non pour quelque raison spécifique. « Si tu penses que tu te sentiras mieux après, je crois que c'est une bonne décision.

– Bon. » L'adolescent eut l'impression qu'on lui ôtait un poids énorme des épaules – non, du cœur. Avec un objectif brisé, l'appareil était certainement inutilisable... mais il ne se sentirait complètement soulagé que lorsqu'il le verrait réduit en mille morceaux autour du billot de Pop Merrill. Il le retourna encore dans ses mains, regardant tour à tour l'avant et l'arrière, amusé et stupéfié de se sentir aussi content de le voir dans cet état.

« Je crois que je vous dois le prix de cet appareil, Delevan, dit Pop, sachant parfaitement comment réagirait son ancien débiteur.

– Non. Démolissons-le, et tâchons d'oublier que toute cette histoire démente est arriv... Mais j'allais oublier. Nous devions regarder ces dernières photos avec la loupe. Je voudrais voir si je peux distinguer l'objet que porte le chien. J'ai le sentiment que c'est quelque chose que je connais.

– On pourra le faire après nous être débarrassés de l'appareil, non ? Dis, Papa, d'accord ?

– Bien sûr.

– Après quoi, ce sera peut-être une bonne idée de brûler les photos elles-mêmes, ajouta Pop. On pourra le faire dans mon poêle.

– Ça, c'est une excellente idée ! s'exclama Kevin. Qu'est-ce que tu en penses, Papa ?

– Je crois que madame Merrill n'a pas élevé une portée d'idiots, répondit son père.

– Eh bien, fit Pop avec un sourire énigmatique

derrière des volutes de fumée bleue, nous étions tout de même cinq. »

Le ciel était d'un bleu éclatant lorsque Kevin et son père s'étaient rendus à l'Emporium Galorium à pied ; une parfaite journée d'automne. Il était maintenant quatre heures trente, les nuages s'étaient amoncelés et on aurait dit qu'il allait pleuvoir avant la tombée de la nuit. Kevin sentit sur ses mains le premier véritable froid de l'automne. Elles allaient devenir toutes rouges s'il restait trop longtemps dehors, mais il ne pouvait rien y faire. Sa maman serait à la maison dans une demi-heure et il se demandait ce qu'elle dirait lorsqu'elle les verrait revenir ensemble, et ce que son père répondrait.

Cela, c'était pour plus tard.

Kevin posa le Soleil 660 sur le billot de la petite arrière-cour, et Pop Merrill lui tendit la masse. L'usage avait rendu le manche parfaitement lisse, mais la tête métallique rouillait, comme si on l'avait abandonnée par négligence sous la pluie, non pas une ou deux fois, mais souvent. Cela ne l'empêcherait pas de faire le travail ; aucun doute là-dessus. Le Polaroïd, avec son objectif fendu et son boîtier tout fissuré, avait l'air fragile et sans défense, ainsi posé sur la surface couturée de cicatrices du billot, là où l'on se serait davantage attendu à voir une bûche de frêne ou d'érable, attendant d'être fendue en deux.

Kevin empoigna le manche lisse à deux mains.

« Tu es bien sûr de ce que tu fais, fiston ? demanda John.

– Oui.

– Très bien, alors vas-y », ajouta-t-il avec un coup d'œil à sa montre.

Pop se tenait de côté, la pipe entre les dents, les mains passées dans les poches arrière de son pantalon. L'air sournois, il regarda tour à tour le fils, le père, puis à nouveau le fils, mais ne dit rien.

Kevin brandit la masse et, pris d'une colère qu'il ne se connaissait pas, l'abattit sur l'appareil avec toute sa force.

Trop fort, eut-il le temps de penser. *Tu vas le manquer et tu auras de la chance si tu ne t'écrabouilles pas le pied. Il va rester là, rien de plus qu'un tas de plastique creux qu'un gosse de quatre ans pourrait aplatir sans même avoir à se forcer. Et même si tu as la chance de te manquer le pied, Pop te regardera. Il ne dira rien : ce ne sera pas la peine. Tout tiendra dans la façon dont il te regardera.*

Et aussi : *Peu importe que je l'écrase ou non. C'est de la magie, c'est une sorte d'appareil photo magique, et on ne peut pas le casser. Même si je tape en plein milieu, la masse va rebondir, comme les balles sur la poitrine de Superman.*

Puis il n'eut plus le temps de penser à quoi que ce soit : la masse venait de s'abattre en plein milieu de l'appareil. Kevin avait effectivement frappé beaucoup trop fort pour ajuster un tant soit peu son coup, mais il eut de la chance. Le pesant outil ne rebondit pas et ne vint pas le heurter juste entre les yeux, le tuant comme dans la scène finale d'un film d'horreur.

Le Soleil 660 explosa plus qu'il ne cassa. Des morceaux de plastique volèrent dans tous les sens. Un long rectangle, terminé par un bout noir brillant à une extrémité (une photo qui ne serait jamais prise, se dit Kevin) voleta jusqu'au sol et se posa à l'envers à côté du billot.

Il y eut un moment de silence si complet dans l'arrière-cour qu'ils entendirent distinctement les voitures qui passaient dans Lower Main Street, et des enfants qui jouaient à chat perché sur le parking du magasin général Wardell (lequel avait déposé son bilan deux ans auparavant et était à l'abandon depuis).

« Eh bien ça, c'est un coup de masse, dit Pop. Tu as cogné aussi fort que notre Paul Bunyan national, Kevin ! Que le dos me pèle si je mens ! Inutile de faire ça », ajouta-t-il à l'intention de John qui se baissait pour ramasser les morceaux de plastique avec des gestes aussi précautionneux que s'il recueillait les débris d'un verre. « J'ai un commis qui vient de temps en temps me nettoyer la cour. Je sais bien que ça ne se voit pas beaucoup, mais je préfère ne pas penser à quoi elle aurait l'air, autrement.

– On pourrait aller regarder les photos avec votre loupe », répondit John, qui se releva et jeta les quelques morceaux qu'il avait ramassés dans un incinérateur rouillé, avant de s'essuyer les mains.

« Tout à fait d'accord, dit Pop.

– Et n'oubliez pas de les brûler ensuite, ajouta Kevin.

– Je n'oublierai pas. Moi aussi je me sentirai mieux quand elles auront été liquidées. »

« Bon Dieu ! » s'exclama John Delevan. Penché sur la table de travail de Pop Merrill, il étudiait l'avant-dernière photo à la loupe, celle sur laquelle on voyait le plus clairement l'objet rond qui pendait au cou du chien ; dans la dernière, le mouvement de balancier le rejetait en arrière. « Regarde ça, Kevin, et dis-moi si tu penses à ce que je pense. »

Kevin prit à son tour la loupe. Il savait bien entendu ce qu'il allait voir, mais ce ne fut pas pour la forme qu'il regarda. Sans doute Clyde Tombaugh dut-il regarder avec la même fascination la photo de la planète Pluton, la première jamais faite ; depuis les travaux de Lowell, on savait que cette planète devait forcément se trouver dans ce secteur, à cause de distorsions dans les trajectoires de Neptune et Uranus. Mais le savoir était une chose... qui n'enlevait rien à la fascination de l'observer pour la première fois.

Kevin éteignit la loupe et la rendit à Pop. « Ouais, dit-il à son père. C'est bien ce que tu penses. » Il avait parlé d'une voix aussi plate que... que les objets dans l'univers Polaroïd, et il se sentit pris d'une envie de rire. Il ne l'extériorisa pas, non parce qu'il aurait été inconvenant de rire (c'eût été le cas) mais parce que son rire aurait sonné... platement.

Pop attendit, et lorsqu'il devint clair pour lui qu'ils allaient avoir besoin d'un petit encouragement, il dit : « Vous n'allez pas me laisser danser comme ça d'un pied sur l'autre ! De quoi diable s'agit-il ? »

Kevin n'avait pas eu envie de le lui dire, et n'en avait toujours pas envie. Il n'y avait aucune raison à cela, mais...

Arrête donc d'être aussi stupide ! Il t'a aidé lorsque tu en avais besoin, peu importe comment il gagne sa croûte. Dis-lui, et brûlons les photos et partons d'ici avant que toutes les horloges ne se mettent à sonner cinq heures.

Oui. S'il était encore dans le secteur quand se

déchaînerait le carillonnement, il deviendrait complètement cinglé. On n'aurait plus qu'à le conduire en camisole de force jusqu'à Juniper Hill, tandis qu'il délirerait sur des molosses réels dans des univers factices de Polaroid, et sur des appareils photo qui prennent et reprennent constamment le même cliché, sauf que pas tout à fait.

« L'appareil photo était un cadeau d'anniversaire, s'entendit-il dire de la même voix sèche. Ce qu'il porte au cou aussi. »

Pop remonta lentement ses lunettes sur son crâne chauve et plissa les yeux. « Je crois que je ne te suis pas très bien, fiston.

– J'ai une tante, expliqua l'adolescent. En fait, c'est ma grand-tante, mais on ne l'appelle pas comme ça, parce qu'elle dit que ça la fait se sentir vieille. Tante Hilda. Bref, le mari de tante Hilda lui a laissé beaucoup d'argent – Maman dit qu'il y en a pour plus d'un million de dollars – mais qu'est-ce qu'elle est radine ! »

Il s'arrêta, laissant à son père le temps de protester, mais celui-ci se contenta d'acquiescer avec un sourire amer. Pop Merrill, qui connaissait parfaitement la situation (il y avait en réalité peu de situations, à Castle Rock et dans les environs, que Pop ne connaissait pas plus ou moins), ne fit aucun commentaire et attendit simplement la suite.

« Elle vient passer Noël avec nous une fois tous les trois ans, et c'est à peu près la seule fois où nous allons à l'église, parce qu'elle y va, elle. On mange aussi beaucoup de brocolis quand elle est là. On a tous horreur de ça, et c'est tout juste si ça ne fait pas dégobiller ma petite sœur, mais tante Hilda *adore* les brocolis, alors on en mange. Dans le programme de lecture de l'été, il y avait un livre, *Les Grandes Espérances*, avec une bonne femme juste comme tante Hilda. Ce qui lui plait, c'est de remuer son fric sous le nez de ses parents, et...

– Et qu'est-ce qu'elle t'a envoyé comme cadeau ? » le coupa Pop, que ces digressions sur Dickens n'intéressaient pas.

« Une cravate-cordon, comme celle que portent les musiciens dans les orchestres de musique country. Le fermoir représente quelque chose de différent chaque année, mais c'est toujours une cravate-cordon. »

Pop s'empara de la loupe et se pencha sur la photo. « Nom d'un chien ! s'exclama-t-il en se redressant, une cravate-cordon ! C'est exactement ça ! Comment se fait-il que je ne l'ai pas vu ?

– Parce que ce n'est pas le genre de collier que l'on met d'habitude à un chien, à mon avis », remarqua

Kevin, toujours du même ton de voix. Cela ne faisait que quarante-cinq minutes qu'ils étaient entrés dans l'Emporium Galorium, mais il avait l'impression d'avoir vieilli de quinze ans depuis. *Ce qu'il ne faut pas oublier*, ne cessait-il de se répéter, *c'est que l'appareil est démoli. Réduit en miettes. Et même les types qui fabriquent les Polaroïd à l'usine de Schenectady ne seraient pas capables de remettre celui-ci en état.*

Oui, grâce à Dieu. Parce que le point final était mis. En ce qui concernait Kevin, si jamais il devait à nouveau se trouver confronté au *surnaturel*, même de loin, fût-ce à quatre-vingts ans, ce serait encore trop tôt.

« Oui, mais c'est très petit, ajouta John Delevan. J'étais là lorsque Kevin a ouvert le paquet, et nous savions tous ce qu'il y aurait dedans. Le seul mystère concernait le fermoir. C'est même un sujet de plaisanterie entre nous.

– Et qu'y a-t-il sur ce fermoir ? » demanda Pop, se penchant de nouveau sur la photo pour la scruter.

« Un oiseau, répondit Kevin. Je suis à peu près sûr que c'est un pivert. Et que c'est ça que porte le chien de la photo. Une cravate-cordon avec un fermoir en forme de pivert.

– Nom de Dieu ! » s'exclama Pop. Avec son air de ne pas y toucher, c'était un prodigieux comédien, mais il n'eut pas besoin de simuler la surprise.

Brusquement, John rassembla tous les clichés en un seul tas. « Foutons ces cochonneries tout de suite dans le poêle. »

Lorsque Kevin et son père arrivèrent chez eux, à cinq heures dix, une petite pluie commençait à tomber. La Toyota de Mme Delevan n'était pas dans l'allée, mais elle était venue et repartie. Elle avait laissé un mot sur la table de la cuisine, sous la salière. Lorsque Kevin le déplia, il en tomba un billet de dix dollars.

Mon Kevin,

Jane Doyon m'a demandé si Meg et moi aimerions dîner avec elle à Bonanza. Son mari est en voyage d'affaires à Pittsburgh, et elle tourne en rond dans sa maison. J'ai dit que nous en serions ravies. Meg, en particulier. Tu sais comme elle aime sortir « entre femmes » ! J'espère que ça ne t'ennuiera pas trop de manger dans une « splendide solitude ». Tu n'as qu'à te commander une pizza et un soda, ton père commandera la sienne à son arrivée. Il ne les aime pas réchauffées, et il voudra sans doute une ou deux bières avec.

Grosses bises,

Maman

Ils échangèrent un regard (*voilà au moins une chose dont nous n'aurons pas à nous préoccuper*) sans dire mot. Apparemment, ni Mary ni Meg n'avaient remarqué la présence de la voiture de John dans le garage.

« Est-ce que tu veux que je... ? » mais il n'eut pas besoin d'achever, car son père le fit pour lui : « Oui, va vérifier, tout de suite. »

Kevin grimpa les marches quatre à quatre. Dans sa chambre, il avait une commode et un bureau dont le dernier tiroir était plein de ce que Kevin appelait des « trucs » ou des « machins » qu'il aurait trouvé plus ou moins criminel de jeter, bien qu'il n'en eût pas réellement l'usage. La montre à gousset de son grand-père, par exemple : un énorme oignon au boîtier superbement gravé, pesant... mais tellement rouillé que le joaillier de Lewiston, après avoir jeté un bref coup d'œil, l'avait reposé sur le comptoir en secouant la tête. Il y avait aussi deux jeux de boutons de manchettes, deux autres dépareillés, un dépliant de *Penthouse*, un livre de poche intitulé *Les Plaisanteries les plus grossières*, et un baladeur Sony qui avait la détestable manie de boulotter les bandes qu'il aurait dû se contenter de lire. Bref, des trucs et des machins.

Au milieu, bien entendu, trônaient les treize cravates-cordons envoyées par tante Hilda pour ses anniversaires.

Il les sortit une à une, les compta, en trouva douze

au lieu de treize, fouilla une fois de plus le tiroir et recompta. Toujours douze.

« Elle n'est pas là ? »

Kevin, qui était accroupi devant le tiroir, poussa un cri et bondit sur ses pieds.

« Je suis désolé, s'excusa John depuis le seuil de la porte. C'était idiot.

– C'est rien », dit Kevin, qui se demanda un instant jusqu'à quelle vitesse pouvait battre un cœur avant d'exploser. « C'est moi qui suis... tendu. C'est ridicule.

– Non, pas du tout, répondit son père d'un ton calme. Quand j'ai regardé l'enregistrement, j'ai tellement eu la frousse que j'ai vu le moment où j'allais me mettre les doigts dans la bouche pour me renfoncer l'estomac à sa place. »

Kevin jeta un regard de gratitude à son père.

« Elle n'est pas là, c'est ça ? reprit ce dernier. Celle avec le pivert ou je ne sais quel bon Dieu d'oiseau à la noix ?

– Non, elle n'y est pas.

– Est-ce que tu mettais l'appareil dans ce tiroir ? »

Kevin hocha lentement la tête. « Pop m'avait demandé de ne pas y toucher entre les prises. Ça faisait partie de son programme. »

Quelque chose lui titilla brièvement l'esprit, puis disparut.

« Alors je le fourrais là.

– Bon sang, fit doucement John.

– Ouais. »

Ils se regardèrent dans la pénombre de la pièce, et soudain un sourire, comme un rayon de soleil passant entre les nuages, vint illuminer le visage de Kevin.

« Quoi ?

– J'étais en train de me rappeler la sensation... J'ai balancé la masse tellement fort... »

John Delevan avait aussi commencé à sourire. « J'ai bien cru que tu allais t'arracher le...

– Et quand il a fait ce bruit de craquement...

– Ça s'est mis à voler dans tous les sens...

– BOUM ! terminé ! » conclut Kevin.

Ils se mirent à rire tous les deux dans la chambre, et Kevin se trouva presque (*presque*) content que tout cela fût arrivé. Le sentiment de soulagement était aussi inexprimable et néanmoins aussi parfait que ce que l'on ressent lorsque, soit par un hasard heureux, soit par quelque guidage télépathique, une autre personne arrive à vous gratter à l'endroit du dos que vous ne pouvez atteindre vous-même : elle tombe pile dessus, la démangeaison devient merveilleusement pire pendant une fraction de seconde, quand elle la touche des doigts... puis c'est l'indicible soulagement.

Même chose avec l'appareil photo et le fait que son père avait compris.

« C'est fini, dit Kevin, il n'existe plus.

– Pas davantage que Hiroshima après le largage de la bombe A par l'*Enola Gay*, répondit John, ajoutant : Réduit en bouillie, voilà ce que je veux dire. »

Kevin resta un instant bouche bée, puis éclata d'un rire hystérique, presque des hurlements. Son père l'imita. Peu après, ils commandaient une pizza royale. Lorsque Mary et Meg Delevan revinrent, à sept heures vingt, ils riaient encore.

« Vous m'avez l'air un peu trop joyeux, tous les deux. Vous tramez quelque chose de louche », remarqua Mme Delevan, un peu intriguée. Faisant appel à cette sensibilité féminine à laquelle les femmes n'ont recours, semble-t-il, qu'au moment des accouchements ou des désastres, elle avait trouvé à leur hilarité une note légèrement malsaine. On aurait dit qu'ils venaient d'éviter un grave accident de voiture. « Est-ce qu'on peut participer ?

– Juste deux célibataires qui prennent du bon temps, répondit John.

– Du sacré bon temps », insista Kevin.

À quoi son père trouva bon d'ajouter : « Voilà ce que je veux dire », ce qui les fit hululer de plus belle.

Meg, complètement éberluée, regarda sa mère et dit : « Mais pourquoi ils font ça, Maman ?

– Parce qu'ils ont un pénis, ma chérie. Va accrocher ton manteau. »

Pop Merrill laissa sortir les Delevan *père et fils*[1] et verrouilla la porte derrière eux. Il éteignit toutes les lumières sauf celle de sa table de travail, sortit son jeu de clefs, et ouvrit son propre tiroir fourre-tout. Il en sortit le Soleil 660 de Kevin, en parfait état (en dehors de l'éclat qui avait sauté et d'une légère fêlure du viseur), et le contempla fixement. L'appareil avait terrifié le père et le fils. Pop l'avait bien vu ; il l'avait aussi terrifié. Mais de là à le poser sur le billot et à le pulvériser ? Il ne fallait pas exagérer, tout de même.

Il y avait un moyen de se faire quelques sous avec le foutu machin.

Il y en a toujours un.

Pop le remit dans le tiroir. Il allait dormir là-dessus, et demain matin, il saurait comment procéder. À la vérité, il s'en faisait déjà une idée assez précise.

Il se leva, éteignit la lampe, et se faufila jusqu'à l'escalier conduisant à son appartement. Il se déplaçait avec

1. En français dans le texte. (*N.d.T.*)

la sûreté de pied et la souplesse nées d'une longue pratique.

À mi-chemin, il s'arrêta.

Il éprouvait le besoin, un besoin très fort, de retourner jeter un coup d'œil à l'appareil. Mais pourquoi donc, au nom du Ciel ? Il n'avait même pas un film à mettre dans la diabolique machine... non qu'il eût l'intention de prendre des photos avec. Si quelqu'un d'autre voulait en prendre et observer la progression du chien, l'acheteur était le bienvenu. « Le client est roi, comme il aimait à dire, qu'il se débrouille avec. »

Quant à lui, autant pénétrer dans une cage aux lions sans même un fouet ou une chaise.

Et cependant...

« Laisse tomber », dit-il d'une voix étranglée, dans l'obscurité. Le son de sa propre voix le fit sursauter, et il repartit vers l'escalier sans un seul coup d'œil en arrière.

7

Très tôt, le lendemain matin, Kevin Delevan fit un cauchemar si horrible qu'il ne put s'en souvenir qu'en partie, comme les fragments d'une mélodie entendue à la radio lorsque la réception est mauvaise.

Il marche dans une petite ville industrielle cradingue. Équipé d'un sac à dos, il est apparemment en cavale. Le nom de la ville est Oatley, et Kevin a l'impression de se trouver soit dans l'État de New York, soit au Vermont. *Vous savez où on peut trouver du boulot ici, à Oatley ?* demande-t-il à un vieil homme qui pousse un caddie sur un trottoir fissuré. Pas de produits d'épicerie dans le caddie ; rien que d'indéfinissables détritus. Kevin se rend compte qu'il a affaire à un alcoolo. *Casse-toi !* lui crie l'ivrogne. *Fous le camp ! enfoiré de voleur ! tire-toi, sale enfoiré de voleur !*

Kevin court, traverse la rue à toutes jambes, plus par

peur de l'homme, de sa folie, qu'à l'idée qu'on puisse le prendre, lui, Kevin, pour un voleur. L'ivrogne lui lance : *Et ce n'est pas Oatley, ici ! C'est Hildaville ! Barre-toi de la ville, petit enculé de voleur !*

C'est alors qu'il comprend qu'il n'est ni à Oatley ni à Hildaville, ni dans aucune ville avec un nom normal. Comment une ville aussi aberrante pourrait avoir un nom normal ?

Tout – rues, bâtiments, signalisation, véhicules, passants – tout est à deux dimensions. Les choses ont de la hauteur, de la largeur... mais aucune épaisseur. Il croise une femme qui aurait pu ressembler au professeur de danse de Meg si elle avait eu soixante kilos de plus. Elle porte un pantalon de survêt couleur rose chewing-gum. Comme l'ivrogne, elle pousse un caddie. L'une des roues grince. Il est plein de Polaroïd Soleil 660. Elle observe Kevin avec une méfiance grandissante au fur et à mesure qu'il se rapproche d'elle. À l'instant où il arrive à sa hauteur, elle disparaît. Son *ombre* est encore visible, et il entend toujours le grincement cadencé, mais la grosse femme n'est plus là. Puis elle réapparaît, tournant vers lui sa tête au visage plat et à l'expression soupçonneuse. Kevin comprend pour quelle raison elle a un instant disparu. Parce que le concept de « vue latérale » n'existe pas et ne peut exister dans un univers où tout est parfaitement plat.

Je suis à Polaroïdville, pense-t-il avec une étrange sensation de soulagement et d'horreur mêlés. *Et ça signifie que ce n'est qu'un rêve.*

Puis il voit la barrière de piquets blancs, et le chien, et le photographe qui se tient dans le caniveau. Il porte des verres sans monture juchés sur son crâne. C'est Pop Merrill.

Eh bien, fiston, tu l'as trouvé, lui dit le Pop à deux dimensions, sans décoller l'œil du viseur. *C'est le chien, juste là. Celui qui a massacré cet enfant, à Schenectady. Ton chien, voilà ce que je veux dire.*

Kevin se réveille alors dans son lit, craignant d'avoir hurlé, angoissé non par le rêve, mais par l'idée qu'il n'est peut-être pas retourné à la réalité dans ses trois dimensions.

Mais non. Quelque chose, cependant, va de travers.

Un rêve stupide. Laisse tomber, qu'est-ce que ça peut faire ? C'est terminé, toutes les photos sont brûlées. L'appareil est en mille mor...

Le fil de ses pensées se rompt, sous l'effet de ce quelque chose qui va de travers, et qui vient de nouveau le titiller.

Non, ce n'est pas fini. Ce n'est pas...

Mais avant qu'il ait pu achever sa pensée, Kevin Delevan s'endort d'un sommeil profond et sans rêves. Au matin, c'est à peine s'il se souvient d'avoir fait un cauchemar.

8

Les deux semaines qui suivirent furent pour Pop Merrill les plus exaspérantes, les plus enrageantes et les plus humiliantes de toute sa vie. Bien des citoyens de Castle Rock auraient convenus que personne ne le méritait plus que le brocanteur. Non que les déboires de Pop se soient sus... ce qui restait son unique consolation. Consolation qui ne lui valait qu'un bien maigre réconfort. Rachitique, à vrai dire.

Mais qui aurait pu supposer que la secte des Chapeliers fous allait le laisser tomber aussi impitoyablement ?

Il y avait de quoi se demander s'il n'avait pas perdu un peu les pédales.

Dieu m'en garde...

9

Au moment où il avait fait son coup, il ne s'était même pas demandé s'il vendrait ou non le Polaroïd ; la seule question était dans quel délai, et à quel prix. Les Delevan avaient employé le terme de *surnaturel*, et Pop ne les avait pas corrigés, même s'il savait que les amateurs de ce genre de phénomène l'auraient classé dans le paranormal plutôt que dans le surnaturel. Il aurait pu le leur dire, mais les Delevan auraient pu aussi se demander par quel mystère le propriétaire de la brocante (et usurier à ses heures) d'un trou perdu comme Castle Rock était tellement versé en sciences occultes. Il en savait beaucoup pour une bonne et solide raison : il était avantageux d'être savant dans ce domaine à cause de la tribu qu'il appelait, en un hommage involontaire à Lewis Carroll, les « Chapeliers fous ».

Les Chapeliers fous étaient, par exemple, ces personnes

qui dépensaient une fortune en matériel de prise de son, non pas pour capter le chant de l'alouette ou les débordements verbaux d'une soirée trop arrosée, mais pour l'abandonner, tournant dans une pièce vide : soit elles croyaient passionnément à l'existence d'un monde invisible et voulaient le prouver, soit elles désiraient tout aussi passionnément entrer en contact avec des amis et/ou parents ayant « passé » (c'était l'expression qu'ils employaient toujours ; les parents et amis des Chapeliers fous ne se contentaient pas de mourir, comme tout le monde).

Non seulement les Chapeliers fous manipulaient la planche Ouija, mais ils avaient des conversations régulières avec des « guides spirituels » venus de « l'autre monde » (jamais l'enfer ni le paradis, non plus que « le lieu de repos des morts », mais « l'autre monde »), lesquels les mettaient en contact avec amis, parents, reines et rois, vedettes du rock and roll, et même avec les plus grands affreux de l'histoire. Pop connaissait un Chapelier fou du Vermont qui avait ses deux conversations hebdomadaires avec Hitler. Celui-ci lui avait confié que tout ça. n'était qu'un coup monté, qu'il avait fait des propositions de paix en janvier 1943 et que ce fils de pute de Churchill les avait rejetées. Hitler lui avait également dit que Paul Newman était un extraterrestre né dans une grotte sur la Lune.

Les Chapeliers fous allaient à leur séance avec autant d'assiduité (et poussés par un besoin aussi puissant) que les drogués rendent visite à leur revendeur. Ils achetaient des boules de cristal et des amulettes censées leur porter bonheur. Ils organisaient leurs propres petites sociétés et enquêtaient dans les maisons réputées hantées, sur les phénomènes habituels : ectoplasmes, tables et lits flottants, points brûlants, et bien entendu, fantômes. Qu'ils fussent réels ou imaginaires, ils les consignaient tous, avec le même enthousiasme qu'un écolo guettant le passage d'un héron bleu hors saison.

La plupart d'entre eux s'en payaient une sacrée bonne tranche ; d'autres, non. Prenez par exemple l'histoire du type de Wolfeboro. Il était allé se pendre dans la notoirement célèbre Maison Tecumseh, où un petit nobliau, environ un siècle auparavant, rendait de menus services à ses contemporains le jour, et les mettait au menu de ses services le soir venu, lors de festins somptueux dans la cave de son manoir. La table était dressée sur un sol de terre battue imprégnée de restes en décomposition d'au moins une douzaine d'individus, sinon du double, tous des vagabonds. Le type de Wolfeboro, avant de se pendre, avait laissé un mot en style télégraphique, à côté de sa planche Ouija : *Impossible quitter maison. Portes toutes fermées à clef. Les entends manger. Essayé le coton. Sans effet.*

Et ce pauvre couillon qui croyait qu'il les entendait, avait songé Pop, lorsque cette histoire lui avait été rapportée par une source en qui il avait toute confiance.

Il y avait également ce bonhomme de Dunwich, dans le Massachusetts, à qui Pop avait un jour vendu, pour quatre-vingt-dix dollars, une soi-disant trompette spirituelle. Le type avait été faire un tour avec dans le cimetière de Dunwich, et sans doute s'était-il trouvé en présence de quelque chose d'excessivement déplaisant, car au bout de six ans, il délirait encore dans une cellule capitonnée d'Arkham, totalement fou. Avant son expédition nocturne, il avait les cheveux bruns ; lorsque ses cris eurent réveillé les quelques voisins à portée d'oreille du boulevard des allongés, et que la police débarqua, il les avait aussi blancs que son masque hululant.

On trouvait encore le cas de cette femme de Portland qui avait perdu un œil au cours d'une séance de Ouija ayant tourné à la catastrophe... celui de l'homme de Kingston (Rhode Island), qui avait perdu trois doigts lorsque la porte de la voiture dans laquelle deux adolescents venaient de se suicider s'était refermée sur sa main... celui de la vieille dame qui avait atterri à l'hôpital avec une oreille en moins, lorsque Claudette, sa chatte (elle aussi d'un âge certain), avait été prise d'une crise de folie au cours d'une séance...

Pop croyait certaines de ces choses, rejetait les autres, mais était avant tout sans opinion ; non pas parce qu'il ne disposait pas de preuves suffisamment solides pour faire pencher la balance d'un côté ou de l'autre, mais parce qu'il se moquait comme de sa première chemise des fantômes, des séances, des boules de cristal, des trompettes spirituelles, des chats en délire ou du mythique Nostradamus. En ce qui concernait Reginald Marion « Pop » Merrill, les Chapeliers fous pouvaient tous aller se faire foutre sur la Lune.

Dans la mesure, évidemment, où l'un d'eux accepterait de lui glisser quelques gros billets dans la main pour l'achat de l'appareil photo de Kevin, avant d'embarquer dans la prochaine navette.

Pop n'appelait pas ces enthousiastes des Chapeliers fous à cause de leur passion pour les spectres ; il les désignait ainsi parce que dans leur grande majorité (sinon tous, était-il parfois tenté de penser) ils paraissaient être riches, à la retraite, et ne demander qu'à se faire plumer. Si l'on avait la patience de passer un quart d'heure avec eux, d'acquiescer lorsqu'ils vous racontaient qu'ils étaient capables de distinguer un vrai médium d'un mystificateur rien qu'en pénétrant dans la pièce, ou mieux encore, de s'asseoir à une table pour une *séance*, si vous étiez d'accord pour consacrer encore un quart d'heure à écouter des gargouillements enregistrés sur magnétophone n'ayant qu'un vague rapport avec des paroles articulées, l'expression estomaquée de circonstance peinte sur la figure, vous pouviez leur vendre un vulgaire presse-papier de verre pour cent billets, en leur disant qu'un homme y avait vu feu sa maman, une fois. Avec un sourire en plus, ils vous signaient un chèque de deux cents dollars. Quelques mots d'encouragement, et c'était mille dollars qu'ils inscrivaient. Et si vous faisiez tout ça en même temps, ils vous passaient quasiment le carnet de chèques pour que vous y inscriviez vous-même le montant.

Aussi facile que de piquer son biberon à un nourrisson.

Jusqu'à maintenant.

Pop n'avait aucun dossier intitulé CHAPELIERS FOUS, pas plus que de dossiers COLLECTIONNEURS DE PIÈCES ou COLLECTIONNEURS DE TIMBRES dans son classeur. Il ne possédait pas de classeur. La chose qui s'en rapprochait le plus était un vieux carnet de numéros téléphoniques qu'il trimballait dans sa poche revolver (lequel, comme le portefeuille de l'autre côté, avait fini par prendre la forme à la courbe dénuée de toute générosité de sa fesse maigre, avec le temps). Pop gardait ses dossiers là où un homme qui traite ce genre d'affaires doit *toujours* les conserver : dans sa tête. Il y avait ainsi huit Chapeliers fous confirmés avec lesquels il avait traité au cours des années, des gens qui ne se contentaient pas de flirter avec l'occulte, mais qui se vautraient et se roulaient dedans. Le plus riche était un industriel à la retraite du nom de McCarty qui vivait sur son île privée, à environ dix-huit kilomètres de la côte. Ce type n'avait que dédain pour les bateaux et employait à plein temps un pilote qui le transportait sur le continent quand il avait besoin de s'y rendre.

Pop lui rendit visite dès le 28 septembre, le lendemain du jour où il avait subtilisé l'appareil à Kevin (il n'arrivait pas à y penser comme à un vol ; après tout, le gamin était décidé à le réduire en morceaux, quel mal y avait-il s'il en avait démoli un autre ?). Il se rendit dans sa vieille voiture parfaitement entretenue jusqu'à une piste privée, juste au nord de Bothbay Harbor. Il serra les dents et ferma férocement les yeux, ses mains étreignant le coffre d'acier qui contenait l'appareil photo Soleil 660, tandis que le Beechcraft du Chapelier fou fonçait sur la piste de terre comme un cheval emballé. L'avion s'éleva dans les airs à l'instant précis où Pop était sûr qu'ils allaient s'écraser sur les rochers au-dessous et l'emporta dans le ciel d'automne. Le vieil homme avait déjà fait ce voyage par deux fois, et s'était juré, l'une et l'autre, de ne jamais remonter dans ce foutu cercueil volant.

L'appareil bondissait et jouait à saute-mouton à deux cents mètres au-dessus de l'Atlantique prêt à les dévorer, et le pilote ne cessait de bavarder joyeusement. Pop acquiesçait et disait ouais-ouais au jugé, beaucoup plus inquiet de chuter que curieux de ses propos.

Puis l'île fut en vue, avec sa piste d'une longueur suicidairement courte, et sa vaste maison en pin et galets. Le pilote piqua de l'aile, et le malheureux Pop sentit son estomac déferlant d'acidité demeurer quelque part au-dessus de sa tête. Ils heurtèrent sèchement le sol avant de rouler, par quelque stupéfiant miracle, jusqu'au bout de la piste où ils s'arrêtèrent, sains et saufs, en un seul morceau... Le brocanteur put de nouveau croire que Dieu n'était qu'une invention des Chapeliers fous, du moins jusqu'au voyage retour, quand il devrait remettre les pieds dans la foutue machine.

« Une journée superbe pour voler, n'est-ce pas, monsieur Merrill ? lui demanda le pilote en déployant l'escalier.

– Parfaite », grommela Pop avant de prendre la direction de la maison, sur le seuil de laquelle l'attendait un pigeon de la taille d'une dinde, que l'impatience et l'excitation faisaient sourire. Pop lui avait promis de lui montrer « l'objet le plus foutrement dément de tous ceux sur lesquels [il était] jamais tombé », et Cedric McCarty paraissait n'en plus pouvoir d'attendre. Il allait jeter un coup d'œil dessus pour la forme, se disait Pop, et avaler toute la salade. Mais le vieil homme retourna sur le continent quarante-cinq minutes plus tard, sans prêter attention aux sauts de carpe ni aux trous d'air qui émaillèrent le chemin du retour en Beechcraft. Déconfit, perplexe.

Il avait tourné l'objectif vers le Chapelier fou et pris sa photo. Pendant qu'ils attendaient le développement, le Chapelier fou avait pris une photo de Pop... mais au moment où avait jailli l'éclair du flash, n'avait-il pas entendu quelque chose ? N'avait-il pas perçu le grondement bas et hideux de ce chien noir ? Ou bien n'était-ce qu'un effet de son imagination ? Un effet de son imagination, très vraisemblablement. Pop avait réussi quelques affaires mirobolantes, dans le temps, et il en fallait pour cela.

Néanmoins...

Cedric McCarty, industriel à la retraite *par excellence* et Chapelier fou *extraordinaire*[1], regarda les photos avec la

1. Les deux expressions en italique sont en français dans le texte. (*N.d.T.*)

même impatience enfantine. Mais lorsqu'elles devinrent finalement claires, il prit un air amusé et même légèrement méprisant, et Pop comprit, avec l'infaillible intuition qu'il peaufinait depuis près de cinquante ans, qu'aucun argument, qu'aucune cajolerie, pas même une allusion à un éventuel autre client mourant d'envie d'acheter l'appareil – qu'aucune de ces techniques éprouvées ne marcherait. Un grand panneau PAS D'ACHAT en lettres fluo venait de s'allumer dans la tête de Cedric McCarty.

Pourquoi ?

Mais pourquoi, bon Dieu ?

Sur la photo prise par Pop, le point blanc au milieu des plis de la babine était clairement devenu une dent – sauf que *dent* n'était pas le mot qui convenait, même avec un gros effort d'imagination. Il s'agissait d'un croc, d'une défense. Sur la photo de McCarty, on voyait la naissance de la dent suivante.

Cette saloperie de clébard a une gueule comme un piège à ours, pensa Pop. Sans être sollicitée, l'image de son bras pris dans ces mâchoires lui vint à l'esprit. Il vit le chien non pas le mordre, non pas le dévorer, mais le mettre en lambeaux, de la même manière que les multiples dents d'une débroussailleuse déchirent écorce, feuilles et petites branches. *Combien de temps lui faudrait-il ?* se demanda-t-il. Il observa ces yeux chassieux qui le fixaient au milieu de la toison hirsute de la tête, et comprit que ça ne traînerait pas. Et si le chien l'attrapait par l'entrejambe ? Supposons...

Mais McCarty avait dit quelque chose et attendait une réaction. Pop se tourna vers lui, et le mince espoir qui lui restait de faire une vente s'évapora. Le Chapelier fou capable de passer avec joie un après-midi en votre compagnie, à essayer d'invoquer le fantôme de feu votre oncle Ned, cet homme-là avait disparu, laissant la place à l'autre facette de McCarty : le réaliste à tout crin qui, pendant douze années consécutives, avait figuré sur la liste des douze hommes les plus riches des États-Unis de la revue *Fortune*. Et non pas parce qu'il était quelque fils à papa écervelé, ayant eu la chance d'hériter de beaucoup d'argent et d'une équipe honnête pour le gérer, mais parce qu'il était un génie dans le domaine de l'aérodynamique appliquée. Il n'était pas aussi riche que Howard Hughes, mais il n'était pas non plus aussi cinglé à la fin de sa vie. Lorsqu'il était question de phénomènes parapsychologiques, McCarty était un Chapelier fou. En dehors de ça, c'était un requin à côté duquel Pop et ses émules n'étaient que des têtards barbotant dans une flaque d'eau.

« Désolé, dit Pop, je rêvassais, monsieur McCarty.

– Je disais que c'est fascinant, en particulier la subtile indication du temps qui passe d'une photo à l'autre. Comment ça marche ? Il y a un autre appareil photo dans l'appareil ?

– Je ne vois pas où vous voulez en venir.

– Non, pas un appareil photo », dit McCarty, parlant pour lui-même. Il prit le Polaroïd et le secoua près de son oreille. « Non, c'est plutôt un système de rouleaux. De rouleaux à fentes. Oui, c'est ça, des rouleaux à fentes ! »

Pop ouvrait un œil rond, ne comprenant rien à ce que disait son interlocuteur... sinon que c'était en lettres de feu que s'inscrivait maintenant la conclusion : LA VENTE EST FOUTUE. Avoir fait ce putain de Dieu de nom de Dieu de vol dans cette saleté de machine – devoir recommencer – et tout cela pour des clous. Mais pourquoi ? Pourquoi ? Il était tellement sûr de ce type, qui aurait probablement cru que le pont de Brooklyn n'était qu'une illusion spectrale venue de l'autre bord si on le lui avait affirmé avec suffisamment d'aplomb. Alors, *pourquoi* ?

« Des fentes, évidemment ! s'exclamait McCarty, ravi comme un enfant. Il y a une courroie d'entraînement montée en boucle dans le boîtier, avec un certain nombre de fentes dessus. Chacune contient une photo Polaroïd exposée du chien. La continuité suggère que le chien a peut-être été filmé, et que les Polaroïd ont été faits d'après les images du film. La batterie est assez puissante pour entraîner la courroie en position pour le cliché suivant, et *voilà*[1] ! »

Son sourire aimable venait soudain de disparaître et Pop découvrit un homme qui paraissait tout à fait capable d'avoir fait son chemin en foulant aux pieds les cadavres sanglants de ses concurrents... et d'y avoir pris plaisir.

« Joe va vous ramener », dit-il. Sa voix était devenue glaciale, impersonnelle. « Vous êtes fort, monsieur Merrill (jamais plus cet homme ne l'appellerait Pop, comprit le brocanteur, morose), je dois l'admettre. Vous avez fini par en faire trop, mais vous m'avez roulé pendant longtemps. De combien m'avez-vous filouté ? Ne m'avez-vous refilé que de la bouillie pour les chats ?

– Je ne vous ai pas volé le moindre dollar, répondit Pop, mentant effrontément. Je ne vous ai jamais vendu un seul objet qui, à ma connaissance, n'était pas un article authentique. Ce que je veux dire, c'est que c'est vrai aussi pour l'appareil photo.

– Vous m'écœurez. Pas parce que je vous ai fait confiance – j'ai déjà fait confiance à des mystificateurs et des imposteurs. Non pas parce que vous m'avez pris mon

1. En français dans le texte. (*N.d.T.*)

argent. Pour moi, c'étaient des sommes insignifiantes. Vous m'écœurez parce que c'est à cause d'individus comme vous que les recherches scientifiques, en matière de parapsychologie, en sont encore au Moyen Âge. C'est à cause d'individus comme vous qu'elles sont la risée de tous, et considérées comme la chasse gardée des fêlés et des demeurés. Notre seule consolation est que tôt ou tard, les gens de votre espèce finissent par en faire trop. Vous devenez gourmands et vous essayez de nous refiler quelque chose d'aussi ridicule que ce truc. Je ne veux plus vous voir ici, monsieur Merrill. »

Pop avait la pipe à la bouche et tenait une Diamond Blue Tip d'une main tremblante. McCarty tendit l'index vers lui, et le regard glacial, au-dessus, transformait le doigt en canon de revolver.

« Et si vous vous avisez d'allumer cette puanteur ici, Joe va vous l'arracher de la bouche et vous collera les braises dans le pantalon. Alors si vous ne voulez pas quitter ma maison avec vos maigres fesses en feu, je vous suggère...

– Mais qu'est-ce qui vous prend, McCarty ? chevrota Pop. Ces photos ne se sont développées qu'après être sorties ! Vous les avez vues se développer de vos propres yeux !

– N'importe quel gamin avec la panoplie du petit

chimiste à douze dollars peut vous arranger ça, répliqua froidement McCarty. Il ne s'agit pas du fixatif à catalyse mis au point par Polaroïd, mais ça y ressemble. Vous tirez vos Polaroïd, ou vous les créez à partir d'un film, si c'est ce que vous avez fait, puis vous passez dans une chambre noire classique et vous les enduisez de votre produit. Une fois secs, vous les chargez. Quand ils sortent, ils ressemblent à n'importe quelle photo Polaroïd qui n'a pas encore commencé à se développer. Un gris foncé bordé de blanc. Puis la lumière frappe votre émulsion, celle-ci s'évapore, et on voit le cliché que vous avez pris des heures ou des jours avant. Joe ? »

Avant que Pop eût le temps de dire quoi que ce soit, on le prenait par le bras et il était propulsé plutôt qu'entraîné hors du spacieux séjour aux grandes baies vitrées. De toute façon, il n'aurait rien dit. Un homme d'affaires sérieux doit savoir quand il s'est fait baiser. Et cependant, il aurait eu envie de crier par-dessus son épaule : *Il suffit que la dernière des connasses avec des cheveux teints et une boule de cristal achetée par correspondance fasse flotter un livre, ou une lampe, ou une foutue feuille de papier à musique dans une pièce sombre et vous faites pipi partout, mais quand je vous montre un appareil qui prend des photos d'un autre monde, alors là, vous me virez par la peau du cul ! Vous êtes aussi fou qu'un chapelier, d'accord ! Eh bien, allez vous faire foutre ! Ce ne sont pas les poissons qui manquent dans la mer !*

Ils ne manquaient pas, en effet.

Le 5 octobre, Pop se mit au volant de sa voiture parfaitement entretenue et partit pour Portland, rendre visite aux Sœurs Pus.

Jumelles identiques, les Sœurs Pus vivaient ensemble à Portland. Elles avaient quelque chose comme quatre-vingts ans, mais l'air plus vieux que Stonehenge ou Carnac. Elles fumaient des Camel à la chaîne, et cela depuis l'âge de dix-sept ans, avouaient-elles avec ravissement. Elles ne toussaient jamais en dépit des six paquets qu'elles consommaient quotidiennement à elles deux. Les rares fois où elles quittaient leur demeure de style colonial en brique rouge, un chauffeur les conduisait dans une Lincoln Continental de 1958 d'aspect aussi réjouissant qu'un corbillard. Ce chauffeur était une femme noire à peine plus jeune que les Sœurs Pus. Elle était probablement muette, mais il n'était pas impossible que son cas fût plus étrange encore : l'un des très rares êtres humains réellement taciturnes créées par Dieu. Pop n'avait jamais posé la question. Cela faisait près de trente ans qu'il traitait avec les Sœurs Pus et il avait toujours vu la femme noire, tantôt conduisant la voiture, tantôt la lavant ou bien taillant les haies autour de la maison, ou encore se rendant jusqu'à la boîte aux lettres du coin de la rue pour y jeter les lettres que les Sœurs Pus écrivaient à Dieu savait qui. Il ignorait également si la femme noire entrait jamais dans la maison et si elle y était autorisée ; il ne l'avait simplement jamais vue à l'intérieur. Et pendant tout ce temps, il n'avait jamais entendu cette merveilleuse créature proférer un seul mot.

La grande maison coloniale se trouvait dans Bramhall, le quartier chic de Portland, équivalent de Beacon Hill à Boston. Où l'on dit que les Cabot ne parlent qu'aux Lowell et que les Lowell ne parlent qu'à Dieu. Mais les Sœurs Pus et les quelques proches qui leur restaient vous auraient affirmé, le plus calmement du monde, que les Lowell avaient transformé une ligne privée en foire publique des années après que les Deere et leurs contemporains de Portland avaient établi le branchement originel.

Et bien entendu, aucune personne saine d'esprit ne les aurait appelées les Sœurs Pus devant elles, pas plus qu'elle ne mettrait son nez contre une scie à ruban pour calmer une petite démangeaison. Elles étaient les Sœurs Pus quand elles ne se trouvaient pas dans le secteur (et qu'on était sûr des gens à qui on parlait). Mais leurs véritables noms étaient Mlle Eleusippus Deere et Mme Meleusippus Verrill. Leur père, bien déterminé à faire montre à la fois de dévotion chrétienne et d'érudition, les avait baptisées du nom de deux des triplés devenus plus tard des saints... mais, malheureusement, des saints de sexe masculin.

Le mari de Meleusippus était mort bien des années auparavant, pendant la bataille du golfe de Leyte, en 1944, mais sa veuve avait résolument conservé son nom depuis, ce qui rendait impossible de simplifier et de les appeler tout bonnement les demoiselles Deere. Non : il fallait s'entraîner à prononcer ces foutus noms à coucher dehors jusqu'à ce qu'ils glissent entre vos dents aussi aisément qu'un pet sur une tringle à rideaux. Il suffisait de bafouiller une fois pour qu'elles vous en voulussent, et on pouvait perdre leur clientèle pendant six mois, voire un an. Bafouiller une deuxième fois, et il était inutile de se représenter. Jamais.

Pop, la boîte en acier contenant l'appareil posée à côté de lui, conduisait en répétant ces prénoms à voix basse. « Eleusippus. Meleusippus. Eleusippus et Meleusippus. Ouaip. Ça va. »

Mais il s'avéra que ce fut bien la seule chose qui *allait*. Elles n'avaient pas plus envie du Polaroïd que McCarty... Et pourtant, Pop était revenu tellement secoué de son entrevue avec le milliardaire qu'il était arrivé prêt à demander dix mille dollars de moins, voire de réduire de cinquante pour cent le prix auquel il avait tout d'abord estimé, confiant, l'appareil photo.

La vieille femme noire ratissait les feuilles mortes, révélant un gazon qui, octobre ou pas, était aussi vert qu'un tapis de billard. Pop lui adressa un signe de tête. Elle le regarda, ou plutôt regarda à travers lui, et continua de ratisser ses feuilles. Pop sonna et, quelque part au fond de la maison, une cloche retentit. « Manoir » était le meilleur terme pour décrire le domicile des Sœurs Pus. Bien que loin d'être de la taille des autres antiques demeures de Bramhall, la pénombre perpétuelle qui régnait à l'intérieur le faisait paraître beaucoup plus vaste. Le son de la cloche semblait provenir de pièces lointaines et de corridors sans fin, et évoquait toujours une image précise dans l'esprit de Pop : la charrette des morts passant dans les rues de Londres pendant l'année de la Grande Peste, tandis que son conducteur sonnait sans trêve son glas en criant : « Sortez vos morts ! Sortez vos morts ! Au nom de Jésus notre Sauveur, sortez vos morts ! »

Celle des Sœurs Pus qui ouvrit la porte quelque trente secondes plus tard n'avait pas seulement l'air morte, mais embaumée ; une momie, entre les lèvres de laquelle un petit plaisantin avait glissé un mégot allumé.

« Merrill », dit la dame. Elle portait une robe bleu sombre, assortie à la couleur de ses cheveux. Elle s'efforçait de s'adresser à lui comme une grande dame s'adresserait à un vendeur qui se serait présenté par erreur à la mauvaise porte, mais Pop se rendait parfaitement compte qu'elle était, à sa manière, tout aussi excitée que l'avait été ce fils de pute de McCarty. La différence tenait à ce que les Sœurs Pus étaient nées dans le Maine, y avaient été élevées et y mourraient, alors que McCarty sortait d'un bled du Midwest où, apparemment, l'art et la manière de la taciturnité n'étaient pas considérés comme essentiels dans l'éducation donnée aux enfants.

Une ombre traversa fugitivement l'extrémité du vestibule qui jouxtait le salon, à peine visible par-dessus l'épaule osseuse de la jumelle qui venait d'ouvrir. La deuxième. Oh, elles étaient impatientes. Fort bien. Pop commençait à se demander s'il n'allait pas pouvoir leur soutirer douze billets de mille, après tout. Voire quatorze.

Pop savait qu'il aurait pu dire : « Est-ce à mademoiselle Deere ou à madame Verrill que j'ai l'honneur de m'adresser ? » et se montrer ainsi parfaitement bien élevé. Mais il avait déjà eu affaire à ces deux vieilles excentriques et savait que, même si celle qui lui avait ouvert ne soulevait pas un sourcil, ne fronçait pas le nez et lui disait simplement à laquelle il parlait, il aurait déjà perdu mille dollars en l'abordant ainsi. Elles étaient très fières de leurs étranges prénoms masculins, et avaient tendance à voir d'un meilleur œil ceux qui essayaient de les identifier, plutôt que les timorés qui utilisaient le stratagème des noms de famille.

C'est pourquoi, après une brève prière afin que sa langue ne fourchât pas, il fit de son mieux et eut le plaisir d'entendre les noms couler de sa bouche aussi aisément qu'un verre de vin dans le gosier d'un ivrogne. « Est-ce à Eleusippus ou à Meleusippus que j'ai l'honneur... ? » demanda-t-il, avec sur le visage l'expression de quelqu'un qui trouve ces noms aussi courants Kate ou Joan.

« À Eleusippus, monsieur Merrill », répondit-elle. Ah, bon, il était maintenant *monsieur* Merrill. Il fut du coup aussi sûr qu'homme peut l'être que tout allait se passer comme sur des roulettes, ce en quoi il se trompait autant que tout homme peut se tromper. « Donnez-vous la peine d'entrer.

– Merci beaucoup », répondit Pop, qui pénétra sur ces mots dans les entrailles glauques du Manoir Deere.

« Oh, mon Dieu », fit Eleusippus, lorsque la photo commença à se développer.

« Mais ce chien est un monstre », ajouta Meleusippus, d'un ton qui trahissait un authentique effroi.

Le molosse devenait plus affreux que jamais, Pop devait le reconnaître, mais il y avait quelque chose qui l'inquiétait davantage : la séquence temporelle entre les images semblait accélérer.

Il avait fait poser les Sœurs Pus sur leur sofa de style Queen Anne pour les besoins de la démonstration. L'appareil déclencha le flash et, pendant un bref instant, transforma la pièce : cet antre du purgatoire – à la frontière entre mondes des vivants et des morts – où survivaient ces deux antiques reliques, devint plat et clinquant, comme une photo de police prise dans un musée où un crime aurait été commis.

La photo qui émergea (grésillement huileux) ne montra pas les Sœurs Pus assises sur leur sofa, comme deux serre-livres identiques. Elle représentait le chien noir, qui faisait maintenant complètement face à l'objectif et au photographe assez cinglé pour continuer à le mitrailler. On distinguait tous ses crocs, exhibés en un ricanement homicide et dément, et sa tête avait pris une légère inclinaison sur la gauche qui accentuait son air de prédateur. Cette tête, pensa Pop, continuerait à s'incliner quand l'animal bondirait vers sa victime, un mouvement qui remplissait deux fonctions : protéger d'une attaque potentielle la zone vulnérable du cou et placer la gueule de telle manière qu'une fois les dents solidement plantées dans la chair, il lui suffirait de la tourner à nouveau vers le haut pour arracher un gros morceau de tissu vivant à sa cible.

« Mais c'est absolument affreux ! s'exclama Eleusippus, portant une main momifiée à la peau sèche de son cou.

– Absolument terrible ! » ajouta Meleusippus dans un gémissement, avant d'allumer une nouvelle Camel au mégot de la précédente (sa main tremblait tellement qu'elle faillit brûler la commissure gauche fissurée et craquelée de ses lèvres).

« C'est totalement inexplicable ! » s'écria un Pop Merrill triomphant, non sans penser à part soi : *Dommage que tu ne sois pas ici, McCarty, espèce d'imbécile heureux. Dommage. Regarde ces deux bonnes femmes qui ont franchi le cap Horn je ne sais combien de fois : elles ne me disent pas, elles, que ce Polaroid n'est qu'un vulgaire gadget pour foire ambulante !*

« Est-ce que ça montre quelque chose qui s'est passé ? murmura Meleusippus.

– Ou quelque chose qui va se passer ? continua Eleusippus sur le même ton confidentiel plein d'effroi.

– Je sais pas, répondit Pop. La seule chose que je sais, c'est que j'ai vu des choses sacrément bizarres, dans ma vie, mais rien de comparable à ces photos.

– Je ne suis pas surprise (Eleusippus).

– Ni moi (Meleusippus) ! »

Pop était déjà prêt à orienter la conversation sur la question du prix – une délicate négociation en toutes circonstances, mais jamais autant que lorsqu'on traitait une affaire avec les Sœurs Pus. Quand elles en arrivaient à ce stade, elles devenaient aussi farouches que deux vierges (ce qui était sans doute le cas pour l'une des deux, d'après ce que savait Pop). Il avait décidé d'opter pour l'approche *À vrai dire, il ne m'était pas venu à l'idée de vendre cet appareil, tout d'abord, mais...* (un truc plus ancien que les Sœurs Pus elles-mêmes, ce qui n'était pas peu dire, mais lorsqu'on négociait avec des Chapeliers fous, ça n'avait pas la moindre importance ; en réalité, ils *adoraient* ce genre d'entrée en matière, tout comme les enfants aiment à entendre répéter le même conte de fées, *ad nauseam*). Mais Eleusippus le désarçonna complètement en disant : « Je ne sais pas ce qu'en pense ma sœur, monsieur Merrill, mais je ne me sentirai pas à l'aise pour examiner tout ce que vous avez à... (légère hésitation peinée) nous proposer tant que vous n'aurez pas remis ce... cet appareil photo ou Dieu sait quoi... dans votre automobile.

– Je suis tout à fait de cet avis, renchérit Meleusippus, qui écrasa sa Camel à demi fumée dans un cendrier en forme de poisson.

– Les photographies de fantômes, reprit Eleusippus, sont une chose. Elles ont une certaine...

– Une certaine *dignité*, suggéra Meleusippus.

– Oui, dignité ! Mais ce chien... (Un vrai frisson secoua la vieille femme.) On dirait qu'il est prêt à bondir de la photographie pour venir mordre l'un de nous.

– Pour nous mordre tous ! » corrigea Meleusippus.

Jusqu'à ce dernier échange entre les deux sœurs, Pop était resté convaincu – ou s'était efforcé de rester convaincu – que les deux sœurs n'avaient fait que poser les premiers jalons de leur marchandage, avec une admirable habileté. Mais il était impossible de ne pas croire à leur ton de voix, à leur attitude, à l'expression de leur visage (en admettant qu'on puisse, dans leur cas, parler de visage). Elles ne doutaient pas des propriétés paranormales du Soleil 660... en fait, trop paranormales pour leur convenir. Elles ne marchandaient pas ; elles ne faisaient pas semblant ; elles ne manœuvraient pas pour faire baisser le prix. Lorsqu'elles disaient qu'elles ne voulaient plus voir l'appareil ni les choses tordues qui en surgissaient, elles disaient tout bêtement ce qu'elles pensaient. Elles ne lui faisaient pas non plus l'affront de supposer, voire même d'imaginer, que *vendre l'appareil* eût été l'objet de sa visite.

Pop regarda le salon, autour de lui. Il se serait cru dans cet appartement d'une vieille dame qu'il avait vu dans un film d'horreur – un navet intitulé *Trauma*, où une espèce de vieille femme essayait de noyer son propre fils dans la piscine, sans que personne pense un seul instant à enlever ses vêtements. Un appartement rempli, trop rempli, bourré même, de photographies récentes et anciennes. Elles recouvraient si parfaitement les murs qu'on n'aurait pas pu décrire les motifs du papier peint, en dessous.

Le salon des Sœurs Pus n'en était pas à ce stade, mais il contenait néanmoins une multitude de photos, cent cinquante, peut-être, qui paraissaient trois fois plus nombreuses, vu l'exiguïté de la pièce en question. Pop était venu ici suffisamment souvent pour les avoir presque toutes remarquées, ne fût-ce qu'en passant, et il y en avait qu'il connaissait fort bien, pour la simple raison que c'était lui qui les avait vendues aux Sœurs Pus.

Elles en possédaient bien davantage, un millier, peut-être, mais apparemment, elles s'étaient rendu compte que la pièce (sur le plan de l'espace, sinon du bon goût) était trop étroite pour les contenir toutes. Le reste des photos de fantômes, comme disait Eleusippus, était dispersé parmi les quatorze autres pièces du manoir. Pop les avait toutes visitées. Il faisait partie de ces rares et heureux mortels qui s'étaient vu accorder le privilège de ce que les Sœurs Pus appelaient, en toute simplicité, le Tour. Mais c'était ici, dans le salon, qu'elles conservaient les documents les plus précieux, et parmi eux, *le* plus précieux attirait l'œil parce qu'il se dressait, dans un splendide isolement, sur le quart de queue Steinway, entre les deux fenêtres en saillie. On y voyait un cadavre en lévitation au-dessus de son cercueil, devant cinquante ou soixante personnes. Il s'agissait bien entendu d'un faux. Un enfant de dix ans – plutôt huit en fait – s'en serait aperçu. À côté, la photo des elfes dansants qui avait tellement ensorcelé le pauvre Conan Doyle vers la fin de sa vie était un comble de raffinement. En fait, en parcourant la pièce des yeux, Pop ne vit que deux clichés qui n'étaient pas des faux évidents. Il aurait fallu les étudier de plus près pour élucider la façon dont ils avaient été trafiqués. Et voilà que ces deux vieilles connes, qui avaient collectionné toute leur vie des « photos de fantômes » et se prétendaient grandes expertes en ce domaine, se comportaient comme deux adolescentes devant un film d'horreur quand on leur montrait non pas une simple photo paranormale, mais un putain de Dieu d'appareil photo *paranormal*. Lequel ne se contentait pas de faire le tour une fois, comme celui qui avait pris la dame fantôme lors du retour des chasseurs, mais le faisait à chaque fois qu'on appuyait sur le poussoir... Combien avaient-elles dépensé pour se procurer toutes ces foutaises ? Des milliers de dollars ? Des dizaines de milliers ?

« ... nous montrer ? » lui demandait Meleusippus.

Pop Merrill força ses lèvres à se relever et réussit sans doute à singer un sourire bon enfant, puisqu'il n'enregistra aucune réaction de surprise ou de méfiance.

« Veuillez me pardonner, chère madame, s'excusa-t-il, mais j'étais en train de rêvasser. Je crois que cela nous arrive à tous, avec l'âge.

– Nous avons quatre-vingt-trois ans et l'esprit aussi clair qu'une vitre, protesta Eleusippus.

– Qu'une vitre qui vient d'être nettoyée, ajouta Meleusippus. Je vous demandais si vous aviez de nouvelles photos, que vous auriez l'obligeance de nous montrer... une fois que vous aurez rangé ce... cette chose abominable, évidemment.

– Cela fait une éternité que nous n'en avons pas vu de

réellement bonnes, commenta Eleusippus, allumant une nouvelle Camel.

– Nous sommes allées à la Convention de Parapsychologie et de Tarot de Nouvelle-Angleterre, à Providence, le mois dernier, et si les conférences ont été passionnantes...

– Enthousiasmantes...

– La plupart des photos n'étaient que des faux notoires ! Même un enfant de dix ans...

– De sept !

– S'en serait rendu compte. C'est pourquoi... » Meleusippus s'interrompit. Son visage adopta une expression perplexe, comme si elle craignait de le heurter (les muscles de sa figure étaient depuis longtemps atrophiés, limités à deux expressions, léger plaisir et connaissance sereine) : « ... je suis intriguée, monsieur Merrill. Je dois admettre que je suis légèrement intriguée.

– J'étais sur le point de dire la même chose.

– Pourquoi avoir apporté cet objet abominable ? » demandèrent en chœur les Sœurs Pus. La parfaite harmonie de leurs voix était cependant gâchée par leur timbre rauque, dû au tabac.

L'envie de répondre *Parce que je ne savais pas quelle paire de vieilles connasses timorées vous faisiez* fut si forte que, pendant une horrible seconde, Pop crut avoir parlé à voix haute. Il se fit alors tout petit, s'attendant à ce que s'élèvent, dans la pénombre sacrée du salon, des doubles protestations scandalisées – des cris qui seraient semblables au crissement d'une scie à ruban rouillée attaquant un nœud récalcitrant dans un tronc, et qui seraient montés dans les aigus jusqu'à ce que les verres des cadres photos explosent dans une agonie de vibrations.

L'idée qu'il aurait pu prononcer cette terrible phrase à voix haute ne dura qu'une fraction de seconde. Mais lorsqu'il revécut plus tard ce moment, dans ses nuits d'insomnie, tandis que les horloges grignotaient le temps au-dessous (et que le Polaroïd de Kevin Delevan veillait aussi, tapi au fond du tiroir fermé à clef), il lui paraissait, à chaque fois, avoir duré beaucoup plus longtemps. Au cours de ces heures sans sommeil, il lui arrivait même de souhaiter l'avoir dite, et il se demandait alors s'il ne perdait pas l'esprit.

Ce qui se passa, en réalité, c'est qu'il réagit avec une vitesse et un instinct de conservation qui frisaient la noblesse. Envoyer les Sœurs Pus se faire foutre aurait été merveilleusement gratifiant, mais la gratification, hélas ! aurait été de courte durée. Tandis que s'il leur montait le bourrichon (ce qui était exactement ce qu'elles attendaient, ayant passé leur vie à ça), il pourrait peut-être leur refiler pour encore trois ou quatre mille dollars de « photos de fantômes » bidon, à condition qu'elles persévèrent à éviter le cancer du poumon qui aurait pourtant dû venir à bout de l'une d'elles, sinon des deux depuis au moins douze ans.

Car après tout, il y avait d'autres Chapeliers fous dans le classeur mental de Pop Merrill, quoique pas autant que ce qu'il se disait, le jour où il était parti voir Cedric McCarty. Une petite vérification lui avait appris que deux d'entre eux étaient morts et qu'un autre apprenait l'art de tresser des paniers dans l'une de ces luxueuses maisons de retraite californiennes qui prennent en charge les gens incroyablement riches ayant eu aussi le malheur d'être devenus complètement gâteux.

« En réalité, dit-il donc, je vous ai apporté cet appareil, mesdames, pour que vous puissiez l'examiner. Ce que je veux dire, se hâta-t-il d'ajouter en observant leur expression consternée, c'est que je sais que vous avez une grande expérience dans ce domaine. »

La consternation se transforma en vanité satisfaite. Les deux sœurs échangèrent des regards suffisants et Pop se prit à souhaiter bourrer leur cul resserré de vieille fille d'un ou deux paquets de leurs foutues Camel, puis à imaginer les arroser d'allume-barbecue et y mettre le feu.

Pour fumer, elles fumeraient, les deux toquées. Comme des locomotives, voilà ce qu'il voulait dire.

« J'ai pensé que vous pourriez me conseiller sur ce que je dois faire de cet appareil, voilà ce que je voulais dire, acheva-t-il.

– Détruisez-le, répliqua immédiatement Eleusippus.

– J'emploierais même de la dynamite, ajouta Meleusippus.

– Commencez par l'acide, avant la dynamite.

– Oui. Il est dangereux. Vous n'avez même pas besoin de regarder ce chien diabolique pour vous en rendre compte. » Elle le regarda, cependant ; toutes deux le regardèrent, une même expression de révulsion et de peur sur le visage.

« Rien qu'à le voir, on sent qu'il est maléfique », fit Eleusippus d'une voix tellement chargée de menaces et de mauvais présages qu'elle aurait dû paraître risible, comme une adolescente jouant une des sorcières de *Macbeth* ; pourtant, elle ne l'était pas. « Détruisez-le, monsieur Merrill. Avant qu'il ne se produise quelque chose d'affreux. Avant, peut-être – vous remarquerez que je dis seulement *peut-être* – qu'il ne vous détruise.

– Tout de même, tout de même, répondit Pop, déçu de découvrir qu'il se sentait mal à l'aise, lui aussi, c'est pousser les choses un peu loin. Ce n'est qu'un vulgaire appareil photo, voilà ce que je veux dire. »

D'un ton calme, Eleusippus Deere observa : « Tout comme la planchette Ouija qui rendit aveugle la pauvre Colette Simoneaux, il y a quelques années. Ce n'était qu'un vulgaire morceau de bois.

– Oui, jusqu'à ce que ces gens insensés mettent la main dessus et la réveillent », conclut Meleusippus, d'un ton encore plus calme.

Il semblait qu'il n'y eût plus rien à ajouter. Pop prit l'appareil – prenant soin de le soulever par le harnais, sans toucher le boîtier lui-même (non sans se dire que c'était pour le bénéfice de ces deux vieilles connes) et se leva.

« Bien. Vous êtes les experts. » Les deux vieilles dames se rengorgèrent.

Oui, battre en retraite était la seule solution, du moins pour le moment. Mais il ne se déclarait pas vaincu. Tout le monde a son jour de poisse, vous pouvez parier là-dessus. « Je ne veux pas abuser davantage de votre temps, et encore moins vous incommoder.

– Oh, mais il n'en a rien été ! protesta poliment Eleusippus, se levant à son tour.

– Nous avons tellement peu de visites, à l'heure actuelle, expliqua Meleusippus, imitant sa sœur.

– Allez le poser dans votre voiture, monsieur Merrill, et revenez prendre le thé !

– Une vraie collation ! »

Et Pop avait beau avoir très envie de ficher le camp d'ici (et de leur dire exactement ceci : *Merci, mais non merci, je n'ai qu'un désir, me tirer de votre taudis !*), il esquissa une petite courbette assortie d'une excuse dans le même goût. « Ce serait un plaisir, mais j'ai un autre rendez-vous. Je ne viens pas aussi souvent en ville que j'aimerais. » Tant qu'à faire un mensonge, autant en faire dix, tel était l'un des préceptes favoris du père de Pop, que ce dernier mettait volontiers en pratique. Il regarda ostensiblement sa montre. « Je suis resté déjà trop longtemps. C'est vous, mesdames, qui m'avez mis en retard, mais je suppose que ce n'est pas la première fois que vous faites ça à un homme. »

Elles pouffèrent, et une rougeur identique leur monta aux joues, avec l'éclat de très anciennes roses. « Voyons, monsieur Merrill, roucoula Eleusippus.

– Je ne dis pas non pour la prochaine fois, ajouta-t-il en leur adressant un large sourire. Invitez-moi et vous verrez si je ne vous dis pas oui, et plus vite que ça ! »

Il sortit, et l'une des jumelles referma rapidement la porte dans son dos (elles pensaient peut-être que le soleil risquait de faner leurs foutues photos de fantômes, pensa amèrement Pop). Il se tourna vers la femme noire, toujours occupée à ratisser les feuilles, et la prit avec le Polaroïd. Il avait agi impulsivement, comme un pervers, sur une route de campagne, donnerait un coup de volant pour écraser une moufette ou un raton laveur.

La lèvre supérieure de la femme noire se souleva et lui découvrit les dents. Avec stupéfaction, Pop la vit tendre vers lui deux doigts écartés, comme pour repousser le mauvais œil.

Il se glissa au volant de sa voiture et fit une marche arrière précipitée dans l'allée.

Alors que l'arrière du véhicule était à moitié engagé dans la rue, il se tourna pour vérifier qu'aucune voiture ne venait. C'est à ce moment-là que ses yeux tombèrent sur le cliché qu'il venait juste de prendre : il n'était pas complètement développé et avait encore cet aspect laiteux des photos Polaroïd en cours de révélation.

Il en vit cependant assez pour rester l'œil rond, l'air lui manquant soudain, son flux interrompu comme une brusque accalmie de brise. Son cœur lui-même lui donnait l'impression de s'être arrêté au milieu d'un battement.

Ce que Kevin avait imaginé était en train de se produire. Le chien avait terminé son mouvement de rotation sur lui-même et entamait son approche finale, imparable, indiscutable, vers l'appareil photo et la personne, quelle qu'elle fût, qui le tenait... ah, mais c'était lui qui l'avait tenu cette fois, non ? Lui, Reginald Marion « Pop » Merrill, l'avait brandi en direction de la vieille femme noire. C'était lui qui avait appuyé sur le déclencheur dans un accès de colère, comme un enfant tire à coups de carabine à air comprimé sur des bouteilles de soda après une douloureuse et humiliante fessée (et ce parce qu'il ne peut pas tirer sur son père, alors qu'il le voudrait).

Le chien venait, Kevin avait compris ce qui allait se passer ensuite, et Pop l'aurait aussi compris s'il avait pris la peine d'y réfléchir – bien qu'à partir de là, il allait trouver difficile de penser à autre chose quand il songerait à l'appareil photo, et constater que ses réflexions occupaient de plus en plus son temps, en période de veille comme de sommeil.

Il rapplique, pensa Pop, prit du même sentiment d'horreur paralysant qu'on pourrait éprouver, seul dans le noir, tandis qu'une Chose, une Chose innommable et insupportable s'approcherait avec ses griffes effilées comme des rasoirs et ses dents pointues. *Oh mon Dieu, ce chien rapplique, ce chien rapplique...*

Mais il ne faisait pas que rappliquer : il se transformait.

Impossible de dire comment. Pris entre ce qu'ils voyaient et ce qu'ils auraient dû voir, les yeux de Pop lui faisaient mal. À la fin, la seule explication qu'il put trouver ne le réconforta guère : on aurait dit que quelqu'un avait changé l'objectif de l'appareil pour mettre à la place un très grand angle, si bien que le front du chien, avec ses touffes de poils hirsutes et emmêlés, paraissait à la fois saillir et s'éloigner, tandis que ses yeux meurtriers semblaient s'être remplis de reflets rouges à peine visibles, comme ceux que l'éclat du flash met parfois dans les yeux des gens.

Le corps du chien donnait l'impression de s'être allongé sans pour autant devenir plus fin ; s'il y avait changement, sur ce point, il s'était plutôt épaissi. Il paraissait non pas plus gras, mais plus lourdement musclé.

Et ses crocs étaient plus gros. Plus longs. Plus effilés.

Pop se souvint brusquement du saint-bernard de Joe Camber, Cujo. Devenu enragé, Cujo avait tué son maître, outre ce vieil ivrogne de Gary Pervier et le shérif Big George Bannerman. L'animal avait empêché une mère et son jeune fils de sortir d'une voiture en panne, près de la maison de Camber, un endroit isolé, et l'enfant était mort au bout de deux ou trois jours. Pop se demandait maintenant si c'était ce qu'ils avaient vu pendant les longues journées passées dans le véhicule surchauffé ; cela, ou quelque chose de semblable, des yeux troubles et rougeâtres, de longs crocs acérés...

Un coup de klaxon impatient retentit.

Pop poussa un cri, son cœur démarrant en trombe comme le moteur d'une formule 1.

Une fourgonnette contourna la vieille Chevrolet, dont l'arrière encombrait toujours la moitié de la rue. Son conducteur passa le poing par la fenêtre et leva un majeur obscène.

« Va te faire enculer, fils de pute ! » hurla Pop. Il finit sa marche arrière, mais de manière si brutale qu'il alla heurter le trottoir en face. Il tourna furieusement le volant (appuyant involontairement sur le klaxon) et démarra. Mais à trois coins de rue de là, il dut se garer et rester assis derrière son volant pendant dix minutes, attendant que ses tremblements eussent suffisamment diminué pour pouvoir reprendre la route.

Ras le bol, les Sœurs Pus.

Au cours des cinq jours suivants, Pop passa et repassa en revue les noms qui restaient sur sa liste mentale. Son prix d'appel, fixé à vingt mille dollars pour McCarty, diminué de moitié pour les Sœurs Pus (sans avoir jamais pu le mentionner, dans un cas comme dans l'autre), dégringolait régulièrement avec les noms qu'il égrenait. Il ne lui resta finalement qu'Emory Chaffee, dont il pourrait peut-être tirer deux mille cinq cents. Sait-on jamais.

Chaffee présentait un fascinant paradoxe : parmi tous les Chapeliers fous que Pop avait rencontrés (et son expérience était grande et incroyablement variée), Emory Chaffee était le seul à être totalement dépourvu d'imagination. Qu'il eût consacré plus d'une pensée à cet « autre monde » était déjà surprenant en soi ; qu'il y eût cru était stupéfiant ; qu'il payât pour collectionner des objets s'y rapportant était, aux yeux de Pop, carrément renversant. Mais il en était ainsi, et Pop l'aurait placé bien plus haut sur la liste de ses pigeons, s'il n'y avait eu un petit détail embêtant : la fortune de Chaffee était loin d'être comparable, très loin, même, à celle de ses autres Chapeliers fous. D'où la dégringolade de prix pour le Polaroïd de Kevin.

Mais voilà, si quelqu'un doit acheter cette saloperie, faut admettre que ce sera Emory, pensait Pop en s'engageant dans l'allée envahie d'herbes de ce qui avait été, dans les années vingt, l'une des plus charmantes résidences d'été du lac Sebago, et qui se trouvait maintenant à deux doigts d'être le domicile permanent le plus délabré du lac Sebago (la résidence des Chaffee dans le quartier Bramhall de Portland ayant été vendue quinze ans auparavant pour payer les impôts en retard).

La seule chose qui l'embêtait vraiment (et qui l'avait de plus en plus ennuyé à mesure qu'il épuisait les noms de sa liste) était d'avoir à effectuer la démonstration. Il pouvait *décrire* ce que faisait l'appareil jusqu'à en être aphone, mais même un gogo du calibre d'Emory Chaffee ne sortirait pas ses billets sur la base d'une simple description.

Pop se disait parfois qu'il avait été stupide de demander à Kevin de tirer toutes ces photos pour pouvoir faire le montage vidéo. Mais quand on considérait les choses dans leur ensemble, il n'était pas sûr que cela aurait fait une grande différence. Le temps passait dans cet autre monde (car, comme Kevin, il en était venu à adopter cette hypothèse : un monde réel), même s'il y passait beaucoup plus lentement... mais n'y avait-il pas accélération depuis que le chien s'était tourné vers l'objectif ? Pop le pensait. Le déplacement de l'animal le long de la barrière avait été à peine visible ; il ne l'avait pas remarqué, sur le coup, pour dire la vérité. Mais maintenant, seul un aveugle ne se serait pas rendu compte que le chien était plus près à chaque nouveau déclic du déclencheur. On s'en apercevait même sur deux photos prises coup sur coup. Comme si le temps, dans cet autre monde, essayait de... de rattraper celui de la Terre, de devenir synchrone.

C'était déjà pas mal, mais ce n'était pas tout.

Ce chien n'était pas un chien, nom de Dieu.

Pop ignorait ce qu'il était, mais il savait très bien, comme il savait que deux et deux font quatre, que ce molosse n'était pas un chien.

Il pensait que l'animal avait dû être un chien, quand il suivait la piste odorante le long de la barrière, située maintenant à trois bons mètres derrière lui ; il avait toutes les apparences d'un chien, si ce n'est qu'il avait eu l'air exceptionnellement féroce lorsqu'il avait commencé à tourner la tête.

Mais Pop était de plus en plus convaincu qu'il n'avait rien à voir avec une créature existant sur la Terre du bon Dieu, pas même avec un monstre de l'enfer de Lucifer. Ce qui le troublait encore plus était ce détail : les rares personnes pour lesquelles il avait pris des photos en démonstration ne paraissaient pas s'en rendre compte. Elles avaient inévitablement un mouvement de recul, elles ne pouvaient s'empêcher de dire que c'était le bâtard le plus immonde et à l'aspect le plus féroce qu'elles avaient jamais vu, mais c'était tout. Pas une n'avait émis l'idée que le molosse du Soleil 660 de Kevin se transformait en monstre à mesure qu'il se rapprochait du photographe, et de l'objectif, qui pouvait constituer une sorte de sas entre son monde et le nôtre.

Pop pensa de nouveau (comme l'avait fait Kevin) : *Mais*

il ne pourra jamais le franchir. Jamais. Si quelque chose doit se produire, je vais te dire ce que c'est, moi, parce que cette créature est un animal, un animal foutrement moche, peut-être, un animal effrayant, je veux bien, voire même le genre de créature qu'imagine un enfant lorsque sa maman a éteint la lumière, mais ce n'est néanmoins qu'un animal, et si quelque chose doit se produire, ce sera ceci : il y aura une dernière photo qui sera entièrement floue parce que le clébard diabolique aura sauté, on voit bien qu'il s'apprête à le faire, après quoi, soit l'appareil ne fonctionnera plus, ou s'il fonctionne, ce sera pour donner des rectangles noirs, pour la bonne raison qu'on ne peut pas prendre de photos avec un appareil dont l'objectif est cassé ou dont le boîtier s'est fendu en deux, et si celui qui le tient le lâche au moment où le molosse lui tombera dessus, ce qui ne manquera pas de se passer, il tombera probablement sur le trottoir où il se brisera tout aussi probablement. Ce foutu machin n'est fait que de plastique, après tout, et le plastique contre le ciment, c'est le pot de terre contre le pot de fer.

Mais Emory Chaffee venait de sortir sur son porche où la peinture s'écaillait, où les planches se déformaient et où les stores, crevés par endroits de trous béants, prenaient la couleur rouille du sang séché ; quant à Emory Chaffee lui-même, il portait un blazer autrefois d'un bleu pimpant mais auquel de trop nombreux nettoyages avaient donné ce gris indescriptible des costumes de liftier ; Emory Chaffee, dont le front haut fuyait, fuyait, jusqu'à ce qu'il fût enfin dissimulé par ce qui lui restait de cheveux, et qui arborait son sourire *salut les gars, quel beau temps, hop hop !* – sourire qui révélait de gigantesques incisives lui donnant l'aspect que Bug's Bunny aurait pu avoir s'il avait été victime de quelque cataclysmique arriération mentale.

Pop prit l'appareil par son harnais – Seigneur, comme il en était venu à le haïr ! Il sortit de voiture et dut se forcer pour rendre à l'homme et son salut et son sourire.

Les affaires, que voulez-vous, sont les affaires.

« Pas vraiment mignonne, la gentille bête, n'est-ce pas ? »

Chaffee étudiait le cliché, dont le développement était maintenant presque complètement achevé. Pop lui avait expliqué ce que faisait l'appareil et l'intérêt sincère de Chaffee l'avait encouragé. Il lui avait tendu le Soleil 660 en l'invitant à prendre une photo de n'importe quoi.

Emory Chaffee, avec son répugnant sourire en touches de piano, tourna l'objectif en direction de Pop.

« Sauf vers moi, ajouta précipitamment le brocanteur. Je préférerais que vous me visiez avec votre fusil de chasse, plutôt qu'avec cet appareil.

– Quand vous vendez quelque chose, vous savez vous

montrer crédible », dit Chaffee avec admiration. Il se plia néanmoins sans insister à la demande de Pop et tourna le Soleil 660 en direction de la baie vitrée donnant sur le lac. C'était une vue magnifique qui, contrairement à la famille Chaffee, avait conservé toute sa richesse depuis l'époque dorée de l'entre-deux-guerres – un doré qui laissait de plus en plus apparaître le cuivre depuis les années soixante-dix.

Il appuya.

L'appareil grésilla.

Pop grimaça. Il se rendit compte qu'il grimaçait à chaque fois qu'il entendait ce bruit – ce petit grésillement huileux. Il voulut retenir sa grimace, et réalisa, à son grand désarroi, qu'il n'y arrivait pas.

« Oui, m'sieur, une sacrée brute, et fichtrement laide, à part ça ! » répétait Chaffee en examinant le cliché développé. Pop eut l'amère satisfaction de constater que le répugnant sourire en piquet de cricket *hop-hop* avait enfin disparu. L'appareil avait eu au moins cet effet.

Cependant, il était également très clair que l'homme ne voyait pas ce que lui, Pop, découvrait dans la photo. Pop était préparé à cette éventualité ; il n'en était pas moins rudement secoué, sous son masque impassible de Yankee. Il se disait que si Chaffee avait eu le don (car il semblait que c'en fût un) de voir ce que Pop voyait, cette espèce d'enfoiré aurait foncé vers la porte la plus proche, et au triple galop, encore.

Le chien – d'ailleurs ce n'était pas un chien, ce n'en était plus un, mais il fallait bien le désigner d'une manière ou d'une autre, même *molosse* devenait insuffisant – n'avait pas encore commencé à bondir sur le photographe, mais il s'y préparait. Son arrière-train se ramassait sur lui-même, se rapprochant ainsi du trottoir, d'une manière qui rappelait les voitures aux moteurs gonflés des courses de *hot-rod*, au moment où le pilote commence à embrayer, l'autre pied encore sur le frein, pendant les dernières secondes du feu rouge ; l'aiguille du compte-tours flirte déjà avec les 60 x 10 tours-minute, le moteur hurle de tous ses échappements chromés, les pneus énormes sans rainures sont prêts à faire fumer le macadam de leur baiser brûlant.

La tête de chien était complètement méconnaissable. Tordue, déformée, on aurait dit un monstre de foire qui n'aurait eu qu'un seul œil, noir et méchant, ni rond ni ovale, mais plus ou moins coulant, comme un jaune d'œuf dans lequel on aurait piqué la fourchette. Son museau était devenu un bec noir dans lequel deux profondes narines étaient percées, de chaque côté. De la fumée montait de ces trous – comme les fumerolles sur les flancs d'un volcan ? Peut-être – à moins que ce ne fût son imagination.

Ça fait rien, pensa Pop. *Tu n'as qu'à continuer d'appuyer sur ce déclencheur, ou laisser des gens comme ce cinglé le faire, et tu vas finir par savoir, n'est-ce pas ?*

Mais il n'en avait aucune envie. Il contemplait cette créature noire et meurtrière, dont le pelage collé retenait deux douzaines de bardanes griffues, cette créature qui ne possédait plus exactement une fourrure, mais un revêtement de piquants vivants, et une queue comme une masse d'arme médiévale. Il réalisa que l'ombre (il avait fallu que ce fût un moutard enrhumé qui en comprît la signification) avait aussi changé. L'une des jambes semblait avoir fait un pas en arrière – un pas très long, même en tenant compte de l'effet multiplicateur du soleil levant (ou couchant ; couchant sans doute. Pop était de plus en plus convaincu que c'était la nuit qui tombait dans cet autre monde).

Le photographe du monde en question avait fini par comprendre que son modèle n'avait pas l'intention de poser sagement pour lui, qu'il ne l'avait jamais eue. Qu'il avait l'intention de le bouffer, point final.

De le bouffer et, d'une manière qu'il ne comprenait pas, de s'échapper.

Vas-y, cherche ! Continue ! Continue à prendre des photos ! Tu vas trouver ! Tu vas trouver des tas de choses !

« Et vous, monsieur », disait Emory Chaffee, qui n'avait été perplexe qu'un instant, car les êtres doués de peu d'imagination sont rarement perplexes bien longtemps à causes choses aussi triviales que des considérations. « Et vous, monsieur, vous êtes un sacré vendeur ! »

Le souvenir de l'épisode McCarty était encore frais dans la mémoire de Pop et le titillait toujours.

« Si vous estimez que c'est un faux..., commença-t-il.

– Un faux ? Pas du tout ! Vraiment... pas du tout. » Les dents en touches de piano de Chaffee se découvrirent dans toute leur répugnante splendeur. Il tendit la main dans un geste vous-devez-plaisanter. « Je crains néanmoins que nous ne puissions faire affaire dans ce cas, monsieur Merrill. Je suis désolé de devoir vous le dire, mais...

– Pourquoi ? aboya Pop. Si vous estimez que ce foutu machin est authentique, pourquoi diable n'en voulez-vous pas ? » Le brocanteur eut la surprise de s'entendre parler d'une voix plaintive, étranglée par une fureur rentrée. Jamais il n'avait existé quelque chose de semblable, jamais depuis que le monde était monde, Pop en était convaincu, jamais il n'en existerait d'autre. Et cependant, on aurait dit qu'il n'y avait pas moyen de s'en débarrasser. Ne serait-ce que de la *donner.*

« Mais... » Chaffee paraissait perplexe, comme s'il ne savait comment exprimer ce qu'il voulait dire, tant cela lui semblait évident. Il avait l'air d'un jeune instituteur de maternelle, sympathique mais peu doué, essayant d'apprendre à un enfant retardé l'art de nouer ses lacets. « Mais il ne fait rien de spécial, n'est-ce pas ?

– Rien de spécial ? » C'est tout juste s'il ne hurla pas. Il n'arrivait pas à croire qu'il avait perdu le contrôle de lui-même, alors qu'il le perdait de plus en plus. Que lui arrivait-il ? Ou pour être plus précis, quel effet cette saloperie d'appareil avait-il donc sur lui ? « Rien de spécial ? Vous êtes aveugle, ou quoi ? Ce truc prend des photos d'un *autre monde* ! Il prend des photos à des intervalles de temps donnés, et peu importe où et quand vous les prenez dans ce monde-ci ! Et ce... cette chose... ce monstre... »

Oh, mon Dieu. Il avait fini par craquer. Il avait fini par aller trop loin. Il le comprit à la manière dont Chaffee le regardait.

« Mais c'est simplement un chien, non ? » objecta-t-il d'une voix basse et réconfortante. Le genre de ton qu'on prend pour tenter de calmer un fou, le temps qu'une infirmière coure chercher une seringue et le calmant à injecter.

« Ouaip, fit Pop lentement, le timbre fatigué. C'est rien qu'un clébard, d'accord. Mais vous avez vous-même parlé d'une brute affreuse, ou quelque chose comme ça.

– C'est vrai, c'est vrai », admit Chaffee, beaucoup trop rapidement. Pop songea que si le sourire de l'homme continuait à s'élargir, il allait finir par avoir droit au spectacle des deux tiers supérieurs de sa tête d'idiot lui tombant sur les genoux. « Mais... vous devez certainement comprendre, monsieur Merrill... le problème que cela représente pour un collectionneur. Pour un collectionneur *sérieux*.

– Non, je crois que je ne vois pas. » Cependant, après avoir parcouru toute la liste des Chapeliers fous, liste qui lui avait d'abord paru tellement prometteuse, il commençait à saisir. En fait, il commençait même à soupçonner que le Polaroïd Soleil 660 représentait toute une gamme de problèmes pour le collectionneur sérieux. Quant à Emory Chaffee... Dieu seul savait ce qu'il pensait, exactement.

« Il existe très certainement des photos de fantômes », expliqua Chaffee d'une voix riche au ton pédant, ce qui donna à Pop l'envie de l'étrangler. « Mais celles-ci ne sont pas des photos de fantômes. Elles...

– Mais enfin, ce ne sont tout de même pas des photos normales, c'est évident, non ?

– C'est exactement là où je voulais en venir, répondit Chaffee en fronçant légèrement les sourcils. De quelle sorte de photo s'agit-il ? Difficile à dire, non ? Il ne serait pas bien compliqué d'installer un appareil de manière à ce qu'il prenne un chien qui s'apprête à bondir, n'est-ce pas ? Une fois qu'il aurait sauté, il serait sorti du cadre de la photo. À ce stade, deux ou trois choses peuvent se produire. L'appareil peut se remettre à prendre des photos normales, c'est-à-dire des photos des objets qu'il cadre ; il peut ne plus prendre de photos du tout, une fois atteint son objectif, à savoir photographier le saut du chien ; ou bien il peut simplement continuer à mitrailler cette barrière blanche avec sa pelouse mal entretenue derrière. » Il se tut un instant, puis ajouta : « Je suppose que quelqu'un pourrait passer, à un moment donné, au bout de quarante photos, ou de quatre cents, comment savoir ? Mais à moins que le photographe ne redresse son objectif, ce qu'il ne semble pas avoir fait jusqu'ici, on ne verrait ces passants que de la taille aux pieds. Plus ou moins. » Puis, se faisant sans le savoir l'écho du père de Kevin, il conclut : « Veuillez me pardonner de vous dire ceci, monsieur Merrill, mais vous venez de me montrer quelque chose que je n'aurais jamais cru voir : un phénomène paranormal pratiquement irréfutable, et malheureusement des plus ennuyeux. »

Cette observation stupéfiante mais apparemment sincère obligea Pop à oublier tout ce que l'homme pouvait penser de sa santé mentale, et à demander de nouveau : « Il ne s'agit vraiment que d'un chien, d'après vous ?

– Bien sûr, répondit Chaffee, légèrement surpris. Un corniaud errant qui me paraît doté d'un caractère particulièrement épouvantable. »

Il soupira.

« Et bien entendu, on ne le prendrait pas au sérieux. Ce que je veux dire, c'est qu'il ne serait pas pris au sérieux par des gens qui ne vous connaissent pas personnellement, monsieur Merrill. Des gens qui savent que vous êtes quelqu'un d'honnête, et à qui on peut faire confiance sur ces questions. On dirait une mystification, comprenez-vous ? Même pas très bonne. Quelque chose de l'ordre d'un tour de magie pour enfant. »

Deux semaines auparavant, Pop aurait bataillé ferme pour rejeter cette idée. Mais c'était avant d'avoir été viré – non, proprement éjecté – de chez McCarty.

« Bon, si c'est votre dernier mot », dit Pop, qui se leva en prenant l'appareil photo par son harnais.

« Je suis tout à fait désolé que vous ayez fait tout ce voyage pour aussi peu de chose. » L'horrible sourire reparut, tout en lèvres caoutchouteuses et en touches de piano humides de salive. « J'étais sur le point de me faire un sandwich au jambon lorsque vous êtes arrivé. Voulez-vous partager ce modeste repas, monsieur Merrill ? Je suis un spécialiste des sandwichs au jambon, si je peux me permettre. J'y ajoute un peu de raifort et de l'oignon des Bermudes – c'est mon secret – et ensuite, je...

– Je vous remercie », fit Pop pesamment. Comme dans le salon des Sœurs Pus, il n'avait plus qu'une envie, ficher le camp et mettre le plus de kilomètres possible entre lui et ce type au sourire idiot. Pop était victime d'une allergie carabinée aux endroits où il avait misé gros et perdu. Depuis quelque temps, ils paraissaient se multiplier ; se multiplier foutrement trop. « J'ai déjà dîné, c'est ce que je veux dire. D'ailleurs, je dois rentrer. »

Chaffee rit de bon cœur. « Le labeur de qui s'échine dans le vignoble est dur, mais il rapporte au centuple », dit-il sentencieusement.

Pas en ce moment. En ce moment, ça ne m'a rapporté ni au centuple ni même au triple ou au double.

« Eh oui, c'est la vie », répliqua Pop, qui finit par être autorisé à quitter la maison, laquelle était humide et froide (Pop préférait ne pas penser à ce que cela devait donner en février) et dégageait cette odeur de moisi et de crottes de souris qui provenait peut-être de rideaux et de tissus d'ameublement pourrissants... À moins que ce ne fût simplement le relent que laisse derrière lui l'argent, lorsqu'il est resté longtemps en un endroit avant de le quitter. Il pensa que l'air frais d'octobre, à peine chargé des effluves du lac et des exhalaisons plus fortes des aiguilles de pin, ne lui avait jamais paru aussi agréable.

Il monta dans sa voiture et lança le moteur. Emory Chaffee, contrairement aux Sœurs Pus qui ne l'avaient pas raccompagné plus loin que la porte (la refermant précipitamment sur lui comme si elles redoutaient d'être réduites en poussière par les rayons du soleil, à l'instar des vampires), se tenait sur le porche de la façade, son sourire crétin aux lèvres, et agitait la main comme si Pop partait pour une croisière en mer.

Et, sans réfléchir, de même qu'il avait pris la photo de la vieille femme noire, il photographia Chaffee et sa maison en voie de délabrement avancé. Il ne se rappelait pas avoir soulevé le Polaroïd qu'il avait jeté, dégoûté, sur le siège du passager avant de refermer sa portière, et ne s'était même pas rendu compte qu'il le tenait jusqu'au moment où il avait entendu le grésillement du moteur poussant la photo comme une langue chargée d'un fluide gris – du lait de magnésie, par exemple. Ce bruit semblait faire vibrer ses terminaisons nerveuses et les faire hurler ; la même sensation que lorsqu'un liquide trop froid ou trop chaud touche une dent cariée.

Il eut vaguement conscience de Chaffee en train de

s'esclaffer comme si c'était la meilleure foutue plaisanterie de la terre, avant d'arracher le cliché, pris d'une sorte d'horreur furieuse. Il se dit qu'il avait imaginé le bref grognement étouffé, semblable au bruit d'un moteur hors-bord que l'on entend la tête sous l'eau, qu'il avait imaginé l'impression fugitive que l'appareil avait gonflé entre ses mains, comme si une puissante pression, à l'intérieur, avait un instant déformé les parois du boîtier. Il ouvrit le vide-poche d'un coup sec, lança la photo à l'intérieur et le referma avec une telle violence qu'il se déchira tout l'ongle du pouce.

Il démarra de manière saccadée, faillit caler, et manqua de peu l'un des sapins chenus qui flanquaient l'extrémité (côté maison) de la longue allée ; et tandis qu'il la remontait, il crut entendre Emory Chaffee et ses éclats de rire aussi bruyants qu'imbéciles : *Ouah ! Ouah ! Ouah !*

Son cœur cognait dans sa poitrine et on aurait dit qu'on lui donnait des coups de marteau à l'intérieur de la tête. Les amas de veines nichés au creux de ses tempes pulsaient régulièrement.

Il regagna progressivement le contrôle de lui-même. Au bout de sept ou huit kilomètres, le gnome qui prenait son crâne pour une enclume arrêta de frapper. Au bout d'une quinzaine (presque à mi-chemin de Castle Rock), ses battements de cœur étaient redevenus presque normaux. Il ne cessait de se répéter : *Pas question de la regarder. T'entends ? pas question ! Laisse donc cette saloperie pourrir ici. Tu n'as pas besoin de la regarder, tu n'as pas besoin d'en prendre d'autres, non plus. Il est grand temps de passer ce truc en pertes et profits. Grand temps de faire ce que tu aurais dû laisser faire au môme.*

Et évidemment, lorsqu'il arriva au belvédère de Castle Rock, point de vue d'où l'on embrassait tout le Maine occidental et une bonne moitié du New Hampshire, il s'arrêta, coupa le moteur, ouvrit la boîte à gants et en sortit la photo qu'il avait prise dans un état quasi somnambulique. Elle s'y était développée comme le font tous les Polaroïd, qu'ils soient dans l'obscurité ou la lumière.

Le pseudo-molosse était maintenant complètement accroupi. Aussi ramassé sur lui-même qu'il pouvait l'être, la tête complètement ramenée en arrière. Ses dents dépassaient de sa gueule, si bien que son retroussement de babines semblait davantage une nécessité organique qu'une expression de rage. Comment auraient-elles pu se refermer sur des crocs de cette taille ? Comment de telles mâchoires pouvaient-elles mâcher ? Il ressemblait davantage à quelque espèce monstrueuse de sanglier qu'à un chien, maintenant, mais en réalité, il ne ressemblait à rien que Pop eût déjà vu. Le regarder lui faisait plus que mal aux yeux, ça lui faisait mal à *l'esprit*. Il avait le sentiment de devenir fou.

Pourquoi ne pas se débarrasser tout de suite de cet appareil ? pensa-t-il soudain. *Rien de plus simple. Descends de voiture, va jusqu'au garde-fou, et balance-le par-dessus. Terminé. Bye-bye.*

Mais ç'aurait été un geste impulsif, et Pop Merrill appartenait à la Tribu des Rationnels – lui appartenait corps et âme, voilà ce que je veux dire. Il refusait de faire quoi que ce soit de cette manière, car il risquait de le regretter par la suite, et...

C'est si tu ne le fais pas que tu le regretteras plus tard.

Mais non. Et non. Et non. On ne peut aller à l'encontre de sa nature ; ce n'est pas naturel. Il avait besoin de temps pour réfléchir. Pour être sûr.

Il fit un compromis : il jeta la photo au lieu de l'appareil, et repartit rapidement. Pendant une ou deux minutes, il crut qu'il allait dégobiller, mais l'envie passa. Il se sentit alors un peu remis. De retour dans la sécurité de sa boutique, il déverrouilla le coffret d'acier, sortit le Soleil 660, manipula son trousseau de clefs jusqu'à ce qu'il eût trouvé celle qui ouvrait son tiroir spécial, et voulut y déposer l'appareil... mais il interrompit son geste, sourcil froncé. L'image du billot, dans la cour, lui était venue à l'esprit avec une telle clarté et une telle précision qu'elle était presque comme une photographie elle-même.

Laisse tomber ces histoires selon lesquelles un homme ne peut pas aller contre sa nature. C'est des conneries, tu le sais bien. C'est pas dans la nature d'un homme de bouffer de la terre, mais tu serais capable d'en avaler une pleine assiette, putain de Dieu, si un type te collait le canon d'un pistolet sur le crâne. Tu sais l'heure qu'il est, mon vieux ? L'heure de faire ce que le gamin a voulu faire le premier. Après tout, ce n'est pas comme si tu avais un investissement là-dedans.

C'était le mot à ne pas évoquer, car une autre partie de son esprit protesta avec colère et violence. *Quoi ? Pas d'investissement ? Et comment ! Le môme a mis en pièces un Polaroïd en parfait état de marche ! Il ne le sait peut-être pas, mais ça ne change rien au fait que j'en suis de cent trente-neuf dollars de ma poche, sans compter les douze dollars pour le film, et tous ces déplacements !*

« Oh, merde ! grommela-t-il, agité. C'est pas la question ! Ce n'est pas une putain de question de fric ! »

Non, ce n'était pas le putain de fric. Il pouvait au moins admettre que ce n'était pas une question d'argent. Il pouvait se permettre une telle perte ; il aurait pu se permettre beaucoup, d'ailleurs, y compris d'acheter un manoir en toute propriété dans le quartier Bramhall de Portland et la Mercedes à mettre dans le garage. Des achats qu'il n'envisagerait jamais de faire – il comptait tous ses sous et estimait que son avarice quasi pathologique n'était que ce bon vieux sens yankee de l'économie – mais cela ne signifiait pas qu'il n'aurait pas pu s'offrir ces choses, s'il l'avait voulu.

Ce n'était pas une question d'argent. C'était quelque chose de beaucoup plus important : la question était de ne pas *se faire avoir*. Pop en avait fait un objectif existentiel et, les rares fois où ça lui était arrivé, il avait eu l'impression que des fourmis rouges grouillaient sous son crâne.

Tenez, l'affaire du tourne-disque de Kraut, par exemple. Lorsqu'il avait appris qu'un antiquaire de Boston – du nom de Donahue, il s'en souvenait – avait obtenu cinquante dollars de plus que ce qu'il aurait dû pour un gramophone Victor-Graff de 1915 (lequel s'était avéré n'être que le modèle 1919, beaucoup plus courant), Pop avait perdu le sommeil pour trois cents dollars, allant jusqu'à échafauder divers plans de vengeance (tous plus farfelus et ridicules les uns que les autres), se traitant de fou, se disant qu'il devait vraiment perdre la boule pour qu'un citadin comme ce Donahue pût rouler Pop Merrill. Il lui arrivait d'imaginer cet enfoiré en train de raconter à ses partenaires de poker avec quelle facilité il l'avait baisé, qu'ils n'étaient tous qu'une bande de ploucs, dans leur cambrousse, et que s'il proposait au plus taré d'entre eux, un certain Pop Merrill de Castle Rock, de lui vendre le pont de Brooklyn, celui-ci lui demanderait : « Combien ? » Et il se les représentait s'effondrant dans leur siège autour de la table de poker (pourquoi se les imaginait-il toujours dans cette situation, au cours de ce fantasme morbide, Pop l'ignorait), tétant leur gros cigare à un dollar pièce et rigolant comme une bande de trolls.

L'affaire du Polaroïd le rongeait comme de l'acide, mais il n'était toujours pas prêt à laisser tomber.

Pas tout à fait.

Tu es cinglé ! lui cria une voix intérieure. *Tu es complètement cinglé de t'entêter !*

« Que je sois pendu si j'avale celle-là », grommela-t-il d'un ton boudeur à l'intention de cette voix, dans la boutique vide où régnaient les ombres et où les tic-tac égrenaient le temps comme une bombe dans un porte-documents. « Que je sois pendu ! »

Inutile, cependant, de continuer à courir les routes, à la recherche d'un acheteur pour ce fils de pute d'appareil photo à la noix. Il n'avait en aucun cas l'intention de prendre un nouveau cliché. Il estimait qu'il en restait au moins trois « sans danger », et probablement même sept, mais il n'avait pas la moindre envie de vérifier. Pas la moindre.

Néanmoins, quelque chose pouvait se présenter. On ne sait jamais. Et il ne risquait pas de lui faire de mal, enfermé qu'il était dans un tiroir, n'est-ce pas ?

« Non », admit vivement Pop pour lui-même. Il déposa l'appareil à l'intérieur, referma le tiroir, remit son trousseau de clefs en poche, alla jusqu'à la porte et retourna le panneau FERMÉ sur OUVERT, l'air d'un homme qui vient de régler définitivement un problème agaçant.

10

Pop se réveilla à trois heures du matin, baigné de sueur et scrutant craintivement l'obscurité. Les horloges venaient juste de se lancer dans un nouveau et laborieux tour de ronde.

Ce n'était pas ce bruit qui l'avait réveillé, ce qui aurait pu être le cas, car il n'était pas dans son lit, mais au rez-de-chaussée, dans la boutique elle-même. L'Emporium Galorium était une caverne de ténèbres où s'entassaient des ombres massives, engendrées par le lampadaire de la rue, lequel envoyait juste assez de lumière, au travers des vitrines sales, pour donner cette désagréable impression de choses se dissimulant au-delà des limites de la vision.

Il ne fut pas réveillé par les horloges, mais par le flash.

Horrifié, il se rendit compte qu'il se tenait, en pyjama, à côté de sa table de travail, le Polaroïd Soleil 660 à la main. Le tiroir « spécial » était grand ouvert. S'il n'avait pris qu'un seul cliché, il avait conscience d'avoir appuyé à de nombreuses reprises sur le bouton du déclencheur. Il en aurait tiré bien plus que celui qui dépassait de la fente, au bas de l'appareil, sans un coup de pouce du hasard : il ne restait plus qu'une seule vue dans le paquet de film.

Pop commença à abaisser les bras – il tenait l'appareil dirigé vers le devant de la boutique, le viseur à la fêlure presque invisible à hauteur de son œil ouvert mais endormi – et lorsqu'ils arrivèrent à hauteur de sa cage thoracique, ils se mirent à trembler, puis les muscles articulés sur ses coudes parurent complètement le lâcher. Ses bras retombèrent, ses mains s'ouvrirent et le Polaroïd dégringola bruyamment dans le tiroir « spécial ». La photo qu'il avait prise se détacha de la fente, voleta jusque sur le rebord du tiroir, pencha vers l'intérieur, comme si elle voulait rejoindre l'appareil, puis glissa finalement au sol.

Crise cardiaque. Je vais avoir une putain de crise cardiaque, pensa-t-il, affolé.

Il voulut lever le bras droit pour se masser le côté gauche de la poitrine, mais le membre refusa de bouger. La main pendait, à son extrémité, aussi inerte que celle d'un pendu. L'univers, autour de lui, devenait plus ou moins flou. Le tintement des horloges (les traînardes finissaient d'égrener leurs coups) se réduisait à un lointain écho. Puis la douleur diminua dans sa poitrine, les choses reprirent un peu de leur relative netteté, et il comprit qu'il essayait de s'évanouir.

Il voulut s'asseoir sur la chaise à roulettes de sa table. Si le mouvement débuta bien, comme lorsqu'il avait commencé à baisser les bras, les autres articulations, celles de ses genoux, celles qui reliaient ses cuisses et ses mollets, le lâchèrent à leur tour, et il s'effondra dans le siège plus qu'il ne s'y assit. Il roula en arrière sur trente centimètres, heurta une caisse pleine de vieux magazines et s'immobilisa.

Pop abaissa la tête, comme on est supposé le faire lorsqu'on a le tournis, et le temps passa. Combien de temps, il n'en avait pas la moindre idée. Il n'est pas impossible qu'il se soit rendormi quelques instants. Mais lorsqu'il se redressa, il allait à peu près bien. Il ressentait des élancements sourds et réguliers à ses tempes et derrière son front, probablement pour s'être congestionné le ciboulot en le laissant pendre aussi longtemps, mais il se sentait capable de se lever. Il savait ce qui lui restait à faire. Que la chose le domine au point de le contraindre à se lever dans son sommeil (son esprit se révolta à ce verbe, *contraindre*, mais il persista), puis à prendre des photos, voilà qui suffisait. Il n'avait aucune idée de ce qu'était cette saloperie d'appareil, mais une chose était claire : aucun compromis n'était possible avec.

Il est grand temps de faire ce que tu aurais dû laisser faire au gamin.

D'accord, mais pas cette nuit. Il était épuisé, trempé de sueur, secoué de frissons. Il songea qu'il aurait déjà le plus grand mal à escalader l'escalier qui menait à l'appartement ; alors, soulever cette masse... Il aurait bien pu faire le boulot sur place, en prenant l'appareil dans le tiroir et en le jetant à plusieurs reprises au sol, mais il y avait une vérité plus profonde, à laquelle il devait bien se soumettre : pas question d'avoir de nouveau affaire à la chose cette nuit. Demain matin conviendrait parfaitement... et l'appareil ne pourrait rien faire d'ici là, n'est-ce pas ? Il ne contenait plus de film.

Pop referma le tiroir à clef. Puis il se leva lentement, l'air d'avoir dix ans de plus, et se traîna jusqu'à l'escalier. Il grimpa les marches une à une, se reposant entre chacune, accroché à la rampe (laquelle n'était pas non plus bien solide) d'une main, tenant son lourd trousseau de clefs de l'autre. Il arriva enfin en haut. Une fois la porte refermée derrière lui, il se sentit un peu moins faible. Il retourna se coucher sans sentir plus que d'habitude le puissant remugle jaune de sueur et de pets de vieillard qui régnait – il changeait les draps tous les premiers du mois, et s'en trouvait très bien.

Je ne vais pas arriver à dormir... Si, tu vas dormir. Tu vas dormir parce que tu le peux, et tu le peux parce que demain tu vas prendre la masse et me réduire cette saloperie en mille morceaux, qu'on n'en parle plus.

Le sommeil le prit sur cette pensée, et Pop dormit sans rêver, presque sans bouger, tout le reste de la nuit. Lorsqu'il s'éveilla, il eut la surprise d'entendre les horloges, au-dessous, sonner un coup de plus : huit au lieu de sept. Ce n'est que lorsqu'il vit le rayon oblique de soleil sur le plancher qu'il réalisa qu'il était vraiment huit heures ; pour la première fois depuis dix ans, il ne s'était pas réveillé à son heure habituelle. Puis les souvenirs de la nuit lui revinrent. Maintenant, à la lumière du jour, tout l'épisode lui paraissait moins délirant. N'avait-il pas failli s'évanouir ? Ou n'avait-il pas éprouvé une faiblesse naturelle de somnambule qui s'éveille brusquement ?

Mais évidemment, le fait était là, bien net et carré, non ? Et ce n'était pas un petit matin ensoleillé qui allait y changer quelque chose. Il avait eu une crise de somnambulisme, il avait pris au moins une photo et il en aurait pris davantage si le film en avait contenu d'autres.

Il se leva, s'habilla et descendit dans la boutique, avec l'intention de démolir la chose avant même d'avoir pris son café.

11

Kevin avait prié pour que sa première visite à Polaroïdville fût aussi la dernière, mais il ne fut pas exaucé. Au cours des treize nuits qui suivirent celle du premier cauchemar, il y retourna de plus en plus souvent. Si ce rêve imbécile manquait un rendez-vous nocturne – *un petit congé, Kev, mais je vais revenir bien vite* –, il avait tendance à se présenter deux fois la nuit suivante. Il savait maintenant que c'était un rêve, et dès qu'il commençait, il se disait qu'il n'avait qu'une chose à faire, se réveiller, *nom de Dieu, réveille-toi donc !* Parfois, effectivement, il se réveillait, à la fin ; d'autres fois, le rêve se dissolvait dans un sommeil plus profond, mais il ne réussit jamais à s'en arracher par sa seule volonté.

Il se retrouvait toujours à Polaroïdville, plus jamais à Oatley ou Hildaville, les deux premières tentatives maladroites de son esprit pour identifier le lieu. Et comme pour les photos, chaque nouveau rêve faisait légèrement avancer le déroulement de l'action. Tout d'abord l'homme au caddie, caddie qui n'était jamais vide, mais toujours rempli d'un fouillis d'objets... surtout des horloges, toutes en provenance de l'Emporium Galorium et toutes avec cet aspect surnaturel de photographies découpées dans des revues plutôt que de choses réelles. Néanmoins elles s'empilaient de manière paradoxale, invraisemblable, dans un caddie qui, étant lui-même à deux dimensions, n'avait aucun volume lui permettant de les contenir. Et pourtant ils étaient là, tandis que le vieil homme se courbait dessus pour les protéger et disait à Kevin de ficher le camp, qu'il n'était qu'un sale enfoiré de voleur... sauf que maintenant, il ajoutait : « J'irai voir d't'envoyer le clébard à Pop ! T'verras si je l'ferai pas ! »

La grosse femme, qui ne pouvait pas être grosse parce qu'elle était parfaitement plate mais était grosse quand même, venait ensuite, poussant son propre caddie plein d'appareils photo Soleil 660. Elle lui adressait également la parole quand il la croisait. « Fais attention, mon garçon, disait-elle de la voix sans timbre mais forte de quelqu'un de totalement sourd. Le chien de Pop a rompu sa laisse, et c'est un mauvais, çui-là. Il a mis en morceaux trois ou quatre personnes de la ferme Trenton à Camberville avant de rappliquer ici. C'est dur de prendre sa photo, mais tu pourras pas l'faire si t'as pas d'appareil. »

Elle se penchait pour choisir dans le tas et allait parfois jusqu'à en soulever un, vers lequel il tendait la main, sans comprendre pourquoi la femme pensait qu'il devait prendre la photo du chien, ou qu'il en avait envie... peut-être essayait-elle simplement de se montrer polie ?

D'une manière ou d'une autre, ça ne faisait aucune différence. Ils se déplaçaient tous les deux avec la solennelle lenteur de nageurs au fond de l'eau, comme cela arrive souvent en rêve, et ils n'arrivaient jamais à être en contact. Lorsque Kevin pensait à cette partie du rêve, elle lui évoquait souvent la célèbre fresque de Michel-Ange, la création d'Adam, au plafond de la chapelle Sixtine : les deux protagonistes tendaient le bras, tendaient aussi l'index, et les deux doigts se touchaient presque, mais pas tout à fait.

Puis la grosse dame disparaissait un instant, n'ayant pas d'épaisseur, et était hors de portée lorsqu'elle réapparaissait. *Eh bien, tu n'as qu'à retourner vers elle*, se disait Kevin à chaque fois que le rêve atteignait ce point, mais il en était incapable. Ses pieds, insouciants et sereins, le portaient vers l'avant, vers la barrière de piquets délabrée, vers Pop et vers le chien... sauf que le chien n'était plus un chien, mais une entité chimérique, qui dégageait de la chaleur et de la fumée comme un dragon, et présentait les défenses et le groin tordu, couturé de cicatrices, d'un vieux sanglier. Pop et le chien du Soleil se tournaient en même temps vers lui. Pop portait l'appareil à hauteur de son œil droit – Kevin savait que c'était le sien, parce qu'un éclat avait sauté sur le côté du boîtier. L'œil gauche était fermé et plissé. Ses lunettes sans monture brillaient au sommet de son crâne, dans la lumière du soleil atténuée par la brume. Pop et le chien du Soleil étaient en trois dimensions ; ils étaient les seuls dans ce cas, dans la petite ville minable et fantomatique.

« C'est lui ! s'écriait Pop d'une voix aiguë et terrorisée. C'est lui le voleur ! Chope-le, mon gars ! *Étripe-le, voilà ce que je veux dire !* »

Et tandis qu'il hurlait cette menace, l'éclair sans chaleur du flash se déclenchait, et Kevin faisait demi-tour pour s'enfuir en courant. Le rêve s'était interrompu à ce stade, la deuxième fois. À chaque nouvelle reprise, il allait un peu plus loin. Il se mouvait toujours avec la lenteur aquatique d'un danseur dans un ballet sous-marin. Il avait l'impression que s'il avait pu se voir, il se serait trouvé une apparence de danseur, les bras moulinant l'air comme les pales d'une hélice au démarrage, la chemise se tordant pour suivre le mouvement de son corps et se tendant sur sa poitrine et son ventre tandis que les pans sortaient de son pantalon dans le bas du dos, avec un bruit râpeux, amplifié, de papier de verre.

Il courait alors dans la direction d'où il était venu. Chacun de ses pieds s'élevait tour à tour avant de redescendre avec une lenteur de rêve (évidemment, de rêve, quoi d'autre, idiot ?) pour venir frapper le ciment craquelé et morne du trottoir. Les semelles de ses tennis s'aplatissaient sous son poids et soulevaient des petits nuages de poussière se déplaçant comme au ralenti (il pouvait apercevoir les différentes particules qui tourbillonnaient comme des atomes).

Il courait lentement, oui, bien sûr, et le chien du Soleil, cette espèce de bâtard sans nom, venu de nulle part, qui ne signifiait rien, et avait autant de sens qu'un cyclone mais existait néanmoins, le chien du Soleil le pourchassait lentement… mais pas tout à fait aussi lentement.

La troisième nuit, le rêve s'estompa et laissa place à un sommeil normal juste au moment où Kevin commençait à tourner la tête, toujours avec cette insupportable lenteur, pour voir de quelle avance il bénéficiait sur le chien. Puis le rêve sauta une nuit. Il revint la suivante, par deux fois. La première, il arrivait à tourner à moitié la tête, et ne voyait que la rue s'allonger derrière lui et disparaître dans les limbes ; la deuxième (ce fut son réveille-matin qui le tira de celui-ci, et il se retrouva en sueur, pelotonné en position fœtale à l'autre bout du lit), il se tourna suffisamment pour voir le chien au moment où ses antérieurs retombaient dans ses propres empreintes (les pattes creusaient de petits cratères grumeleux dans le ciment, à cause de leurs griffes... et de chacune des articulations inférieures de ses membres jaillissait une sorte de longue épine effilée en os qui faisait penser à un éperon). Les yeux rougeâtres de l'entité étaient vrillés sur Kevin, des flammèches lui sortaient des narines. *Seigneur Jésus, il a la truffe en feu*, pensa-t-il. Lorsqu'il se réveilla, il fut horrifié de s'entendre répéter dans un murmure hâtif : « Sa truffe est en feu, sa truffe est en feu, sa truffe est en feu... »

Nuit après nuit, le chien gagnait du terrain. Même lorsque Kevin ne se retournait pas, il sentait, *au bruit*, que le chien se rapprochait. Il avait conscience d'une nappe chaude qui partait de son entrejambe et savait qu'il avait assez peur pour s'être fait pipi dessus, même si ses émotions lui parvenaient de manière aussi diluée et étouffée que la façon dont il se déplaçait dans ce monde. Il entendait les pattes du chien du Soleil frapper le béton, et les crissements secs du ciment qui se rompait sous son poids. Il entendait le râle brûlant de sa respiration, l'air qui sifflait en passant entre ces dents démesurées.

Et la nuit où Pop se réveilla pour découvrir qu'il avait marché en dormant et pris une photo de plus, Kevin sentit pour la première fois l'haleine du chien, en plus de l'entendre respirer : un souffle d'air chaud sur ses fesses comme la bouffée suffocante que pousse devant elle une rame de métro qui ne s'arrête pas à la station. Il savait le chien assez près, maintenant, pour pouvoir lui sauter sur le dos. C'était ce qui allait venir ensuite. Il aurait une autre sensation de souffle, non plus chaude, celle-ci, mais brûlante, aussi brûlante qu'un reflux massif de digestion dans la gorge, puis cette gueule de travers en forme de vivant piège à ours s'enfoncerait profondément dans son dos, entre les omoplates, arrachant chair et peau de sa colonne vertébrale – et s'imaginait-il que ce n'était qu'un rêve ? Vraiment ?

Il se réveilla de ce cauchemar juste au moment où Pop arrivait en haut des marches et soufflait une dernière fois avant de regagner son lit. Ce coup-ci, Kevin se retrouva sur son séant, raide comme un piquet, draps et couverture chiffonnés autour de la taille, couvert de sueur et cependant glacé, avec la chair de poule et un million de poils plus ou moins visibles dressés sur son ventre, sa poitrine, son dos et ses bras, comme des stigmates. Même ses joues semblaient se hérisser.

Et ce n'était pas au rêve qu'il pensait, du moins pas directement. *C'est faux, ce chiffre est faux ; il dit que c'est trois, mais...*

Puis il retomba sur le dos et, à la manière des enfants (car même à quinze ans, il était resté pour l'essentiel un enfant et le resterait jusqu'à un peu plus tard ce jour-là), il s'enfonça de nouveau dans un sommeil profond.

La sonnerie le réveilla à sept heures trente, comme tous les jours d'école, et il se retrouva de nouveau assis dans son lit, les yeux grands ouverts, toutes les pièces du puzzle soudain en place. Le Soleil 660 qu'il avait écrabouillé n'était pas le sien, et c'était pour cette raison qu'il ne cessait de faire toujours et encore le même rêve. Pop Merrill, le gentil vieux philosophe de comptoir, réparateur d'appareils photo, d'horloges et de petit matériel, les avait roulés, son père et lui, aussi impeccablement qu'un joueur de poker, sur les bateaux à aubes du Mississippi, roule le pied-tendre dans un vieux western.

Son père !

Il entendit la porte d'entrée qui claquait, en bas, et bondit hors de son lit. Il avait fait deux grandes enjambées vers la porte, en sous-vêtements, quand il eut une meilleure idée : il fit demi-tour, souleva la fenêtre à guillotine et hurla « Papa ! » juste au moment où son père s'installait derrière le volant pour partir au travail.

12

Pop alla pêcher son porte-clefs au fond de sa poche, ouvrit le tiroir « spécial » et saisit l'appareil, en prenant bien soin de ne le tenir que par le harnais. Il étudia le devant du Polaroïd, avec l'espoir que l'objectif se fusse cassé lors de sa dernière dégringolade, que l'œil de la chose eusse été en quelque sorte crevé ou arraché. Mais son père avait coutume de dire que la chance est toujours du côté du diable, et cela semblait être le cas avec le foutu Polaroïd de Kevin Delevan. L'endroit écaillé du boîtier était un peu plus écaillé, c'était tout.

Il referma le tiroir et, ce faisant, vit sur le sol, posée à l'envers, la photo qu'il avait prise pendant son sommeil. Aussi incapable de ne pas la regarder que la femme de Loth de ne pas se retourner pour voir la destruction de Sodome, il la ramassa de ces gros doigts carrés qui savaient si bien cacher leur dextérité au monde, et la retourna.

La créature canine avait entamé son bond. Ses antérieurs venaient à peine de quitter le sol. Le long de cette épine dorsale déformée, et dans les muscles qui se nouaient sous la peau, Pop devinait toute l'énergie cinétique qui commençait à se libérer. Sa fourrure hirsute se dressait en filaments rigides et noirs comme une brosse métallique. Sa tête et son mufle étaient en fait légèrement flous, tandis que sa gueule béait de plus en plus. Montant de la photo comme un son entendu à travers une vitre, lui parvenait, croyait-il, un grondement bas, guttural, qui enflait en rugissement. L'ombre du photographe paraissait vouloir faire un nouveau pas en arrière, maladroitement, mais qu'est-ce que cela changeait ? Des orifices ouverts dans le museau de la créature jaillissait de la fumée – très bien, *de la fumée !* – et d'autres volutes se glissaient par les commissures de ses babines, à la jointure de ses mâchoires, dans l'espace étroit où s'arrêtait la barrière de piquets tordus et désordonnés de ses crocs. N'importe quel homme aurait bondi en arrière, saisi d'horreur devant un tel spectacle. N'importe quel homme aurait fait demi-tour pour s'enfuir. Mais Pop n'avait qu'à regarder la photo pour savoir que l'homme (car bien sûr il s'agissait d'un homme, qui avait certes pu être naguère un garçon, un adolescent – mais qui donc possédait l'appareil, maintenant ?), qui avait pris la photo dans un pur réflexe de surprise, par simple crispation de son index... cet homme n'avait pas *l'ombre* d'une chance. Qu'il restât sur ses pieds ou qu'il trébuchât, la seule différence serait qu'il mourrait debout, dans le premier cas, ou sur son derrière, dans le deuxième.

Pop froissa la photo entre ses mains et remit le trousseau de clefs au fond de sa poche. Il se tourna, tenant par le harnais ce qui avait été le Polaroïd Soleil 660 de Kevin Delevan et était maintenant *son* Polaroïd Soleil 660. Puis il se dirigea vers le fond du magasin. Il ne s'arrêterait en chemin que le temps de prendre la masse. Cependant, tandis qu'il approchait de la porte donnant sur l'arrière-cour, un éclair de flash, énorme, blême et silencieux, se déclencha non pas devant ses yeux mais derrière, dans sa tête.

Il se tourna, les yeux aussi vides que ceux d'un homme temporairement aveuglé par une lumière éclatante. Il passa devant la table de travail, l'appareil tenu à hauteur de la poitrine, comme l'on porterait une relique ou une offrande votive. Il arriva à hauteur d'une commode couverte d'horloges, avec, sur la gauche, l'un des poteaux de bois qui composaient la structure en forme de grange du magasin. Accrochée à un clou, on y voyait une autre pendule, une copie de coucou allemand. Pop la saisit par le toit, indifférent aux contrepoids dont les chaînes s'emmêlèrent aussitôt, ainsi qu'au pendule lui-même, qui se détacha de son support lorsque les chaînes commencèrent à s'enrouler autour de lui. La petite porte, sous le pignon du toit, s'entrouvrit : l'oiseau de bois, l'œil rond, pointa le bec. Il émit un son unique, étranglé – *couk !* – comme pour protester contre ce traitement brutal, avant de battre en retraite à l'intérieur.

Pop accrocha le Soleil 660 par son harnais à la place du coucou, puis repartit vers le fond du magasin, le regard toujours aussi vide et ébloui. Il étreignait la pendule par le toit, la balançant d'un geste indifférent au bout de son bras, sans entendre les claquements et les caquètements étranglés qui en provenaient (comme si l'oiseau essayait de s'échapper), ni remarquer que l'un des contrepoids, après avoir heurté un montant de lit, s'était détaché et avait été rouler dessous, laissant une trace profonde dans la poussière accumulée depuis des années. Il se déplaçait avec la détermination aveugle d'un robot. Dans le hangar, il prit la masse par son manche lisse. Les deux mains occupées, il dut se servir de son coude pour faire sauter le crochet de la porte donnant sur l'arrière-cour.

Il alla poser la copie de coucou sur le billot et resta quelques instants immobile, la tête inclinée, tenant maintenant à deux mains le manche de la masse. Son visage restait aussi vide, son regard aussi hébété, mais une partie de son esprit pensait clairement, et croyait penser dans toute son intégrité. Cette partie active voyait non pas un coucou qui n'avait jamais valu grand-chose et ne valait plus rien dans l'état où il se trouvait maintenant, mais le Polaroïd de Kevin. Cette partie de son esprit était persuadée qu'il était descendu prendre le Soleil 660 avant d'aller directement dans la cour, ne s'arrêtant un instant que pour prendre la masse.

Et c'était cette partie de son esprit qui garderait plus tard le souvenir des événements... à moins qu'il ne fût plus pratique de se rappeler une autre vérité. N'importe quelle autre vérité.

Pop Merrill souleva la masse au-dessus de son épaule droite et l'abattit avec force – pas avec autant de hargne que Kevin, mais avec suffisamment d'énergie pour faire le travail. Elle atteignit la copie de coucou allemand en plein sur le toit. La malheureuse pendule ne se cassa pas, elle *gicla* en morceaux. Des fragments de plastique imitant le bois, des pignons et des roues dentées minuscules volèrent dans toutes les directions. Et ce dont cette petite partie de Pop se rappellerait (sauf s'il devenait plus pratique de se souvenir d'autre chose) serait des fragments *d'appareil photo* volant en tous sens.

La masse retirée, il resta immobile quelques instants, contemplant le gâchis d'un œil qui ne voyait pas. L'oiseau, un bloc de photos pour Pop, un bloc de photos Polaroïd, gisait sur le dos, ses petites pattes de bois toutes raides, l'air encore plus mort que n'importe quel oiseau, mis à part ceux des dessins animés, et néanmoins miraculeusement intact. La scène bien enregistrée, il revint vers le hangar qui lui servait d'arrière-boutique.

« Bon, marmonna-t-il. Bonne chose de faite. »

Quelqu'un qui se serait trouvé près de lui, très près, même, n'aurait peut-être pas été capable de distinguer les mots, mais aurait été frappé par le soulagement qu'ils exprimaient.

« Faite et bien faite. Plus besoin de s'inquiéter de ça. Bon, et quoi, maintenant ? Une petite pipe ? »

Mais lorsqu'il se rendit au magasin, de l'autre côté de la rue, un quart d'heure plus tard, ce n'est pas du tabac à pipe qu'il demanda, sauf dans le souvenir qu'il en garda. Il demanda une pellicule.

Une pellicule pour Polaroïd.

13

« Kevin, je vais arriver en retard à mon travail si je ne...

– Tu peux les avertir, non ? Appelle-les et dis que tu ne pourras peut-être pas venir, d'accord ? Si c'est vraiment quelque chose de très, très important. ? »

Inquiet, John Delevan demanda : « C'est quoi, ce quelque chose ?

– Tu les appelleras ? »

Mary Delevan venait d'apparaître dans l'encadrement de la porte de la chambre, Meg sur les talons. Avec curiosité, elles regardaient toutes les deux l'homme en costume d'affaires et l'adolescent encore en sous-vêtements.

« Je suppose que oui, on peut toujours. Mais pas tant que je ne saurai pas de quoi il s'agit. »

Kevin baissa la voix et, jetant un bref coup d'œil en direction de la porte, murmura : « C'est à propos de Pop Merrill et du Polaroïd. »

John, tout d'abord intrigué par le coup d'œil oblique de son fils, se dirigea vers la porte. Il murmura quelque chose à sa femme, qui acquiesça. Puis il referma la porte, sans faire davantage attention aux protestations de Meg qu'à un oiseau pépiant à tort et à travers sur les fils du téléphone.

« Qu'est-ce que tu as dit à Maman ?

– Que c'était une histoire entre hommes, répondit John en esquissant un sourire. Je crois qu'elle pense que tu veux me parler de masturbation. »

Kevin s'empourpra.

John parut inquiet. « Tu ne le fais pas, n'est-ce pas ? Je veux dire, tu sais que...

– Je sais, je sais », le coupa hâtivement Kevin. Il n'avait pas envie de dire à son père ce qui l'avait désarçonné (il n'était pas sûr qu'il aurait pu trouver les mots, même s'il l'avait voulu), à savoir que son géniteur n'ignorait rien de la branlette – ce qui, évidemment, n'aurait pas dû le surprendre, mais cependant le prenait au dépourvu, et le laissait surpris de son propre étonnement – et que sa mère était également au courant.

Peu importait. Tout cela n'avait rien à voir avec les cauchemars, ni avec la nouvelle certitude qui venait de s'emparer de son esprit.

« C'est à propos de Pop, je t'ai dit. Et de mauvais rêves

que j'ai faits. Mais surtout, à propos de l'appareil photo. Parce que Pop me l'a volé, je ne sais pas comment.

– Voyons, Kevin...

– Je sais, je sais, je l'ai démoli moi-même sur son billot. Mais ce n'était pas le mien. C'était un autre appareil. Et il y a pire. Il prend encore des photos avec *mon* appareil ! Et ce chien va sortir ! Et quand il sortira, je crois qu'il viendra me tuer ! Dans cet autre monde, il a déjà commencé à s-s-s... »

Il fut incapable d'achever sa phrase. Kevin se trouva une fois de plus surpris par sa propre réaction : il éclata en sanglots.

Le temps que John Delevan eût calmé son fils, il était huit heures moins dix, et il s'était résigné à être au moins en retard à son travail. Il tenait Kevin dans ses bras – quoi que ce fût, le gamin était sacrement bouleversé. S'il ne s'agissait que d'une série de cauchemars, John supposait qu'il trouverait un problème sexuel en dessous de tout ça.

Lorsque Kevin, encore secoué de frissons, se mit à aspirer l'air à brusques bouffées entre d'occasionnels sanglots sans larmes, John alla ouvrir doucement la porte, avec l'espoir que Mary avait entraîné Meg en bas. Le couloir était vide. *C'est déjà un bon point pour nous*, se dit-il en revenant vers son fils.

« Peux-tu parler, maintenant ?

– Pop m'a subtilisé mon appareil », répondit Kevin d'une voix étranglée. Les yeux rouges, encore baignés de pleurs, il regardait son père d'un air presque myope. « Je ne sais pas comment, mais il s'en sert.

– Et c'est quelque chose que tu as rêvé ?

– Oui... mais il y a aussi autre chose dont je me souviens.

– Kevin... c'était *ton* Polaroïd. Je suis désolé, fiston, mais c'était le tien. On voyait même le petit morceau qui s'était écaillé, sur le côté.

– Il a dû trafiquer ça...

– Ça me paraît tout de même un peu tiré par les ch...

– Écoute-moi (Kevin parlait d'un ton précipité, maintenant), vas-tu m'écouter, à la fin ?

– Très bien, je t'écoute.

– Ce dont je me souviens, c'est que lorsqu'il m'a donné l'appareil – au moment de sortir pour l'écrabouiller, tu te rappelles ?

– Oui.

– J'ai regardé dans la petite fenêtre qui sert à compter les photos restantes. Et il y avait le chiffre trois, Papa ! Trois !

– Et alors ?

– Alors ? Ça veut dire qu'il contenait un film ! un

film ! D'ailleurs, je me souviens du truc noir brillant qui est tombé en voletant, quand j'ai cassé l'appareil.

– Je te répète : et alors ?

– *Il n'y avait aucun film dans l'appareil quand je l'ai donné à Pop !* Voilà quoi. J'avais fait vingt-huit photos. Il m'a demandé d'en prendre trente de plus, pour en avoir cinquante-huit en tout. J'aurais peut-être acheté davantage de films si j'avais su l'idée qu'il avait en tête, mais sans doute que non. J'avais déjà peur des choses qui...

– Oui, moi non plus, je n'étais pas tranquille. »

Kevin le regarda avec un respect nouveau. « Vraiment ?

– Ouais. Continue. Je crois que je vois où tu veux en venir.

– J'allais juste dire qu'il a participé à l'achat des films, mais pas beaucoup, même pas la moitié. C'est vraiment un sale radin, Papa. »

John eut un sourire retenu. « Exactement, mon garçon. L'un des plus sales radins de la terre, si je puis dire. Mais vas-y, explique-moi. Le *tempus* est en train de *fugiter* comme un fou. »

Kevin jeta un coup d'œil à sa pendulette. Presque huit heures. Aucun des deux ne le savait, mais Pop allait se réveiller dans deux minutes et vaquer à ses affaires matinales – affaires matinales dont il conserverait un souvenir assez bizarre.

« Très bien. Tout ce que j'essaie de dire, c'est que je n'aurais pas pu acheter de film supplémentaire, même si je l'avais voulu. Je me suis servi de tout l'argent que j'avais. J'ai même emprunté un dollar à Megan, en échange de quoi je lui ai laissé prendre deux photos.

– À tous les deux, vous avez tiré tous les clichés ? Sans exception ?

– Oui ! bien sûr ! Il a même dit lui-même qu'il y en avait vingt-huit. Et entre le moment où j'ai fini de prendre toutes les photos et celui où nous sommes allés voir la bande qu'il avait faite, je n'en ai pas racheté. Il était complètement vide lorsque je lui ai rapporté le Polaroïd, Papa ! Dans la petite fenêtre, le chiffre était zéro ! Je l'ai vu, je m'en souviens ! Alors, si c'était mon appareil, comment se fait-il qu'il y avait *trois* lorsque nous sommes redescendus ?

– Il n'aurait tout de même pas... » Son père s'interrompit et une étrange expression sinistre, inhabituelle chez lui, se peignit sur son visage : il venait de comprendre que Pop avait très bien pu, justement. Et que la vérité était celle-ci : lui, John Delevan, n'avait pas envie d'y croire. L'expérience pourtant bien plus amère qu'il avait eue avec le brocanteur n'avait pas suffi à le vacciner contre sa propre candeur, et Pop avait réussi à lui jeter de la poudre aux yeux tout aussi bien qu'à son fils.

« Il n'aurait tout de même pas quoi ? À quoi penses-tu, Papa ? Quelque chose vient de te frapper ! »

En effet, quelque chose venait de le frapper. La manière empressée avec laquelle Pop avait tenu à descendre pour prendre les clichés originaux afin qu'ils puissent tous les trois mieux voir l'objet qui pendait au cou du chien – l'objet qui s'avéra être la dernière cravate-cordon de tante Hilda, celle ornée de ce qui était probablement un pivert en guise de fermoir.

Kevin avait proposé qu'ils descendent avec lui, mais Pop s'était précipité, non ? *Il y en a pour une minute*, avait-il dit ou à peu près. Et John dut le reconnaître, c'était à peine s'il avait prêté attention à ce que le vieux brocanteur disait ou faisait, car il avait envie de revoir le maudit enregistrement. Autre chose : Pop n'avait même pas eu besoin de faire son tour de passe-passe sous leurs yeux – même si, maintenant que les siens étaient grands ouverts, John devait admettre à contrecœur que la vieille fripouille s'était probablement préparée à faire exactement ce numéro-là, et qu'il aurait sans doute pu y parvenir, malgré ses soixante-dix ans bien sonnés. Pendant qu'ils étaient au premier étage, et lui au rez-de-chaussée, sous prétexte d'aller chercher les photos de Kevin, il aurait pu tranquillement escamoter vingt appareils.

« Papa ?

– Je suppose qu'il a pu le faire. Mais pourquoi ? »

Kevin se résigna à secouer la tête. Il ignorait la réponse. Mais ça ne faisait rien ; son père pensait qu'il avait pu le faire, et c'était un soulagement. Les honnêtes gens n'ont peut-être pas besoin de réapprendre constamment les vérités les plus élémentaires ; peut-être certaines de ces vérités leur restent-elles solidement accrochées dans le crâne. Il n'eut qu'à poser la question à voix haute pour trouver la réponse. Pourquoi tous les Pop Merrill du monde se donnent du mal ? Pour en tirer un profit. C'était la raison, toute la raison, l'unique raison. Kevin avait voulu détruire l'appareil ; après avoir visionné l'enregistrement, John avait été d'accord avec son fils. Des trois, lequel avait été capable de voir un peu plus loin ?

Pop, évidemment. Reginald Marion « Pop » Merrill.

Resté jusqu'ici assis sur le bord du lit, un bras passé autour des épaules de Kevin, John se leva. « Habille-toi. Moi je descends téléphoner. Je dirai à Brandon que je serai sans doute simplement en retard, mais qu'il fasse comme si je ne devais pas venir du tout. »

Cette démarche le préoccupait, et il préparait déjà dans sa tête ce qu'il allait dire à Brandon Reed, mais pas au point de ne pas remarquer l'expression de gratitude qui vint illuminer le visage inquiet de son fils. John esquissa un sourire, et l'air sinistre qu'il arborait disparut rapidement. Il y avait au moins ceci de clair : son fils n'était pas encore assez grand pour se passer du réconfort de son père. Il l'envisageait encore comme une puissance supérieure à laquelle on pouvait parfois s'adresser, sachant qu'elle agirait en conséquence. Et John lui-même n'était pas trop vieux pour être réconforté du réconfort qu'il apportait à son fils.

« Je crois, dit-il en se dirigeant vers la porte, que nous devrions faire une petite visite à Pop Merrill. » Il jeta un coup d'œil à la pendulette, sur la table de nuit de Kevin. Il était huit heures dix, et à cet instant-là, dans l'arrière-cour de l'Emporium Galorium, une masse s'abattait sur une copie de coucou allemand. « Il ouvre d'habitude autour de huit heures trente. Le bon moment pour débarquer, à mon avis, pourvu que tu te grouilles un peu. »

Il s'arrêta avant de sortir, et un sourire froid étira un instant ses lèvres. Il n'était pas adressé à son fils. « Je crois qu'il a quelques explications à nous donner, voilà ce que je veux dire. »

John Delevan sortit et referma la porte derrière lui. Kevin commença à s'habiller rapidement.

14

Le Super Drug Store LaVerdiere de Castle Rock était bien plus qu'un simple drugstore. Autrement dit, il était également une pharmacie mais par raccroc. Comme si quelqu'un, au dernier moment (par exemple juste avant l'ouverture en fanfare), s'était aperçu que l'enseigne comportait le mot « Drug » – drogue, soit un synonyme de médicament. Comme si ce quelqu'un avait pris une note mentale pour dire à un autre quelqu'un, à la direction de la société, disons, qu'ils venaient encore d'ouvrir un LaVerdiere et avaient une fois de plus négligé de corriger l'enseigne, afin qu'on ne lise plus que Super Store LaVerdiere (ce qui serait plus simple et plus approprié). Après quoi, l'auteur de la note mentale avait retardé l'ouverture d'un jour ou deux, juste le temps de glisser un comptoir pharmaceutique de la taille d'une cabine téléphonique dans le recoin le plus sombre, le plus sinistre et le plus éloigné de la porte du magasin.

Le Super Drug Store LaVerdiere n'était en fait rien de plus qu'une supérette. Le dernier magasin de ce genre de la ville – une vaste salle mal éclairée par des globes lardés de chiures de mouches et suspendus à des chaînes, se reflétant vaguement dans le plancher abondamment ciré aux craquements arthritiques – s'était appelé le Ben Franklin Store. Il avait tiré le rideau en 1978 pour laisser la place à une arcade de jeux vidéo, parties gratuites le mardi, où les moins de vingt ans n'avaient pas accès à l'arrière-salle.

LaVerdiere vendait tout ce que le vieux Ben Franklin avait eu en rayon, mais les objets baignaient dans l'impitoyable lumière de barres fluo Maxi-Glo, qui donnaient à la moindre babiole un éclat fiévreux. *Achetez-moi !* proclamaient-elles d'un ton strident. *Achetez-moi, sinon vous pourriez mourir ! Vous ou votre femme ! Ou vos enfants ! Peut-être même tous vos enfants d'un coup ! Ou votre meilleur ami ! Pourquoi ? Quoi, pourquoi ? Moi, je ne suis qu'une babiole décervelée posée sur une étagère en préfabriqué, chez LaVerdiere. Mais est-ce que ça ne sonne pas juste ? Vous savez bien que si ! Alors achetez-moi, achetez-moi tout de suite... MAINTENANT !*

Il y avait une allée pour la mercerie, deux pour les produits de soins et les remèdes à la gomme, une pour les bandes audio et vidéo (vierges ou enregistrées). Il y avait un long présentoir à journaux, se prolongeant par des étagères de livres de poche, une vitrine de briquets sous l'une des caisses enregistreuses numériques, et une vitrine de montres sous une autre (une troisième caisse se dissimulait dans le coin sombre où le pharmacien officiait, solitaire, au milieu des ombres). Les friandises de Halloween avaient envahi l'essentiel de l'aile des jouets (ceux-ci reviendraient après Halloween, et finiraient par conquérir deux allées complètes à mesure que s'avanceraient, impitoyables, les fêtes de Noël). Et, semblable à quelque chose de trop incroyable pour se manifester dans la réalité – sauf à admettre aveuglément l'existence d'un Destin avec un grand D, sauf à admettre encore que ce Destin puisse, à sa manière, donner des indices de l'existence de cet « autre monde » dont Pop, jusqu'ici, ne s'était jamais soucié (si ce n'est dans la mesure où il était source de revenus, cela va de soi) et auquel Kevin Delevan n'avait pas encore eu l'occasion de penser – trônait sur le présentoir principal, à l'entrée du magasin, un chef-d'œuvre d'étalagiste sous un panneau proclamant : FESTIVAL D'AUTOMNE DE LA PHOTO.

Il s'agissait d'un panier d'où des feuilles aux couleurs de l'automne débordaient sur le plancher en une vague multicolore (vague trop grosse pour avoir été contenue dans le panier, aurait remarqué un observateur attentif). Parmi les feuilles étaient disposés un certain nombre d'appareils Kodak et Polaroïd – dont plusieurs Soleil 660 – et toute une gamme de matériel relatif à la photo : rangement, albums, pellicules, blocs de flash. Au milieu de cette insolite corne d'abondance se dressait un tripode ancien qui faisait penser aux machines martiennes à semer la mort inventées par H. G. Wells dans *La Guerre des mondes*. Un panonceau y était accroché, indiquant à l'« aimable clientèle » (celle qui prenait la peine de contempler ce déballage) que cette semaine, elle pouvait obtenir des SUPER-RÉDUCTIONS SUR LES APPAREILS POLAROÏD ET LEURS ACCESSOIRES !

À huit heures trente ce matin-là, soit une demi-heure après l'ouverture du magasin, « l'aimable clientèle » se réduisait à la seule personne de Pop Merrill. Il ne fit pas attention au panier, et se dirigea droit sur le seul comptoir ouvert, où Molly Durham venait juste de terminer la mise en place des montres, sur leur tissu en imitation de velours.

Oh ! non, voilà le vieux Mateur, pensa-t-elle avec une grimace. La meilleure façon que connaissait Pop de tuer le temps pour une durée équivalente à celle qu'il fallait à Molly pour faire sa pause-café consistait à dériver à une vitesse d'escargot vers le comptoir où travaillait la jeune femme (il la choisissait toujours, y compris s'il devait faire la queue ; elle le soupçonnait même de préférer qu'il y eût la queue) pour acheter une pochette de tabac à pipe Prince Albert. Un achat que n'importe qui aurait fait en trente secondes, peut-être. Elle considérait néanmoins qu'elle s'en était bien sortie si elle arrivait à se débarrasser du vieux Mateur en moins de trois minutes. Il conservait son argent dans une bourse en cuir craquelé, retenue par une chaîne, et commençait par l'extraire d'une poche profonde, non sans faire au passage un petit câlin à ses valseuses (telle était l'impression qu'avait Molly). Puis il l'ouvrait ; elle émettait un petit crissement et on s'attendait à en voir sortir une mite, comme dans les dessins humoristiques qui ridiculisent les radins. Sur le dessus, on voyait un amas de petites coupures, des billets qui donnaient envie de les manipuler avec des pincettes, tant la couche de crasse qui les recouvrait faisait l'effet d'un paradis à microbes ; au-dessous, les pièces. Pop commençait par repêcher un billet de un dollar puis, retenant sur le côté la masse des autres billets avec l'un de ses doigts épais, il farfouillait dans la monnaie métallique – jamais il n'aurait donné deux dollars, non-non, les choses auraient été trop rapides – et finissait par en extirper les pièces. Pendant tout ce temps, ses yeux ne cessaient de s'activer, ne jetant que quelques brefs coups d'œil vers la bourse (il se fiait à son toucher pour sélectionner ses pièces). Son regard rampait des nénés de Molly à son ventre, à ses hanches, pour remonter de nouveau à ses nénés. Jamais jusqu'à son visage ; même pas jusqu'à ses lèvres, partie de l'anatomie des filles qui semblait pourtant passionner la plupart des hommes. Non, Pop Merrill s'intéressait exclusivement à tout ce qui se trouvait entre le cou et le haut des cuisses. Lorsqu'il avait terminé – quel que fût le temps réellement passé, il paraissait toujours trop long à Molly – et qu'il repassait enfin la porte pour aller au diable, elle avait toujours la même envie : aller prendre une longue douche.

Elle s'arma donc de tout son courage, accrocha sur son visage le masque il-est-huit-heures-trente-et-je-dois-sourire-comme-ça-jusqu'à-ce-soir, et demeura bravement derrière son comptoir tandis que Pop s'approchait. Elle se dit : *Il ne fait que me regarder, les types ne cessent de le faire depuis que tu as des nénés...* Exact : mais là, ce n'était pas pareil. Parce que Pop Merrill n'était pas comme la plupart des types qui laissaient traîner leurs yeux sur la carrosserie éminemment regardable de Molly depuis l'époque en question, dix ans auparavant. Cela tenait en partie à ce que Pop était vieux, mais ce n'était pas tout. La vérité était que certains types vous regardaient tandis que d'autres – beaucoup plus rares – paraissaient vous tripoter avec les yeux, et Pop Merrill était du nombre. Son regard semblait peser sur vous. Pendant qu'il fouillait dans son porte-monnaie crissant de vieille fille, au bout de sa grosse chaîne à la virilité incongrue, c'était comme si elle avait senti ses yeux la toucher partout où ils se posaient, grouillant le long de ses courbes comme des têtards avec une queue en nerf optique, se coulant avec une souplesse de larve dans ses creux. Ces jours-là, elle regrettait de ne pas porter une robe de religieuse. Ou mieux, une armure complète.

Sa mère avait coutume de dire qu'il fallait endurer ce qu'on ne pouvait pas changer. Tant que personne n'aurait découvert un moyen de peser les regards des jeunes comme des vieux cochons et de les mettre hors la loi, ou, plus vraisemblablement, tant que Pop Merrill ne ferait pas à la population de Castle Rock le plaisir de claquer afin que l'on pût enfin jeter à bas cette verrue de piège à touristes qu'était sa boutique, elle devrait se faire une raison.

Mais aujourd'hui, une agréable surprise l'attendait. Ce fut du moins sa première impression. En lieu et place de ses yeux avides et gloutons, Pop avait non pas le regard des clients ordinaires, mais un visage totalement dénué d'expression. On ne pouvait dire qu'il regardait à travers elle, ou que son regard rebondissait sur elle. Il semblait tellement perdu dans ses pensées que ce regard d'ordinaire si inquisiteur n'arrivait à faire que la moitié du chemin, aurait-on dit, et là, se dissolvait. Le regard d'un homme qui cherche à identifier, à l'œil nu, une étoile au fin fond de la galaxie.

« Puis-je vous aider, monsieur Merrill ? » demanda-t-elle tandis que ses chevilles s'apprêtaient déjà à faire demi-tour en direction des pochettes de tabac. Avec Pop, c'était un mouvement qu'elle avait l'habitude de hâter car, lorsqu'elle lui tournait le dos, elle sentait deux yeux qui cheminaient littéralement sur ses fesses, descendaient un bref instant sur ses jambes, et remontaient à son postérieur pour un dernier pelotage oculaire, voire un petit pincement.

« Oui », répondit-il d'un ton calme et serein. Vu le peu d'intérêt qu'il manifestait, il aurait pu tout aussi bien s'adresser à un guichet automatique de banque. Pour Molly, c'était parfait. « Je voudrais des » – puis, soit un mot qu'elle n'avait pas compris, soit un absolu charabia. Si c'était du charabia, se dit-elle avec un certain espoir, peut-être était-ce le signe avant-coureur que le réseau de digues, talus, écluses et déversoirs que ce vieux chnoque avait édifié contre la marée montante de la sénilité allait enfin lâcher.

On aurait dit qu'il avait prononcé quelque chose comme *pellabacapulle*, un produit que le magasin n'avait pas en stock... à moins qu'il ne s'agisse d'une ordonnance.

« Je vous demande pardon, monsieur Merrill ?

– Des pellicules », se reprit-il, d'un ton si ferme et net que Molly fut plus que désappointée. Elle était convaincue qu'il avait prononcé de travers exprès, pour qu'elle ne pût comprendre. Peut-être était-ce elle, dont les digues commençaient à craquer.

« Quel marque voulez-vous ?

– Polaroïd. Deux paquets. » Elle ne savait pas très bien ce qui se passait, mais il ne faisait aucun doute que le pire des vieux cochons de Castle Rock n'était pas lui-même, aujourd'hui. Ses yeux ne s'accommodaient toujours pas, et sa façon de parler... ça lui rappelait quelque chose, quelque chose qui avait un rapport avec sa nièce de cinq ans, Ellen, mais elle n'arrivait pas à voir quoi.

« Pour quel modèle, monsieur Merrill ? »

Elle trouvait qu'elle s'exprimait d'un ton particulièrement seyant et étudié, mais Pop Merrill n'y prêta pas la moindre attention. Il dérivait dans la couche d'ozone.

Après quelques instants de réflexion pendant lesquels il ne la regarda pas du tout, mais demeura au contraire l'air absorbé par la contemplation du présentoir à cigarettes, par-dessus l'épaule de la jeune femme, il lâcha soudain : « Pour un Polaroïd Soleil. Modèle 660. »

C'est alors que ça lui revint, au moment où elle lui répondait qu'elle devait aller les prendre dans l'étalage. La nièce de Molly possédait un gros panda en peluche qu'elle avait baptisé Paulette, pour des raisons que seule une autre petite fille de son âge aurait pu comprendre. Dans le corps de Paulette était installé un système électronique avec en mémoire environ quatre cents phrases simples, comme « J'aime qu'on me prenne dans les bras, pas toi ? » ou encore « Je voudrais être toujours avec toi ». À chaque fois qu'on donnait un petit coup sur le nombril en fourrure de Paulette, il y avait un court silence, puis tombait l'une de ces délicieuses petites remarques, comme éructée par une voix lointaine et dépourvue d'émotion, dont le ton semblait contredire le sens des paroles. Ellen était folle de Paulette. Molly lui trouvait quelque chose d'inquiétant et s'attendait à ce qu'un jour ou l'autre, le panda en peluche les surprît tous (sauf tante Molly de Castle Rock) en disant ce qu'il avait réellement en tête : « Je crois que cette nuit, je vais t'étrangler dans ton sommeil. » Ou, plus simplement encore : « J'ai un couteau. »

Le ton de Pop Merrill était semblable à celui de Paulette le Panda, ce matin. Son regard quasi vitreux rappelait mystérieusement celui de la peluche. Molly s'était imaginé que tout événement qui transformerait l'attitude libidineuse du vieil homme serait le bienvenu. Elle s'était trompée.

La jeune femme se pencha sur l'étalage, pour une fois inconsciente de la manière provocante dont sa croupe ressortait, et essaya de trouver la pellicule le plus vite possible. Elle était sûre que lorsqu'elle se retournerait, Pop regarderait tout ce qu'on voudrait, sauf elle. Ce coup-ci, elle eut raison. Lorsqu'elle revint, la pellicule à la main, Pop était toujours perdu dans la contemplation des paquets de cigarettes alignés, l'air tellement concentré qu'on aurait pu croire qu'il en faisait l'inventaire. Il fallut à Molly une ou deux secondes pour réaliser que cette expression traduisait en fait une absence d'expression, une espèce de vacuité presque divine.

Je vous en prie, allez-vous-en d'ici, supplia mentalement Molly. *S'il vous plaît, prenez votre paquet de pellicules et allez-vous-en. Et quoi qu'il arrive, ne me touchez pas, surtout ne me touchez pas.*

Sinon, Molly en était sûre, elle crierait. Pourquoi le magasin était-il donc si désert ? Comment se faisait-il qu'il n'y eût pas un seul client, le shérif Pangborn, de préférence ? Ou, puisqu'il était manifestement occupé ailleurs, n'importe qui ? M. Constantine, le pharmacien, devait se trouver quelque part dans le LaVerdiere, mais le comptoir de la pharmacie semblait se trouver à au moins quatre cents mètres. Même si elle savait bien qu'il n'était pas aussi loin, il le restait tout de même trop pour que le pharmacien pût arriver rapidement, si jamais le vieux Merrill la touchait. Et si M. Constantine avait été prendre un café chez Nan's avec M. Keeton, le secrétaire de mairie ? Plus elle pensait à cette possibilité, plus celle-ci se transformait en certitude. Lorsque quelque chose d'aussi aberrant se produisait, fallait-il donc toujours que ce fût quand on était toute seule ?

Il est en train de faire une sorte de dépression mentale.

Molly s'entendit dire, avec une voix faussement joyeuse : « Voilà, monsieur Merrill. » Elle posa la pellicule sur le comptoir dont elle fit rapidement le tour pour aller se mettre à l'abri, derrière la caisse.

L'antique bourse de cuir sortit de la poche de pantalon de Pop Merrill, tandis que les doigts de Molly bégayaient sur le clavier – elle dut refaire le total.

Il lui tendait deux billets de dix dollars.

Elle tâcha de se convaincre qu'ils étaient simplement chiffonnés à force d'être restés tassés avec les autres dans ce petit porte-monnaie, de se persuader qu'ils n'étaient pas si vieux que ça, même s'ils en avaient l'air. Cependant, cela n'arrêta pas son esprit lancé au triple galop, qui voulait absolument qu'ils ne fussent pas seulement froissés, mais aussi gluants. D'après elle, le mot *vieux* ne convenait pas, il n'était même pas de mise : ces billets étaient des antiquités, des billets préhistoriques, imprimés avant la naissance du Christ et la construction des pyramides, avant que Néandertal, avec son crâne bas et son cou rentré dans les épaules, ne sortît de sa caverne. Ils appartenaient à une époque où Dieu lui-même était un bébé.

Elle ne voulait pas les toucher.

Il le fallait, pourtant.

Le vieux allait vouloir sa monnaie.

Rassemblant son courage, elle prit les billets et les fourra dans le tiroir-caisse, aussi loin que possible, mais si brutalement qu'elle se cogna un doigt et en déchira presque tout l'ongle, douleur d'ordinaire aiguë que, dans l'état où elle se trouvait, elle ne remarquerait qu'un peu plus tard… lorsqu'elle aurait suffisamment repris le contrôle de ses nerfs pour se blâmer de s'être comportée comme une gamine hystérique à la veille de ses premières règles.

Sur le moment, néanmoins, elle ne pensa qu'à une chose : encaisser au plus vite les billets et retirer sa main. Mais, même plus tard, elle se souviendrait de la sensation qu'ils lui avaient procurée. Impression de les sentir fourmiller sous le bout de ses doigts, comme si des milliards de microbes – tellement énormes qu'on aurait pu les voir à l'œil nu – se précipitaient vers elle, pressés de le transmettre la maladie *qu'il* avait.

Oui, mais il allait vouloir sa monnaie.

Elle se concentra sur cette idée, les lèvres tellement serrées qu'elles étaient d'une pâleur mortelle. Quatre billets de un dollar, qui ne voulaient pas, absolument pas se détacher de la pince qui les retenait dans le tiroir. Puis une pièce de dix cents, oh bordel, il n'y avait pas de pièces de dix, mais qu'est-ce qu'elle avait, qu'avait-elle fait au bon Dieu pour avoir si longtemps sur le dos ce vieil homme bizarre, justement le matin même où, pour la première fois depuis des temps immémoriaux, il paraissait vouloir ressortir d'ici le plus vite possible ?

Elle récupéra une pièce de cinq cents, la présence silencieuse et malodorante du brocanteur pesant sur elle (elle avait l'impression que lorsqu'elle devrait finalement relever la tête, elle le verrait penché vers elle pardessus le comptoir). Puis elle attrapa trois pièces d'un cent, quatre, cinq, laissa échapper la cinquième parmi celles de vingt-cinq cents, dut la repêcher avec des doigts froids et engourdis... Elle faillit la lâcher une deuxième fois (elle sentait la sueur qui jaillissait sur sa nuque et au-dessus de sa lèvre supérieure). Étreignant les pièces dans sa main – non sans prier pour qu'il ne tendît pas la sienne pour les recevoir et la fasse risquer de toucher sa peau sèche et reptilienne, mais sachant cependant qu'il allait le faire –, elle releva les yeux. Les muscles de son visage étiraient ses joues en un joyeux sourire LaVerdiere qui avait tout du hurlement rentré. Elle essayait de se préparer à *ça* aussi, se disant qu'après ce serait fini, et t'occupe de l'image que son imbécile d'imagination tentait à tout prix d'évoquer, image de cette main sèche se refermant brusquement sur la sienne comme la serre de quelque horrible oiseau, non pas un oiseau de proie, non, mais un charognard. Elle se dit alors que non, qu'elle ne voyait pas ces images, absolument pas, quoiqu'elle les vît tout de même. Elle leva les yeux, arborant le sourire hurlant sur son visage, aussi intense qu'un hurlement au meurtre par une chaude nuit d'été, mais le magasin était vide.

Pop était parti.

Sorti pendant qu'elle cherchait sa monnaie.

Molly se mit à frissonner de tout son corps. Si elle avait eu besoin d'une nouvelle preuve que le vieux chnoque ne tournait pas rond, elle la tenait. Une preuve absolue, indubitable, une preuve en béton armé : pour la première fois (et pas seulement dans ses souvenirs, aurait-elle pu parier sans risque, mais dans ceux des citoyens les plus anciens de cette ville), Pop Merrill, qui refusait de donner le moindre pourboire même dans les rares occasions où il était obligé de manger dans un restaurant qui ne livrait pas à domicile, venait de quitter un lieu de transactions financières sans prendre sa monnaie.

Molly voulut ouvrir la main et relâcher les pennies, le nickel et les quatre billets d'un dollar. Médusée, elle se rendit compte qu'elle n'y arrivait pas. Elle dut se servir de son autre main pour desserrer ses doigts. La monnaie de Pop dégringola sur le dessus en verre du comptoir, et elle la repoussa de côté, ne voulant plus y toucher.

Comme elle ne voulait plus jamais revoir Pop Merrill.

15

Pop conserva la même vacuité de regard après avoir quitté LaVerdiere. Il l'avait toujours en traversant le trottoir, les boîtes de film à la main. Elle disparut pour laisser la place à une vigilance plus ou moins inquiète lorsqu'il atteignit le caniveau… dans lequel il s'arrêta brusquement, un pied encore sur le trottoir, l'autre posé parmi les mégots de cigarettes et les emballages de chips vides. Apparut alors un Pop Merrill que Molly n'aurait pas reconnu, mais qu'auraient immédiatement identifié tous ceux qui s'étaient fait rançonner par lui. Ce n'était ni Merrill le Vicelard ni Merrill le Robot, mais Merrill l'Animal, tous ses sens en éveil. Il se trouva *là* sur-le-champ, présent d'une manière qu'il affichait rarement en public. Laisser voir autant de soi-même aux autres, de l'avis de Pop, n'était pas une bonne idée. Ce matin, cependant, il était loin d'avoir la maîtrise de tous ses moyens, et de toute façon, il n'y avait personne pour l'observer. Un badaud, s'il s'en était trouvé un, n'aurait pas vu Pop, le folklorique philosophe de comptoir, ni même Pop, le roi du marchandage, mais quelque chose comme *l'esprit* de cet homme. En cet instant de présence absolue, Pop avait l'air d'être lui-même une fripouille de chien, un clébard errant ensauvagé qui vient de s'immobiliser dans un poulailler, au cœur de la nuit, ses oreilles en lambeaux redressées, la tête droite, dévoilant des crocs rouges de sang, à l'écoute de bruits en provenance de la ferme, un maraudeur qui pense au fusil de chasse avec ses deux trous noirs en forme de huit couché. Le chien ignore tout de ce symbole, mais même un corniaud est capable de reconnaître la forme imprécise de l'éternité si ses instincts sont suffisamment affûtés.

De l'autre côté de la place, il apercevait la façade jaune pipi de l'Emporium Galorium, légèrement en retrait par rapport à ses plus proches voisins : l'immeuble vacant qui avait abrité une laverie automatique jusqu'au début de l'année, le restaurant Nan's Luncheonnette, et Cousi-Cousette, le magasin de confection qui faisait également mercerie, tenu par l'arrière-petite-fille de Evvie Chalmers, Polly – une femme dont nous aurons l'occasion de reparler ailleurs.

Il y avait des places de parking en épi, en face des

boutiques de Lower Main Street, toutes inoccupées… toutes sauf une, dans laquelle venait de se glisser une Ford break que Pop reconnut aussitôt. On entendait parfaitement le bruit de son ralenti dans l'air calme du matin. Puis le moteur s'arrêta, les feux de stop s'éteignirent, Pop retira le pied posé dans le caniveau et battit prudemment en retraite vers l'angle du LaVerdiere. Là, il resta aussi immobile que le chien dans le poulailler alerté par un bruit anormal – le genre de bruit que pourraient négliger des chiens moins vieux ou moins expérimentés, dans la frénésie du carnage.

John Delevan descendit du côté conducteur, le garçon du côté passager. Ils allèrent à l'Emporium Galorium. L'homme cogna avec impatience à la porte, assez fort pour que le bruit parvînt nettement à Pop, comme l'avait fait le ralenti du moteur. Delevan s'interrompit, l'homme et son fils tendirent l'oreille, et le père recommença, mais en martelant cette fois le battant. Pas besoin d'être un extralucide pour se rendre compte qu'il était en pétard.

Ils ont compris, pensa Pop. *Je ne sais pas comment, mais ils ont compris. Heureusement que j'ai démoli le foutu appareil.*

Il resta au coin du LaVerdiere encore un moment, parfaitement immobile, mis à part quelques battements de ses lourdes paupières, puis il se faufila dans l'allée qui séparait le drugstore de la banque voisine. Il se déplaçait avec une telle souplesse qu'un homme ayant cinquante ans de moins aurait pu envier la précision sans effort de ses mouvements.

Pop songea que, ce matin, il serait peut-être plus prudent de retourner chez lui par l'omnibus qui s'arrête non loin de l'arrière-cour.

16

Sans réponse, John Delevan cogna une troisième fois à la porte, avec tellement de force que les vitres tremblèrent dans leurs gencives de mastic pourri, et qu'il en eut mal à la main. C'est la douleur qui lui fit réaliser à quel point il était en colère. Non pas qu'il trouvait sa colère injustifiée au regard de ce que Pop Merrill avait fait, mais avoir attendu jusqu'à maintenant pour comprendre les raisons de sa colère le surprenait (d'autant que plus il y pensait, plus il était sûr que son fils avait vu juste).

On dirait bien que c'est une journée où je vais en apprendre sur moi-même, songea-t-il, non sans un peu de vanité. Du coup, il sourit et se détendit légèrement.

Kevin ne souriait pas et n'avait aucunement l'air détendu.

« Trois choses ont pu se produire, à mon avis, dit John

à son fils. Soit Merrill n'est pas levé, soit il ne veut pas répondre à la porte, soit il a compris qu'on avait flairé quelque chose et il a filé avec ton appareil. » Il se tut, puis partit d'un petit rire. « Je me demande s'il n'y en a pas une quatrième. Il est peut-être mort dans son sommeil.

– Non, il n'est pas mort. » Kevin avait la tête tout contre la vitre sale de la porte qu'il regrettait si amèrement d'avoir franchie un jour. Il se tenait les mains en coupe pour faire de l'ombre, car le soleil du matin jetait des reflets aveuglants sur la vitre. « Regarde. »

John imita son fils, et appuya son nez contre la vitre. Côte à côte, tournant le dos à la place, ils scrutaient la pénombre de l'Emporium Galorium : jamais on n'avait vu d'amateurs de lèche-vitrines aussi passionnés. « Eh bien, remarqua-t-il au bout de quelques secondes, s'il a filé, c'est en abandonnant toute sa merde, on dirait.

– Ouais, mais c'est pas ça que je veux dire. Tu ne le vois pas ?

– Je devrais voir quoi ?

– Accroché au poteau. Celui à côté de la commode avec toutes les horloges dessus. »

Au bout d'un instant, John le découvrit à son tour : un Polaroïd pendu par son harnais à un crochet fiché dans le poteau. Il avait même l'impression de voir la partie écaillée, mais ce n'était peut-être que son imagination.

Ce n'est pas ton imagination.

Le sourire s'évanouit de ses lèvres lorsqu'il commença à comprendre qu'il ressentait la même chose que Kevin : la certitude malsaine et désolante qu'un mécanisme simple mais terriblement dangereux continuait de fonctionner... et, contrairement aux horloges de Pop, sans le moindre retard.

« À ton avis, il est là-haut dans son appartement, en train d'attendre notre départ ? » John ne faisait que penser à voix haute. Le verrou qui fermait la porte avait l'air neuf et coûteux. Il était cependant prêt à parier que si l'un d'eux – Kevin, probablement plus en forme, de préférence – se jetait avec assez de force sur le battant, il ferait éclater les montants vétustes. Il songea avec raison : *Une serrure vaut ce que vaut la porte. Les gens n'y pensent jamais.*

Kevin tourna un visage tendu vers son père. John en fut frappé, tout comme Kevin l'avait été par le sien, il n'y avait pas si longtemps. Il pensa : *Je me demande combien de pères ont l'occasion de voir la tête qu'aura leur fils, une fois adulte ? Il n'aura pas toujours cette expression tendue et ces traits tirés – Seigneur, j'espère bien que non ! – mais c'est à ça qu'il ressemblera. Et bordel, quel bel homme il fera !*

Comme Kevin, il éprouva ce temps arrêté au milieu de ce qui se passait (quoi, au juste ?), un moment bref, mais qu'il n'oublia jamais, lui non plus ; il resta toujours à portée de sa pensée.

« Quoi ? fit Kevin d'une voix étranglée. Quoi, Papa ?

– Tu veux démolir la porte ? Parce que je suis d'accord.

– Pas encore. Je ne crois pas que ce sera la peine. Je ne pense pas qu'il soit là... mais il n'est pas loin. »

Tu ne peux pas savoir un truc pareil. Tu ne peux même pas le penser !

Mais son fils le pensait, et il savait que son fils avait raison. Une sorte de lien s'était créé entre Kevin et Pop. « Une sorte de lien » ? *Sois sérieux, mon vieux. Tu sais très bien de quoi il s'agit.* De cette saloperie d'appareil photo accroché là. Plus le mécanisme s'enclenchait, plus ses pignons et ses cardans vicieux et sans âme tournaient, moins il aimait ça.

Démolis l'appareil, romps ce lien, pensa-t-il avant de dire : « En es-tu bien sûr, Kev ?

– Faisons le tour par-derrière. La porte sera peut-être ouverte.

– C'est un portail. Il y aura sûrement un cadenas.

– On pourra toujours l'escalader.

– D'accord. »

John Delevan emboîta le pas à son fils pour descendre

les marches de l'Emporium Galorium et rejoindre l'allée, se demandant s'il n'avait pas perdu l'esprit.

Le portail n'était pas fermé. Pop avait dû l'oublier. Si John n'avait pas trop aimé l'idée d'escalader le portail, voire d'en tomber au risque de s'écraser les couilles, le fait de trouver le portail ouvert lui plaisait encore moins. Ils pénétrèrent néanmoins dans l'arrière-cour en pagaille ; même les amas colorés de feuilles mortes ne parvenaient pas à l'embellir.

Suivi de son père, Kevin se faufila au milieu des tas d'ordures que Pop avait sortis de la boutique sans se soucier de les transporter à la décharge. Ils approchèrent du billot au moment où Pop sortait de l'arrière-cour de Mme Althea Linden pour passer sur Mulberry Street, à un coin de rue à l'ouest. Il avait l'intention de suivre cette rue jusqu'à la hauteur des bureaux de la Wolf Jaw, une entreprise d'exploitation forestière. Même si les camions chargés de bois de la Wolf Jaw roulaient déjà depuis un moment, même si les tronçonneuses de la Wolf Jaw miaulaient et hurlaient depuis six heures trente dans les forêts en voie de disparition de l'ouest du Maine, les bureaux, eux, ne verraient personne avant neuf heures, ce qui lui laissait un bon quart d'heure. L'arrière-cour de la société, minuscule, était entourée d'une haute palissade dont le portail était fermé à clef – mais Pop avait un double de cette clef. Il passerait par ce portail et, de là, dans sa propre arrière-cour.

Kevin atteignit le billot. John le rejoignit et suivit le regard de son fils. Il cligna des yeux, ouvrit la bouche pour demander ce que cela pouvait bien signifier, nom d'un foutre, puis la referma. Il commençait à se faire une petite idée de ce qui avait pu se passer, sans avoir besoin d'interroger Kevin. Il était malsain d'avoir de telles idées, elles n'étaient pas naturelles. Il savait d'expérience (une expérience amère dans laquelle Reginald Marion « Pop » Merrill avait joué un rôle, comme il l'avait raconté récemment à son fils) qu'agir sous le coup d'une impulsion était un excellent moyen de prendre la mauvaise décision, mais ça n'avait plus d'importance. Même s'il ne se le disait pas en ces termes, John Delevan espérait bien remplir un formulaire de réadmission dans la Tribu des Rationnels-Raisonnables quand tout cela serait terminé.

Il crut tout d'abord contempler les restes émiettés d'un appareil Polaroïd. Ce n'était bien entendu que son esprit qui tentait de mettre un peu d'ordre en revenant à des choses connues. Ce qui gisait sur le billot et tout autour ne ressemblait en rien à des débris d'appareil photo, Polaroïd ou autres. Tous ces pignons et toutes ces roues dentées ne pouvaient appartenir qu'à une horloge. Puis il aperçut l'oiseau mort de bande dessinée et comprit de quel type de pendule il s'agissait. Il ouvrit la bouche pour demander à Kevin pourquoi, au nom du ciel, Pop aurait démoli un coucou à coups de masse. Puis il réfléchit et songea qu'au fond, la question était inutile. La réponse commençait à se former dans son esprit. Il aurait préféré rester dans l'ignorance, car elle concluait à la crise de démence, à une échelle qui semblait démesurée à John Delevan ; mais n'empêche, elle se formait.

Un coucou, ça s'accrochait quelque part. Forcément, à cause des contrepoids. Et à quoi l'accrochait-on ? À un crochet, évidemment.

Un crochet ou un clou dépassant d'un poteau, par exemple.

Comme celui où se trouvait accroché le Polaroïd de Kevin.

Il parla enfin, et les mots paraissaient venir de très loin : « Qu'est-ce qui lui arrive, Kevin ? Est-il devenu fou ?

– Pas *devenu* », répondit Kevin, dont la voix paraissait elle aussi très lointaine. Il se tenait à côté du billot, parcourant des yeux les restes de la malheureuse pendule. « Il a été poussé à la folie. Par l'appareil.

– Il faut qu'on le démolisse », observa John. Ses paroles semblaient venir flotter à ses oreilles longtemps après avoir été prononcées.

« Pas encore, dit Kevin. On va commencer par aller au drugstore. Ils font une promotion spéciale en ce moment.

– Une promotion spéciale sur qu... »

Kevin lui toucha le bras. John le regarda. L'adolescent avait la tête tournée vers lui, et ressemblait à un daim qui sent l'odeur de l'incendie. Il était plus que beau, en cet instant-là, presque divin, comme un jeune poète à l'heure de sa mort.

« Quoi ? fit John d'un ton précipité.

– Tu n'as pas entendu quelque chose ? » L'expression de qui-vive laissa lentement la place au doute.

« Une voiture qui passait dans la rue. » Combien d'années comptait-il de plus que son fils ? se demanda-t-il soudain. Vingt-cinq ? Bordel, il était temps de commencer à en tenir compte, non ?

Il repoussa la sensation d'étrangeté, s'efforçant de la maintenir à bout de bras. Il tenta désespérément de rassembler son expérience et sa maturité, et ne put en glaner que quelques éléments épars. Les endosser était comme revêtir un manteau bouffé de mites.

« Tu es bien sûr qu'il n'y avait pas autre chose, Papa ?

– Oui. Tu es à cran, Kevin. Ressaisis-toi, sinon... » Sinon quoi ? Mais il le savait et fut secoué d'un rire nerveux. « Sinon, on va détaler tous les deux comme des lapins. »

Kevin le regarda un instant, songeur, comme quelqu'un

qui sort d'un profond sommeil, voire même d'une transe, puis acquiesça. « Viens.

– Voyons, Kevin ! Qu'est-ce que tu veux ? Il est peut-être tout simplement en haut, et il fait exprès de ne pas répondre.

– Je te le dirai quand nous serons là-bas, Papa. Allez, viens. » C'est tout juste s'il n'entraîna pas de force son père hors de l'arrière-cour encombrée.

« Est-ce que tu veux m'arracher le bras ou quoi, Kevin ? demanda John une fois qu'ils furent de nouveau sur le trottoir.

– Il était là-bas. Il se cachait. Il attendait que nous partions. Je l'ai senti.

– Il était... (John s'interrompit un instant.) Bon. Disons qu'il y était. Disons-le pour le besoin de la cause. Dans ce cas, est-ce qu'on ne devrait pas aller le coincer ? » Puis à retardement : « Au fait, *où* était-il ?

– De l'autre côté de la palissade. » Les yeux de Kevin paraissaient flotter, et John aimait de moins en moins ça. « Il y a déjà été. Il obtient toujours ce dont il a besoin. Il va falloir se dépêcher. »

Kevin fonçait déjà en direction du LaVerdiere, à travers la place, lorsque son père l'attrapa comme un contrôleur de train qui vient de surprendre un resquilleur. « Voyons, Kevin, de quoi parles-tu ? »

C'est alors que Kevin prononça les paroles. Il se tourna vers son père et les prononça : « Ça vient, Papa. Je t'en supplie. C'est de ma vie qu'il s'agit. » Il regardait John, la figure pâle, les yeux flottants, comme saisi d'une vision. « Le chien arrive. Ça ne servirait à rien de rentrer par effraction et de prendre l'appareil. C'est trop tard. Je t'en prie, ne m'arrête pas. Ne me réveille pas. C'est ma vie. »

John Delevan fit un ultime effort pour ne pas s'abandonner à la folie qui le gagnait... puis y renonça.

« Viens, dit-il en empoignant son fils par le coude et en l'entraînant à travers la place. Quoi que ce soit, réglons cette affaire... Est-ce qu'on dispose d'assez de temps ?

– Je n'en suis pas sûr, répondit Kevin, qui ajouta à contrecœur : Je ne crois pas. »

17

Pop attendit derrière la palissade, observant les Delevan par un nœud qui avait sauté d'une planche. Il avait mis le tabac dans sa poche revolver afin de pouvoir serrer et desserrer les poings, serrer, desserrer.

Vous êtes sur ma propriété, murmurait-il dans sa tête. Si son esprit avait eu le pouvoir de tuer, il les aurait frappés tous les deux à mort. *Vous êtes sur ma propriété, nom de Dieu, vous êtes sur ma propriété !*

Tu sais ce que tu devrais faire ? Aller chercher ce bon vieux représentant de l'ordre pour qu'il les coince, avec leur gueule des beaux quartiers. Voilà ce qu'il aurait dû faire. Et il l'aurait fait sur-le-champ, s'ils n'étaient pas restés plantés devant les débris de l'appareil photo que le garçon croyait avoir lui-même démoli, deux semaines auparavant, avec la bénédiction de Pop. Cela n'aurait peut-être rien changé, mais il n'ignorait pas ce qu'on pensait de lui dans la ville.

Pangborn, Keeton et tous les autres. Du fumier. Voilà ce qu'on pensait de lui : qu'il était du fumier.

Jusqu'au moment où ils avaient des emmerdes et où la nuit tombait, faut dire.

Serrer, desserrer. Serrer, desserrer.

Ils parlaient, mais Pop ne cherchait pas à saisir ce qu'ils disaient. Son esprit était un brasier ardent. La litanie s'était transformée : *Ils sont sur ma foutue propriété, et je ne peux rien y faire ! Ils sont sur ma foutue propriété, et je ne peux rien y faire ! Qu'ils aillent se faire foutre ! Qu'ils aillent se faire foutre !*

Finalement, ils partirent. Lorsqu'il entendit le grincement rouillé du portail, Pop se servit de sa clef pour franchir la porte de la palissade. Il traversa l'arrière-cour au pas de course jusqu'à la porte de son hangar fourre-tout, se déplaçant avec une inquiétante agilité pour un homme de soixante-dix ans, une main étreignant fermement le haut de sa cuisse, comme si, agile ou pas, il luttait contre un douloureux rhumatisme à cet endroit. En fait, Pop n'avait pas mal du tout. Il craignait simplement les tintements que pourraient produire ses clefs ou sa petite monnaie. Au cas où les Delevan seraient toujours là, planqués quelque part, à l'affût. Pop n'aurait pas été surpris s'ils avaient manigancé quelque chose de ce genre. Quand on est en affaire avec des putois, faut s'attendre à des coups puants.

Il sortit le trousseau de sa poche. Les clefs tintèrent et, bien qu'assourdi, le bruit lui parut faire le vacarme d'une chaîne d'ancre. Il jeta un bref coup d'œil sur la gauche, persuadé d'apercevoir le visage de mouton du morveux qui l'observait. Une grimace de peur, dure et tendue, tordait la bouche de Pop. Personne.

Pour l'instant, en tout cas.

Il trouva la bonne clef, la glissa dans la serrure et entra. Il prit soin de ne pas ouvrir la porte en grand, car les gonds grinçaient en fin de course.

Une fois à l'intérieur, il donna un violent tour de verrou et se rendit dans le magasin. Il était totalement chez lui au milieu de toutes ces ombres. Il aurait pu négocier tous les détours des allées encombrées de rebuts les yeux fermés – ce qu'il avait fait, pendant son sommeil, mais pour le moment, il l'avait complètement oublié, comme bien d'autres choses.

Sur le côté du magasin se trouvait une petite fenêtre crasseuse donnant sur l'allée qu'avaient empruntée les Delevan pour gagner l'arrière-cour. Proche de la façade, elle permettait de voir, sous un angle fermé, une partie du trottoir et de la place en face.

Pop se glissa jusqu'à cette fenêtre au milieu de piles

de magazines sans intérêt et sans valeur, exhalant leur relent poussiéreux de musée dans l'atmosphère glauque qui régnait. Il vit que l'allée était vide, mais aperçut les Delevan, semblant onduler comme des poissons dans un aquarium à travers les déformations de la vitre, qui traversaient la place et passaient juste à côté du kiosque à musique. Il n'attendit pas qu'ils disparussent, il ne se précipita pas vers la vitrine pour avoir une meilleure vue. Il se doutait de leur destination : LaVerdiere, où ils poseraient des questions sur lui. Que pourrait bien leur raconter la petite conne ? Qu'il était venu et reparti. Et quoi d'autre ?

Qu'il avait acheté deux paquets de tabac à pipe.

Pop sourit.

Ce n'est pas pour ça qu'on le pendrait.

Il trouva un sac en papier kraft, commença par prendre la direction du billot, réfléchit et, au lieu de cela, se rendit près du portail donnant sur l'allée. Ce n'était pas parce qu'on avait été négligent une fois qu'il fallait l'être une deuxième.

Le portail cadenassé, il alla ramasser les débris du Polaroïd éparpillés autour du billot. Il fit aussi vite que possible, mais il lui fallut un certain temps pour en venir à bout.

Il recueillit tous les morceaux, à l'exception des éclats les plus minuscules, ceux qui se confondaient anonymement avec le reste des rognures diverses jonchant le sol. Un laboratoire de police serait sans doute capable d'identifier certains de ces éclats. Pop avait vu des séries policières (quand il ne regardait pas des films porno sur son magnétoscope), dans lesquels des scientifiques se rendaient sur les lieux du crime équipés d'une brosse, d'un aspirateur et même de pinces à épiler, à l'aide desquelles ils mettaient les choses dans des sacs en plastique. Mais le bureau du shérif de Castle Rock ne disposait pas d'un tel labo. Et Pop doutait fortement que le shérif Pangborn pût convaincre la police d'Etat d'envoyer ses spécialistes, même s'il était lui-même convaincu de la nécessité d'une telle investigation – ce qui ne serait probablement pas le cas pour le vol d'un appareil photo, seule chose dont les Delevan pouvaient l'accuser s'ils ne voulaient pas passer pour des givrés. Une fois le secteur nettoyé, il revint à l'intérieur, déverrouilla son tiroir « spécial », et déposa le sac en papier kraft à l'intérieur. La clef de retour dans sa poche, il s'estima satisfait. Il savait également tout sur les mandats de perquisition. Il neigerait en enfer avant que les Delevan ne convainquissent Pangborn d'aller en réclamer un devant le tribunal de district. Et même dans ce cas, les restes de l'appareil auraient disparu

– définitivement – bien avant que le mandat soit signé. Essayer de se débarrasser des débris, aujourd'hui, aurait été plus dangereux que de les laisser dans le tiroir ; les Delevan risquaient de débarquer au mauvais moment et de le prendre sur le fait. Mieux valait attendre.

Parce qu'ils allaient revenir.

Pop le savait, aussi sûr que deux et deux font quatre.

Plus tard, peut-être, lorsque tout ce remue-ménage serait terminé, se sentirait-il capable d'aller voir le garçon et de lui dire : *Oui, c'est vrai. J'ai fait tout ce que tu as pensé que j'ai fait. Et maintenant, pourquoi ne pas laisser tomber et faire comme si on ne se connaissait pas... d'accord ? On peut se le permettre. Ce n'est peut-être pas ton avis, pour le moment, mais je t'assure que nous le pouvons. Écoute : tu voulais le démolir parce que tu le trouvais dangereux, et moi je voulais le vendre, parce que je pensais qu'il avait de la valeur. En fin de compte, il s'est avéré que tu avais raison, et moi tort, ce qui est la meilleure vengeance dont tu puisses rêver, non ? Si tu me connaissais mieux, tu saurais pourquoi : ils ne sont pas nombreux, dans cette ville, à m'avoir entendu le dire. Ça me fiche la colique rien que d'y penser, voilà ce que je veux dire, mais ça ne fait rien ; quand je me trompe, j'aime bien pouvoir me dire que j'ai les moyens d'encaisser, aussi mal que ça fasse. Finalement, mon garçon, j'ai fait ce que tu avais l'intention de faire au départ. On se balade tous dans la même rue, voilà ce que je veux dire, et je crois que ce qui est passé est passé. Je sais ce que tu penses de moi, et je sais ce que je pense de toi, et aucun de nous deux ne voterait pour l'autre au poste de Monsieur Loyal de la grande parade du quatre juillet, mais c'est très bien comme ça. On peut y survivre, non ? Ce que je veux dire, c'est juste ça : nous sommes bien contents, tous les deux, que ce maudit appareil n'existe plus. Alors disons que la question est réglée, et n'en parlons plus.*

Mais cela, c'était pour plus tard, et encore, au conditionnel. Ce n'était sûrement pas le moment, pour l'instant, sûrement pas. Ils auraient besoin de temps pour se calmer. Là, ils n'avaient qu'une envie, lui faire sa fête comme... *(comme le chien de la photo)* comme... peu importe comme quoi. L'important était de se tenir dans le magasin, ouvert comme d'habitude, l'air aussi innocent qu'un nouveau-né, lorsqu'ils reviendraient.

Parce qu'ils allaient revenir.

Mais pas de problème. Pas de problème parce que...

« Parce que tout baigne, murmura Pop pour lui-même. Voilà ce que je veux dire. »

Il se rendit donc à la porte d'entrée, tourna le panneau côté OUVERT vers l'extérieur (et le retourna vivement côté FERMÉ, mais Pop ne se vit pas faire le geste et n'en garda aucun souvenir). Très bien. Et ensuite ? Donner l'impression que c'était un jour comme un autre, ni plus ni moins. Il fallait jouer la surprise, mais-de-quoi-diable-parlez-vous-donc, quand ils arriveraient, la fumée leur sortant par les oreilles, prêts à vaincre ou mourir pour une chose qui était déjà aussi morte que la momie de Ramsès II.

Bon... à quelle occupation des plus normales devrait-il se livrer lorsqu'ils reviendraient, escortés ou non du shérif Pangborn ?

Les yeux de Pop tombèrent sur le coucou accroché à un montant, à côté de cette jolie commode qu'il avait remportée lors d'une vente aux enchères à Sebago, il y avait un mois ou six semaines. Le coucou n'était pas terrible, un objet probablement acheté en échange de timbres par une pauvre âme s'imaginant faire une bonne affaire (de l'avis de Pop, les pauvres âmes désorientées qui ne pouvaient qu'essayer de faire de bonnes affaires dérivaient dans la vie, dans un état de déception aussi permanent que vague). Néanmoins, s'il arrivait à le réparer et à le faire marcher (au moins un peu), il pourrait peut-être le fourguer à l'un des skieurs qui feraient leur apparition, d'ici un mois ou deux. Quelqu'un ayant besoin d'une horloge pour sa résidence secondaire – la bonne affaire précédente l'ayant laissé en carafe – et qui ne comprenait pas (ne comprendrait sans doute jamais) qu'une autre bonne affaire n'était pas la solution, mais le problème.

Pop serait désolé pour cette personne, il marchanderait avec elle aussi honnêtement qu'il le pourrait, mais il ne décevrait pas son acheteur. *Caveet Emperor*[1], aimait-il à se dire, allant même jusqu'à le répéter à voix haute. Il fallait bien qu'il vécût, non ?

Il allait donc rester bien tranquillement assis à sa table de travail, et s'occuper les mains avec cette horloge, voir s'il pouvait arriver à la faire fonctionner, si bien que les Delevan le trouveraient attelé à cette tâche, à leur arrivée. Il y aurait peut-être même un ou deux curieux dans le magasin, même si cette époque de l'année était la saison creuse pour lui. Les clients seraient comme la cerise sur le gâteau. L'important était l'impression que *lui* donnerait : un type qui n'a rien à cacher, qui vaque à ses affaires à un rythme ordinaire, par une journée ordinaire.

Pop se dirigea vers le poteau et décrocha le coucou, en prenant bien soin de ne pas laisser les contrepoids s'emmêler. Il le transporta jusqu'à la table de travail et le posa dessus, fredonnant dans sa barbe. Puis il tâta sa

---

1. Les latinistes auront reconnu le *Caveat emptor* – que l'acheteur se méfie... (*N.d.T.*)

poche revolver. Un paquet de tabac tout neuf. Quoi de plus agréable ?

Pop se dit qu'il se fumerait bien une petite pipe tout en travaillant.

18

« Mais tu ne peux pas *savoir* qu'il est venu ici ! » protestait toujours John, mais plus faiblement, tandis qu'ils entraient dans le LaVerdiere.

Sans répondre, Kevin se dirigea droit vers le comptoir où officiait Molly Durham. Son envie de vomir était passée, et elle se sentait beaucoup mieux. Toute cette histoire lui paraissait maintenant un peu idiote, comme ces cauchemars dont on se réveille avec soulagement et dont on se dit, après coup : *Comment, j'ai eu peur de ÇA ? Comment ai-je pu croire un instant, même en rêve, que cela m'arrivait ?*

Mais lorsque le jeune Delevan se présenta, avec son visage aux traits tirés, elle comprit à quel point on pouvait être effrayé, oui, oh oui, même de choses aussi ridicules que celles qui se produisent en rêve, car elle venait de dégringoler à nouveau dans son propre cauchemar éveillé.

À vrai dire, Kevin Delevan arborait presque la même expression de vacuité que Pop : comme s'il se trouvait retenu loin, loin quelque part, et que, lorsque sa voix et son regard lui parvenaient, l'une et l'autre avaient perdu toute force.

« Pop Merrill vient de sortir d'ici, dit-il. Qu'est-ce qu'il a acheté ?

– Veuillez excuser mon fils, s'empressa John Delevan. Il ne se sent pas très... »

C'est alors qu'il remarqua le visage de Molly, et il s'interrompit. Elle avait l'air de quelqu'un qui vient de voir un ouvrier perdre son bras sous une presse.

« Oh, dit-elle, oh, mon Dieu !

– A-t-il acheté une pellicule ? insista Kevin.

– Mais qu'est-ce qu'il a fait ? demanda Molly d'une voix mourante. J'ai su que quelque chose n'allait pas dès que je l'ai vu entrer. Qu'est-ce qui est arrivé ? Est-ce qu'il a... fait quelque chose ? »

Bon Dieu de nom de Dieu, pensa John Delevan. *Il sait vraiment. Il n'invente rien.*

À cet instant, John prit une décision héroïque : il renonça complètement à prendre la direction des événements. Il abandonna toute autorité et s'en remit à son fils quant à ce qu'il devait croire, quant à ce qui était vrai ou faux.

« C'est bien ça, n'est-ce pas ? » fit Kevin, devenant pressant. Son visage impatient n'était que reproche face aux hésitations et aux peurs de la jeune femme. « Une pellicule pour Polaroïd. Comme celles-là ? ajouta-t-il avec un geste vers l'étalage.

– Oui. » Elle était devenue livide, si bien que le peu de rouge qu'elle avait mis en se maquillant, ce matin, ressortait en taches pourpres, fiévreuses. « Il était tellement... bizarre. Comme une poupée qui parle. Qu'est-ce qui lui est arrivé ? est-ce... »

Mais Kevin s'était vivement retourné vers son père.

« J'ai besoin d'un appareil, dit-il, la voix plus étranglée que jamais. Tout de suite. Un Polaroïd Soleil 660. Ils en ont. Ils sont même en promotion. Tu vois ? »

Et en dépit de sa décision, John Delevan ne put retenir un début de protestation, au nom de ce qui lui restait d'esprit rationnel.

« Mais pourquoi... »

Kevin ne le laissa pas aller plus loin.

« *Je n'en sais rien !* » hurla-t-il. Molly Durham poussa un gémissement. Elle ne craignait pas de vomir, cette fois ; Kevin Delevan lui faisait peur, mais pas à ce point-là. Non, voilà ce qu'elle aurait voulu faire : rentrer chez elle, se fourrer au lit et tirer les couvertures pardessus sa tête.

« Mais il m'en faut un, et les minutes nous sont comptées, Papa !

– Donnez-moi l'un de ces appareils », dit John Delevan, tirant son portefeuille avec des mains tremblantes, sans même s'apercevoir que Kevin courait déjà jusqu'à l'étalage.

« Servez-vous, fit une voix chevrotante, la sienne, que Molly reconnut à peine. Servez-vous et partez. »

19

De l'autre côté de la place, Pop Merrill, croyant être occupé à réparer paisiblement un coucou sans valeur, finissait de charger le Polaroïd de Kevin avec la pellicule qu'il venait d'acheter. Il referma l'appareil, qui émit son petit grésillement huileux.

Ce foutu coucou chante comme s'il nous faisait une laryngite carabinée. Un boulon desserré, je parie. Mais j'ai un remède pour ça.

« Je vais te réparer », dit-il à haute voix, soulevant l'appareil. Il porta un œil éteint au viseur dont le verre était si finement fendu qu'on ne s'en rendait même pas compte. L'objectif était tourné vers le devant du magasin, mais ça n'avait pas d'importance. Quelle que soit sa direction, il se pointait sur un certain chien noir qui n'était pas une créature du bon Dieu et hantait une petite ville que, faute de mieux, on appelait Polaroïdville, et que le Grand Architecte n'avait non plus jamais conçue.

FLASH !

Petit grésillement huileux, et une nouvelle photo s'extirpa de l'appareil.

« Voilà, dit Pop avec une tranquille satisfaction. Peut-être que je vais faire mieux que te rendre la parole, l'oiseau. Ce que je veux dire, c'est que j'arriverai peut-être à te faire *chanter*. Je ne promets rien, mais je vais essayer. »

La peau tannée de Pop s'étira en un sourire sec, tandis qu'il appuyait de nouveau sur le bouton.

FLASH !

Ils étaient au milieu de la place lorsque John Delevan vit un éclair blanc emplir les vitrines crasseuses de l'Emporium Galorium. L'éclair de lumière fut silencieux, mais un instant plus tard, comme après coup, un grondement sinistre lui parvenait de la boutique du vieux chnoque... enfin, la boutique du vieux chnoque était la seule issue qu'il pût trouver. En réalité, il semblait *émaner* de dessous la terre... ou était-ce parce que les entrailles de la terre seules étaient assez vastes pour abriter le propriétaire d'une voix aussi monstrueuse ?

« Courons, Papa ! Il a commencé ! »

L'éclair se reproduisit, illuminant les vitrines de sa

décharge électrique froide. Il fut à nouveau suivi du grondement infra-sonique, fracas d'une soufflerie gigantesque, rugissement d'un animal horrible au-delà de toute compréhension, que l'on tire de son sommeil à coups de pied.

John Delevan, incapable de s'arrêter et sans presque se rendre compte de ce qu'il faisait, ouvrit la bouche pour dire à son fils qu'une lumière de cette intensité ne pouvait sortir du petit flash incorporé d'un Polaroïd, mais Kevin avait déjà commencé à courir.

John accéléra le pas, sachant parfaitement bien ce qu'il voulait faire : rattraper son fils, le prendre par le collet et l'entraîner bien loin, avant que quelque chose d'aussi inconcevable qu'épouvantable ne se produisît.

20

Le deuxième cliché pris par Pop chassa le premier de la fente ; celui-ci tomba sur le plateau de la table, et le heurta plus lourdement que n'aurait dû le faire un simple carton enduit de produits chimiques. Le chien du Soleil emplissait maintenant complètement le cadre : sa tête impossible monopolisait le premier plan, avec les trous noirs des yeux, les mâchoires pleines de dents et fumantes. Le crâne donnait l'impression de s'allonger en forme d'obus ou de larme sous l'effet combiné de la vitesse et du rapprochement de l'objectif. Seul le haut des piquets, derrière lui, demeurait visible ; la masse des épaules fléchies de l'entité dévorait ce qui restait d'espace.

Le fermoir de la cravate d'anniversaire de Kevin apparaissait au bas du cadre, renvoyant un reflet du soleil brumeux.

« J'ai bien failli t'avoir, ce coup-ci, fils de pute ! »

s'exclama Pop d'une voix haut perchée qui s'étranglait. La lumière l'avait aveuglé. Il ne voyait ni le chien ni l'appareil photo. Il voyait seulement le coucou aphone, soudain devenu l'œuvre de sa vie. « Tu chanteras, saloperie ! Je te ferai chanter, moi ! »

FLASH !

La troisième photo poussa la seconde. Elle tomba trop vite, davantage comme une pierre que comme un morceau de carton, troua l'antique sous-main effiloché et fit voler des éclats de bois du plateau, au-dessous.

Sur cette photo, la tête du monstre était encore plus floue et s'était transformée en une longue colonne de chair qui lui donnait un aspect étrange, presque à trois dimensions.

Dans la troisième, qui dépassait toujours de la fente, au bas du Polaroïd, le museau du Chien du Soleil paraissait, de manière invraisemblable, redevenir net. Invraisemblable, parce qu'il se trouvait pratiquement au contact de l'objectif – si proche, qu'on aurait dit le mufle de quelque monstre marin au moment où il va crever la fragile surface de l'eau.

« Ce foutu machin marche toujours de travers », grommela Pop.

Son doigt appuya une nouvelle fois sur le déclencheur.

21

Kevin bondit sur les marches de l'Emporium Galorium. Son père tendit la main, n'attrapa que de l'air à deux centimètres de la chemise de son fils, trébucha, et atterrit sur la paume des mains. Elles glissèrent d'une marche à l'autre, assaillies de mille piqûres rugueuses.

« Kevin ! »

John leva la tête et, pendant un instant, le monde disparut presque complètement dans un nouvel éclair blanc aveuglant. Le rugissement, cette fois, fut beaucoup plus fort. C'était le hurlement d'un animal furieux sur le point de mettre en pièces la cage fragile dans laquelle il est confiné. Il vit Kevin baisser la tête, portant la main devant ses yeux pour se protéger du flamboiement blanc, figé dans cet éclat stroboscopique comme s'il était lui-même devenu photographie. Il vit aussi des craquelures, comme des zigzags de vif-argent, parcourir en un éclair toutes les vitrines, de haut en bas.

« Kevin, fais attention ! »

Les vitres explosèrent en une averse scintillante. John Delevan rentra la tête. Une véritable bourrasque de verre souffla tout autour de lui. Il sentit les fragments se prendre dans ses cheveux et eut les deux joues écorchées. Mais ni le père ni le fils ne furent profondément entaillés. À quelques exceptions près, les vitres avaient été pulvérisées.

Il y eut un fracas de bois qui éclate. John leva de nouveau la tête et vit que Kevin avait forcé l'entrée exactement comme il l'avait envisagé auparavant : en enfonçant la porte, maintenant dépourvue de vitres. Le verrou neuf avait sauté, arrachant des débris de bois pourri.

« Kevin, nom de Dieu ! » brailla-t-il. Il se leva, faillit retomber sur un genou en s'emmêlant les pieds, se redressa lourdement et plongea dans le sillage de son fils.

Quelque chose allait complètement de travers, dans ce foutu coucou. Quelque chose de malsain.

Il n'arrêtait pas de sonner – mais ce n'était pas le pire. Il prenait aussi du poids dans les mains de Pop... et paraissait devenir désagréablement chaud, également.

Pop le regarda et voulut soudain hurler d'horreur,

mais ses mâchoires lui semblaient comme ficelées l'une à l'autre.

Il comprit qu'il venait d'être frappé de cécité, mais aussi, brusquement, que ce n'était nullement le coucou qu'il tenait à la main.

Il essaya de desserrer son étreinte mortelle sur l'appareil et constata, terrifié, qu'il ne pouvait en détacher les doigts. Le champ de gravité, autour du Polaroïd, paraissait avoir augmenté. Et l'abominable chose devenait de plus en plus brûlante. Entre ses doigts aux ongles blêmes, le boîtier en plastique gris commençait à fumer.

Son index droit se mit à ramper vers le bouton rouge du déclencheur, comme un insecte blessé.

« Non, marmonna-t-il, puis sur un ton suppliant : S'il vous plaît… »

Son doigt n'y prêta aucune attention. Il atteignit le bouton rouge et se posa dessus juste au moment où Kevin faisait son entrée fracassante dans le magasin. Ce qui restait des vitres de la porte dégringola en mille morceaux.

Pop n'appuya pas sur le bouton. Même aveuglé, même alors qu'il sentait la peau de ses doigts qui commençait à se carboniser, il savait qu'il ne l'avait pas pressé. Mais, tandis que son doigt venait se placer au-dessus, le champ gravitationnel parut doubler, puis tripler. Pop s'efforça de tenir son doigt relevé, écarté du bouton. C'était comme vouloir faire une pompe sur la planète Jupiter.

« Lâchez-le ! » hurla le môme depuis quelque part, aux limites de sa cécité. « Lâchez-le, bon Dieu !

– Non ! répondit Pop dans un hurlement. Ce que je veux dire, c'est que je peux pas ! »

Le bouton rouge commença à descendre vers le point de déclenchement.

Kevin se tenait jambes écartées, penché sur l'appareil qu'ils venaient juste de prendre chez LaVerdiere, l'emballage à terre, à ses pieds. Il avait réussi à faire pivoter le devant du boîtier sur son axe et essayait vainement d'y placer un paquet de films – on aurait dit que le Polaroïd refusait de le prendre et le trahissait par sympathie pour son frère.

Pop hurla à nouveau, un son inarticulé cette fois, qui n'exprimait que souffrance et peur. Kevin sentit une odeur de plastique surchauffé et de chair grillée. Levant la tête, il vit que le Soleil 660 fondait, fondait vraiment, entre les mains pétrifiées du brocanteur. Son contour cubique se déformait et se métamorphosait en une étrange silhouette renflée. Mystérieusement, les verres du viseur et de l'objectif étaient également devenus semblables à du plastique. Au lieu de casser ou d'être expulsés de la carcasse de l'appareil, ils s'allongeaient et coulaient comme du caramel mou, devenant une paire d'yeux grotesques, comme ceux d'un masque de tragédie.

Le plastique sombre, porté à l'état pâteux d'une cire chaude, envahissait les mains de Pop en coulures épaisses, creusant des rigoles dans sa chair. Il cautérisait ce qu'il brûlait, mais Kevin vit du sang jaillir du bord de ces rigoles et commencer à tomber sur la table, en gouttelettes fumantes qui grésillaient comme de l'huile chaude.

« Tu n'as pas déballé ton film ! hurla John derrière lui, rompant la paralysie de Kevin. Défais-le ! Donne-le-moi ! »

John se précipita, et faillit le faire tomber en le bousculant. Il lui arracha le paquet de films des mains, et déchira l'extrémité de l'emballage épais.

« À l'aide ! » s'égosilla Pop. Ce furent les derniers mots cohérents que le père et le fils l'entendirent prononcer.

« Vite, vite ! » s'écria John en lui rendant le paquet de films.

Grésillement de la chair qui se carbonise. Le plitch-plotch du sang sur la table qui se transforme en un vrai gargouillis à mesure que sont atteintes les veines et artères les plus grosses dans les mains de Pop ; le sang gicle comme par un joint pourri qui a commencé à fuir en plusieurs endroits et qui maintenant se désintègre complètement sous une pression insistante.

Pop hurlait comme un animal.

Kevin essayait toujours d'enfourner, vainement, le paquet de films dans l'appareil. « Bordel !

– Il est à l'envers ! » rugit John Delevan, qui voulut arracher le Polaroïd des mains de Kevin ; mais celui-ci se dégagea, laissant son père avec rien d'autre qu'un pan déchiré de chemise à la main. Il retira le film placé à l'envers et, pendant un instant, il crut qu'il allait le laisser tomber au sol – lequel, il en était sûr, n'attendait que ça pour se transformer en poing et l'écraser.

Finalement, il le rattrapa du bout des doigts, le retourna, le mit en place et referma sèchement le boîtier, qui pendait mollement comme une créature à la mâchoire rompue.

Pop hurla de nouveau et...

FLASH !

22

Cette fois-ci, ce fut comme se tenir au milieu d'une étoile qui se transforme en supernova : une brutale décharge lumineuse sans chaleur. Kevin eut l'impression que son ombre lui avait été arrachée des talons pour être sertie dans le mur. Ce qui était peut-être vrai, car toute la paroi, derrière lui, se trouva parcourue de milliers de fissures affolées, sauf dans la zone où son ombre portait. Sa silhouette, aussi nette et reconnaissable que si on l'avait découpée dans du papier, se présentait avec un coude relevé en coin, saisi à l'instant où il relevait le bras pour porter le nouvel appareil à hauteur de l'œil.

Le haut de l'appareil que tenait Pop se détacha violemment du reste, avec un bruit d'ogre s'éclaircissant la gorge. Le chien du Soleil gronda. Son tonnerre grave fut assez fort, assez clair, pour provoquer l'éclatement des vitres protégeant les horloges ou les gravures : horloges, cadres et miroirs vomirent leurs débris de verre en autant d'arcs cristallins fugitifs, d'une surprenante et improbable beauté.

L'appareil ne grésilla pas, ne gémit pas, cette fois. Son mécanisme émit un hurlement, suraigu, perçant, comme une femme mourant dans les affres d'un accouchement aux forceps. Le carré de papier qui se força un chemin par l'ouverture inférieure dégageait de la fumée. Puis la fente sombre commença elle-même à fondre, un côté se tordant vers le bas, l'autre vers le haut, dans un bâillement de bouche édentée. Une bulle gonflait à la surface de la dernière photo, qui pendait encore de la gueule de plus en plus béante par laquelle le Soleil 660 donnait naissance à ses clichés.

Sous le regard d'un Kevin pétrifié, regard occulté par un rideau de points scintillants et fulgurants nés de la dernière explosion blanche, le chien du Soleil rugit de nouveau. Le son était un peu affaibli et donnait moins cette impression de venir de nulle part et partout à la fois, mais il était plus terrifiant car il donnait aussi celle d'être davantage présent, davantage réel.

Une partie de l'appareil en pleine dissolution se gonfla vers l'arrière en une grosse masse, frappa Pop Merrill au cou et s'étendit en collier autour de lui. Soudain, la veine jugulaire et la carotide du brocanteur éclatèrent en même temps, dans des jaillissements de sang qui s'élancèrent vers le haut et sur le côté en dessinant des spirales d'un rouge éclatant. La tête de Pop, désarticulée, partit en arrière.

La bulle, à la surface de la photo, ne cessait de croître. L'image elle-même commençait à s'agiter dans la fente béante du bas de l'appareil maintenant décapité. Ses bords se mirent à s'étaler comme si le cliché n'était plus en carton mais fait de quelque substance souple comme du nylon tricoté. La photo se tortillait d'avant en arrière dans la fente, et Kevin pensa aux santiags qu'il avait reçues deux ans plus tôt pour son anniversaire, et dans lesquelles il devait tortiller les pieds pour entrer, parce qu'elles étaient un peu trop serrées.

Les bords de la photo frappèrent ceux de la fente de l'appareil, lesquels auraient pourtant dû la maintenir fermement. Mais le Polaroïd n'était plus un élément solide et perdait toute ressemblance avec ce qu'il avait été. Les bords du cliché entaillèrent le boîtier aussi impeccablement qu'un bon couteau à découper entaille un rôti bien tendre. Ils crevèrent les parois, et éparpillèrent en l'air des gouttes grises de plastique fumant. L'une d'elles atterrit sur une pile de vieux magazines *Popular Mechanics*, tout secs et rongés, dans laquelle elle creusa un tunnel calciné.

Le chien rugit encore, un grondement affreux, coléreux, le cri d'un être qui n'a qu'une chose en tête : tuer, massacrer. Uniquement ça.

L'image resta en équilibre sur ce qui restait de la fente déliquescente, et qui ressemblait maintenant davantage au pavillon déformé d'un instrument à vent. Puis elle tomba sur la table à la vitesse d'une pierre dégringolant dans un puits.

Kevin se sentit agrippé à l'épaule.

« Qu'est-ce qu'il fabrique ? demanda son père d'une voix rauque. Par le Seigneur Tout-Puissant, qu'est-ce qu'il peut bien fabriquer, Kevin ? »

D'une voix lointaine, dénuée d'intérêt, l'adolescent s'entendit répondre : « Il naît. »

23

Pop Merrill mourut effondré dans le siège de sa table de travail, là où il avait passé tellement d'heures, assis… assis et fumant, assis et réparant des objets afin de vendre ce qui ne valait rien à ceux qui ne pensaient à rien, assis et prêtant de l'argent à l'impulsif ou à l'imprudent, le soir, après le coucher du soleil. Il mourut en contemplant le plafond d'où retombait, goutte à goutte, son propre sang – sur son front, ses joues et ses yeux ouverts.

Puis sa chaise perdit l'équilibre et son corps, mou comme une poupée de chiffon, roula sur le sol. Son porte-monnaie et son trousseau de clefs tintèrent.

Sur la table de travail, le dernier cliché du Polaroïd continuait de se tortiller fébrilement. Ses flancs s'écartèrent et Kevin pressentit l'avènement d'une chose inconnue, à la fois vivante et inerte, grognant dans des douleurs inimaginables.

« Faut sortir d'ici », haleta son père, le tirant par le bras. Exorbités par la panique, les yeux de John Delevan restaient rivés sur la photographie qui s'agrandissait, ondulait, et recouvrait maintenant la moitié du plateau de la table. Elle n'avait plus rien d'une photo, d'ailleurs. Ses flancs se gonflaient comme les joues de quelqu'un qui s'efforce de siffler. La bulle brillante, haute d'une trentaine de centimètres, se bosselait et frissonnait. Des couleurs étranges, inqualifiables, couraient sans but à la surface d'une peau qui paraissait exsuder une sorte de sueur huileuse. Le rugissement, débordant de frustration et d'un appétit frénétique, ne cessait de lui déchirer le cerveau, menaçant de le rendre fou.

Kevin se dégagea des mains de son père, déchirant sa chemise jusqu'à l'épaule. Il parla d'une voix pleine d'un calme profond, étrange. « Non. Ça ne ferait que nous suivre. Je crois que c'est moi qu'il veut. S'il n'avait voulu que Pop, ce serait déjà terminé. L'appareil m'a appartenu en premier, il ne s'arrêtera pas là. Ton tour viendrait peut-être. Et il n'est pas sûr qu'il ne continuerait pas.

– Mais tu ne peux rien faire ! hurla son père.

– Si. J'ai une chance. »

Et il brandit l'appareil photo neuf.

Les limites de la photo démesurée atteignirent le rebord de la table. Au lieu de se mettre à pendre, elles s'enroulèrent en hauteur et continuèrent à grandir en se tordant. Elles ressemblaient à d'étranges ailes qui seraient équipées de poumons et tenteraient de respirer, chaque inhalation étant une torture.

La chose amorphe et puissante poursuivait sa croissance. La surface plane de la photo avait cédé la place à une épouvantable tumeur dont les flancs bosselés et crevés de cratères laissaient suinter un liquide répugnant ; il s'en dégageait les effluves douceâtres du fromage de tête.

Les rugissements de l'entité, devenus continus, faisaient penser aux furieux aboiements étranglés d'un chien de l'enfer cherchant à s'échapper. Certaines des horloges de feu Pop Merrill se mirent à sonner, sonner, comme pour protester.

La furieuse envie de fuir de John Delevan s'était évanouie, il se sentait envahi par une profonde et dangereuse lassitude, une sorte de sommeil mortel.

Kevin porta le viseur à son œil. Il n'avait été chasser le cerf qu'à deux ou trois reprises, mais il n'avait pas oublié ce qu'on ressentait lorsque venait son tour d'attendre, caché, le fusil tourné vers les autres chasseurs qui avançaient dans le bois en faisant le plus de bruit possible pour rabattre le gibier vers vous. On restait immobile, tourné vers le secteur où on pouvait faire feu sans danger. Il ne fallait pas s'inquiéter du risque de toucher les chasseurs, mais du risque de manquer le cerf. On avait le temps de se demander si on en serait ou non capable, si jamais l'animal se montrait. Le temps, aussi, de se demander si on aurait le courage de faire feu. Le temps d'espérer que le cerf resterait hypothétique, afin d'éviter d'avoir à passer l'épreuve... ce qui était arrivé à chaque fois pour Kevin. La seule fois où un animal s'était présenté, il avait été dans l'angle de tir de Bill Robertson, un ami de son père. Bill avait logé la balle exactement où il le fallait, au défaut de l'épaule, et ils s'étaient fait photographier avec l'animal (un cerf de douze ans que tout chasseur aurait aimé pouvoir se vanter d'avoir tué), par le garde-chasse.

Je parie que t'aurais bien aimé que ce soit ton tour, hein, fiston ? lui avait dit le garde-chasse en lui ébouriffant les cheveux (il n'avait alors que douze ans, et la crise de croissance qui avait commencé environ dix-sept mois auparavant ne l'avait pas encore amené à son mètre quatre-vingts actuel... il ne pouvait donc en vouloir à un homme qui lui ébouriffait les cheveux). Kevin avait acquiescé, se gardant bien de trahir son secret : il était trop heureux de ne pas s'être trouvé au bon endroit, de ne pas avoir tenu le fusil qui devait tirer la balle mortelle... sans compter que s'il avait eu le courage d'appuyer sur la détente, il se serait trouvé face à une responsabilité encore plus écrasante : abattre le cerf proprement. Il ignorait s'il aurait été capable de tirer une deuxième fois, ou de suivre la trace de son sang et de ses déjections fumantes, provoquées par la peur, pour finir ce qu'il avait commencé.

Il avait tourné un visage souriant vers le garde-chasse, et son père avait pris une photo de cet instant. Il n'avait jamais eu à lui avouer que la pensée qui traversait ce front levé, sous la main rude du garde-chasse, avait été : *Non, pas du tout. Le monde est plein d'épreuves, mais à douze ans, on est encore trop jeune pour s'y soumettre. Je suis bien content que ce soit monsieur Robertson. Je ne suis pas encore prêt à passer des épreuves d'homme.*

Mais maintenant, c'était lui qui se trouvait à la bonne place, non ? Et il n'avait pas affaire à un paisible herbivore, cette fois, n'est-ce pas ? Il avait en face de lui une machine à tuer assez monumentale et assez mauvaise pour dévorer un tigre entier, une machine qui avait justement l'intention de le déguster, lui, en hors-d'œuvre, et c'était lui qui devait l'arrêter.

L'idée de passer le Polaroïd à son père lui traversa l'esprit, mais un bref instant seulement. Au plus profond de lui, il connaissait la vérité : ce geste reviendrait à assassiner son père et à se suicider. Son père croyait vaguement à *quelque chose*, mais ce n'était pas assez précis. L'appareil photo ne fonctionnerait pas pour son père, même s'il arrivait à rompre son état actuel de léthargie et à appuyer sur le déclencheur.

Il ne fonctionnerait que pour lui.

Il attendit donc l'épreuve, l'œil collé au viseur de l'appareil comme si c'était la ligne de mire d'un fusil de chasse, observant la photo qui continuait à s'étendre et à gonfler, cette bulle brillante et gluante, qui devenait de plus en plus large, de plus en plus haute.

C'est alors que la véritable naissance du Molosse du Soleil commença. L'appareil semblait s'alourdir et se changer en plomb tandis que la chose poussait rugissement sur rugissement, tels les claquements d'un fouet armé de billes d'acier. Le Polaroïd se mit à trembler dans ses mains et il sentait bien que ses doigts humides et glissants n'avaient qu'une envie : tout lâcher. Il s'agrippa, avec une grimace qui lui tira les lèvres en arrière et découvrit ses dents en un ricanement désespéré. De la transpiration lui coula dans l'œil, dédoublant temporairement sa vision. Il rejeta la tête en arrière, dégageant les cheveux retombés sur son front, et remit l'œil au viseur. Au même moment, un énorme bruit craquant, prolongé, comme si deux mains titanesques déchiraient de la toile à voile, emplissait l'Emporium Galorium. La surface brillante de la bulle géante creva. Une fumée rouge, comme de la vapeur colorée par un tube de néon, sortit en tourbillons.

La chose poussa à nouveau son rugissement furieux et homicide. Une mâchoire gigantesque, remplie de dents plantées dans tous les sens, fit éclater la membrane de la bulle qui se mit à se ratatiner et à s'effondrer. On aurait dit qu'une baleine tueuse venait de crever la surface de l'eau. Les mâchoires déchiraient la membrane, qui cédait avec des bruits mous et caoutchouteux.

Les horloges sonnaient, frénétiques, affolées.

Son père le saisit de nouveau, si brutalement que les dents de Kevin heurtèrent le boîtier et qu'il s'en fallut d'un cheveu que l'appareil ne lui échappât des mains, au risque de se briser sur le sol.

« Vas-y, prends-la ! s'égosilla John pour couvrir les barrissements de la chose. Prends-la, Kevin, si tu le peux, vas-y maintenant, nom de Dieu de bordel de merde, il va... »

Kevin s'arracha à la prise de son père. « Pas encore lança-t-il, pas enc... »

La chose hurla au son de la voix de Kevin. Le Molosse du Soleil surgit de là d'où il venait, écartelant un peu plus la photo, qui s'étira avec une sorte de grognement, bientôt remplacé par le bruit de tissu qui se déchire.

Et soudain, le Molosse du Soleil fut debout, sa tête noire, taillée à la serpe et broussailleuse, dressée à travers le trou dans la réalité comme quelque invraisemblable périscope, tout un fouillis de métal et de lentilles scintillantes, aveuglantes... sauf que ce n'était pas du métal que voyait Kevin, mais la fourrure épineuse et torsadée, ce n'étaient pas des objectifs qu'il fixait, mais des yeux débordant de démence et de fureur.

Il resta pris au niveau du cou, les épines de sa fourrure déchirant les rebords et lui donnant un insolite aspect de coup de soleil. Il rugit encore, et une flamme d'un jaune brunâtre maladif jaillit de sa bouche.

John Delevan fit un pas en arrière et heurta une table chargée de vieilles revues de science-fiction, *Weird Tales* et *Fantastic Universe*. La table s'inclina. Ses talons le trahirent et il fut impuissant à se retenir. Homme et table se renversèrent bruyamment. Le Molosse du Soleil rugit encore, puis, courbant la tête avec une grâce insoupçonnée, déchira la membrane qui le retenait encore. Celle-ci s'ouvrit. La chose cracha une flamme fine qui y mit le feu et la réduisit en cendres. La bête se redressa et Kevin s'aperçut que l'objet qui pendait à son cou n'était plus le fermoir de cravate, mais le petit instrument en forme de cuillère avec lequel Pop Merrill nettoyait sa pipe.

À ce moment-là, un calme absolu envahit l'adolescent. Son père poussait des meuglements de surprise et de peur en tentant de se dégager, mais Kevin n'y fit pas attention. Ses cris semblaient provenir de loin.

Tout va bien, Papa, se disait-il tout en cadrant dans son viseur, plus fermement que jamais, le monstre qui se débattait pour émerger. *Tout va bien, ne vois-tu pas ? En tout cas, tout peut aller bien... parce que la breloque qu'il porte au cou a changé.*

Il songea que le Molosse du Soleil avait peut-être un maître, et que ce maître venait de se rendre compte que Kevin n'était plus une proie aussi assurée.

Peut-être existait-il un piégeur de chien, dans cette étrange ville de nulle part qu'il appelait Polaroïdville ? Certainement, même, sans quoi, que faisait la grosse femme dans ses rêves ? C'était elle qui lui avait dit ce qu'il fallait faire, soit d'elle-même, soit parce que le piégeur de chien l'avait placée sur son chemin pour qu'il comprît. La femme à deux dimensions avec son caddie à deux dimensions plein de Polaroïd à deux dimensions avait dit : *Fais attention, mon garçon. Le chien de Pop a brisé sa laisse et c'est un mauvais... C'est dur de prendre sa photo, mais tu ne pourras pas le faire si tu n'as pas un appareil.*

Il avait un appareil entre les mains, maintenant, non ? Il n'était pas bien sûr de lui, mais au moins, il l'avait.

Le Molosse s'immobilisa un instant, sa tête semblant tourner sans but... jusqu'au moment où son regard bourbeux et brûlant se posa sur Kevin Delevan. Ses babines noires se retroussèrent sur ses défenses torsadées de sanglier, son museau s'ouvrit et révéla le conduit fumant de sa gorge, et il lâcha un hululement de fureur, perçant, suraigu. Les antiques lampes qui éclairaient la salle, la nuit, explosèrent les uns après les autres, expédiant en tous sens des fragments de verre translucides couverts de chiures d'insectes. Il donna une poussée et sa poitrine puissante, haletante, surgit de la membrane qui séparait les mondes.

Le doigt de Kevin se posa sur le bouton.

Le Molosse donna une autre poussée et ses pattes antérieures se dégagèrent à leur tour ; les cruels éperons osseux, comme des épines gigantesques, griffèrent le plateau de la table, à la recherche d'un appui stable ; ils laissaient de longues balafres dans le dur bois d'érable. Kevin entendit le bruit de frottement de ses pattes postérieures qui travaillaient comme deux pistons pour se trouver un appui là-bas, en dessous (quant à ce qu'était ce *là-bas, en dessous...*), et il comprit que commençaient à s'égrener les ultimes secondes pendant lesquelles il pourrait le faire prisonnier et l'avoir à sa merci ; à la prochaine poussée convulsive, il bondirait au-dessus de la table, et une fois dégagé du trou dans lequel il se tortillait encore, il se déplacerait aussi vite que la mort liquide, dans une charge éclair qui mettrait ses vêtements en feu de son haleine brûlante, une fraction de seconde avant de le dévorer vivant.

Articulant à la perfection, Kevin lui lança : « Dis *cheese*, espèce de fumier. »

Et il appuya sur le déclencheur.

24

L'éclair fut si aveuglant que Kevin, plus tard, n'arrivait plus à le concevoir ; n'arrivait plus, en fait, à se le rappeler. L'appareil qu'il tenait ne devint pas chaud, ne fondit pas ; au lieu de cela, Kevin entendit trois ou quatre claquements brefs d'éléments qui se cassaient définitivement à l'intérieur, tandis qu'explosaient les lentilles et que les ressorts se brisaient ou se désintégraient.

Dans la blancheur éblouissante qui persista un instant, il vit le Molosse du Soleil se pétrifier, devenir une parfaite photo Polaroïd en noir et blanc. Sa tête était renversée en arrière et chaque détail, chaque pli et chaque crevasse de sa fourrure rude et sauvage ressortait comme la topographie compliquée d'une rivière à sec. Ses dents brillaient, non plus couleur d'ivoire, mais d'un blanc éclatant, un blanc aussi sinistre que celui d'anciens ossements dans un désert qui n'a pas vu l'eau depuis des millénaires. Son œil unique et gonflé, auquel l'impitoyable éclair avait dérobé le trou sombre et ensanglanté de l'iris, était aussi blanc que l'œil d'une statue grecque. Une morve fumante dégouttait de ses narines dilatées et coulait comme de la lave chaude entre ses babines retroussées et ses gencives.

C'était comme un négatif de tous les Polaroïd que Kevin avait vus : noir et blanc et non en couleurs, en trois dimensions et non en deux. Le même effet que de voir une créature changée sur-le-champ en pierre, pour avoir regardé par inadvertance la tête de Méduse.

« T'es foutu, espèce de saloperie ! » hurla Kevin d'une voix étranglée par l'hystérie ; et comme si la créature exprimait son accord, ses pattes pétrifiées perdirent leur appui sur la table et commencèrent à disparaître dans le trou d'où elle avait surgi. Elle s'effondra dans un tapage de pierraille et de glissement de terrain.

Que verrait-on si on allait se pencher sur ce trou ? se demanda-t-il, incohérent. *Verrais-je la maison, la barrière, le vieil homme avec son caddie ouvrant un œil démesuré à l'aspect de ce géant, non pas un garçon mais un monstre de garçon, le regardant à travers une ouverture déchirée et carbonisée dans son ciel brumeux ? Serais-je aspiré à l'intérieur ? Qu'y a-t-il ?*

Au lieu de cela, il lâcha le Polaroïd et porta les mains à son visage.

Seul John Delevan, qui avait commencé à se redresser, assista à la phase finale : la membrane morte et plissée se recroquevilla sur elle-même, puis se ramassa en un petit nodule tarabiscoté autour du trou, lequel s'effondra sur lui-même, comme s'il s'auto-inhalait.

Il y eut un bruit d'air aspiré, tout d'abord violent, puis réduit au sifflement d'une bouilloire sous laquelle on a éteint le feu.

Sur quoi le nodule se retourna, tel un gant, et disparut. Comme s'il n'avait jamais été là.

Achevant de se relever lentement, les jambes en coton, John Delevan s'aperçut que l'aspiration (ou l'expiration, selon le point de vue que l'on adoptait) de l'air avait entraîné le sous-main et les autres photos Polaroïd avec elle.

Son fils, debout au milieu de la salle, pleurait le visage enfoui dans ses mains.

« Kevin, dit-il doucement, passant un bras autour des épaules du garçon.

– Il fallait que je fasse cette photo, Papa. » Il avait parlé dans ses mains, d'une voix entrecoupée de sanglots. « C'est ce que je veux dire.

– Oui. (Il le serra plus fort.) Oui, et tu l'as fait. »

Kevin regarda son père, les yeux pleins de larmes. « C'était comme ça qu'il fallait que je la fasse, tu comprends ?

– Oui. Oui, je comprends. » Il embrassa la joue brûlante de son fils. « Allez, on rentre à la maison, fiston. »

Il agrippa plus fermement Kevin par les épaules, avec l'intention de le conduire vers la porte et de l'éloigner du cadavre fumant et ensanglanté du vieux brocanteur (Kevin ne l'avait pas encore vraiment remarqué, croyait John, mais ne manquerait pas de le faire s'ils s'attardaient) ; un instant, l'adolescent lui résista.

« Qu'est-ce que les gens vont dire ? » demanda Kevin, d'un ton si guindé et offusqué que John Delevan ne put s'empêcher de rire, en dépit de l'état de ses nerfs.

« Ils pourront bien raconter tout ce qu'ils voudront. Jamais ils n'arriveront à moins de cent lieues de la vérité, et je doute que quelqu'un essaie vraiment de la connaître, de toute façon. (Il marqua une pause.) Personne ne l'aimait beaucoup, tu sais.

– Cent lieues de la vérité, c'est encore trop près pour moi, murmura Kevin. Rentrons à la maison.

– Oui. Je t'aime, Kevin.

– Moi aussi, je t'aime, Papa », répondit-il d'une voix enrouée. Ils sortirent, quittant l'air enfumé et la puanteur de vieilles choses qu'il valait mieux oublier, pour gagner l'éclatante lumière du jour.

Épilogue

Pour son seizième anniversaire, Kevin reçut exactement ce qu'il désirait : un ordinateur WordStar 70 PC. C'était un joujou à mille sept cents dollars que ses parents n'auraient jamais pu lui offrir auparavant, mais en janvier, environ trois mois après l'ultime confrontation de l'Emporium Galorium, tante Hilda était morte paisiblement, pendant son sommeil. Elle avait effectivement « fait quelque chose pour Kevin et Meg » ; en fait, elle avait même fait beaucoup pour toute la famille. Lorsque le testament eut été définitivement enregistré, au début du mois de juin, les Delevan se retrouvèrent plus riches de près de soixante-dix mille dollars... une fois les droits de succession réglés.

« Bon Dieu, c'est chouette ! Merci ! » s'exclama Kevin en embrassant sa mère, son père et même sa sœur Meg (qui pouffa de rire mais qui, plus âgée d'une année, ne fit pas semblant de s'essuyer ; Kevin se demanda si ce changement d'attitude allait dans la bonne direction ou non). Il passa une bonne partie de l'après-midi dans sa chambre, à pianoter sur le clavier et à tester le programme d'essai.

Vers quatre heures, il descendit dans le bureau de son père. « Où sont Maman et Meg ? demanda-t-il.

– Tu sais bien, à l'exposition d'artisanat de... Kevin ? Qu'est-ce qui ne va pas, Kevin ?

– Il vaudrait mieux que tu viennes voir », répondit-il d'une voix caverneuse.

À la porte de la chambre, il tourna sa figure pâle vers son père, tout aussi blême que lui. Il y a encore autre chose à payer, s'était dit John Delevan en suivant son fils au premier. Evidemment, il y avait quelque chose à payer. N'était-ce pas Reginald Marion « Pop » Merrill qui lui avait appris cette leçon ? La dette que l'on contracte, c'est ça qui fait mal.

Mais ce sont les *intérêts* qui vous rompent le dos.

« Est-ce qu'on peut en avoir un autre à la place ? » demanda Kevin avec un geste en direction de l'ordinateur qui trônait sur son bureau ; l'écran projetait un reflet oblong d'un jaune mystique sur le sous-main.

« Je ne sais pas », répondit son père en s'approchant. Kevin se tenait derrière lui, toujours aussi pâle. « Je pense que oui, s'il le fallait... »

Il s'arrêta et étudia l'écran.

« J'ai appelé le programme de traitement de texte et j'ai tapé la phrase : *The quick brown fox jumped over the lazy sleeping dog*[1], expliqua Kevin. Et voilà ce qui est sorti de l'imprimante. »

John, debout, lut la page que son fils lui tendait. Une sensation de froid gagna son front et ses mains. Six phrases se succédaient.

Le chien s'est de nouveau détaché.

Il ne dort pas.

Il n'est pas paresseux.

Il va venir te chercher, Kevin.

La dette elle-même faisait mal, pensa-t-il de nouveau,

1. Cette phrase en anglais (« Le renard brun, rapide, sauta sur le chien paresseux endormi ») a la particularité de servir à tester une machine à écrire, car elle comporte toutes les lettres de l'alphabet, et est connue comme telle. (*N.d.T.*)

mais ce sont les intérêts qui vous rompent le dos. Les deux dernières lignes disaient :

Il est très affamé.

Et il est très en colère.

D'autres livres

Wiz Albin Michel

Jennifer BELL, *Les Extraordinaires. Les Mystères de Londinor*
Jennifer BELL, *Les Extraordinaires. Le Sablier Fumant*
Jennifer BELL, *Les Extraordinaires, L'armée des spectres*
Roshani CHOKSHI, *Aru Shah et la lampe du chaos*
Roshani CHOKSHI, *Aru Shah et le royaume naga*
Neil GAIMAN, *Coraline*
Neil GAIMAN, *L'Étrange Vie de Nobody Owens*
Neil GAIMAN, *Odd et les géants de glace*
Ben GUTERSON, *Winterhouse Hôtel*
Ben GUTERSON, *Retour à Winterhouse Hôtel*
Inbali ISERLES, *Foxcraft. Les Possédés*
Inbali ISERLES, *Foxcraft. Les Anciens*
Inbali ISERLES, *Foxcraft. Le Mage*
Rick RIORDAN, *Percy Jackson. Le Voleur de foudre*
Rick RIORDAN, *Percy Jackson. La Mer des monstres*
Rick RIORDAN, *Percy Jackson. Le Sort du Titan*
Rick RIORDAN, *Percy Jackson. La Bataille du Labyrinthe*
Rick RIORDAN, *Percy Jackson. Le Dernier Olympien*
Rick RIORDAN, *Percy Jackson et les dieux grecs*

Rick RIORDAN, *Héros de l'Olympe. Le Héros perdu*

Rick RIORDAN, *Héros de l'Olympe. La Fils de Neptune*

Rick RIORDAN, *Héros de l'Olympe. La Marque d'Athéna*

Rick RIORDAN, *Héros de l'Olympe. La Maison d'Hadès*

Rick RIORDAN, *Héros de l'Olympe. Le Sang de l'Olympe*

Rick RIORDAN, *Kane Chronicles. La Pyramide rouge*

Rick RIORDAN, *Kane Chronicles. Le Trône de feu*

Rick RIORDAN, *Kane Chronicles. L'Ombre du serpent*

Rick RIORDAN, *Magnus Chase et les dieux d'Asgard. L'épée de l'été*

Rick RIORDAN, *Magnus Chase et les dieux d'Asgard. Le Marteau de Thor*

Rick RIORDAN, *Magnus Chase et les dieux d'Asgard. Le Vaisseau des damnés*

Rick RIORDAN, *Les Travaux d'Apollon. L'Oracle caché*

Rick RIORDAN, *Les Travaux d'Apollon. La Prophétie des ténèbres*

Rick RIORDAN, *Les Travaux d'Apollon, Le Piège de feu*

Rick RIORDAN, *Les Travaux d'Apollon, Le Tombeau du tyran*

Laura SEBASTIAN, *Ash Princess*

Laura SEBASTIAN, *Lady Smoke*

Jonathan STROUD, *La Trilogie de Bartiméus I. L'Amulette de Samarcande*

Jonathan STROUD, *La Trilogie de Bartiméus II. L' Œil du golem*

Jonathan STROUD, *La Trilogie de Bartiméus III. La Porte de Ptolémée*

Jonathan STROUD, *L'Anneau de Salomon*

Jonathan STROUD, *Les Héros de la vallée*

Jonathan STROUD, *Agence Lockwood & Co. Chasseurs de fantômes, Le manoir de Combe Carey*

Jonathan STROUD, *Agence Lockwood & Co. Chasseurs de fantômes, Le Crâne qui murmure*

Jonathan STROUD, *Agence Lockwood & Co. Chasseurs de fantômes, Le Garçon fantôme*

Jonathan STROUD, *Agence Lockwood & Co. Chasseurs de fantômes, L'Ombre qui parlait aux morts*

Logo Wiz : Caroline Ancelot

Composition : Nord Compo
Impression CPI Brodard et Taupin en mars 2020
Éditions Albin Michel
22, rue Huyghens 75014 Paris
ISBN : 978-2-226-45063-0
ISSN : 1637-0236
N° d'édition : 23974/01 N° d'impression : 3038373
Dépot légal : avril 2020
Imprimé en France